ALEXANDER MCCALL SMITH

EIN KROKODIL FÜR MMA RAMOTSWE

DER ERSTE FALL DER ›NO. 1
LADIES' DETECTIVE AGENCY‹

ROMAN

Aus dem Englischen
von Gerda Bean

K
A
M
P
A

Die amerikanische Originalausgabe erschien 1998 unter dem Titel
The No.1 Ladies' Detective Agency im Verlag Polygon Books, Edinburgh.
Die deutsche Erstausgabe erschien 2001 im Verlag
Nymphenburger, München.

Für den Blick hinter die Verlagskulissen:
www.kampaverlag.ch/newsletter

KAMPA POCKET
DIE ERSTE KLIMANEUTRALE TASCHENBUCHREIHE
Gedruckt auf säurefreiem und chlorfrei gebleichtem Papier
zur Unterstützung verantwortungsvoller Waldnutzung,
zertifiziert durch das Forest Stewardship Council. Der
Umschlag enthält kein Plastik. Kampa Pockets werden
klimaneutral gedruckt, kampaverlag.ch/nachhaltig informiert über das unterstützte CO2-Kompensationsprojekt.

Veröffentlicht im September 2024 als Kampa Pocket
Copyright © 1998 by Alexander McCall Smith
Für die deutschsprachige Ausgabe
Copyright © 2024 by Kampa Verlag AG, Zürich
Covergestaltung: Lara Flues, Kampa Verlag
Covermotiv: Giordano Poloni © Kampa Verlag
Satz: Herr K | Jan Kermes
Gesetzt aus der Stempel Garamond LT / 240130
Druck und Bindung: GGP Media GmbH, Pößneck
Auch als E-Book erhältlich
ISBN 978 3 311 15551 5

www.kampaverlag.ch

Dieses Buch ist für
Anne Gordon-Gillies
in Schottland
und für
Joe und Mimi McKnight
in Dallas, Texas.

Mma Ramotswe betrieb in Afrika eine Privatdetektei, am Fuß des Kgale Hill. Das Inventar bestand aus: einem kleinen weißen Lieferwagen, zwei Schreibtischen, zwei Stühlen, einem Telefon und einer alten Schreibmaschine. Dann gab es einen Teekessel, in der Mma Ramotswe – die einzige Privatdetektivin in Botswana – Rotbuschtee zubereitete. Und drei Tassen – eine für sie selbst, eine für ihre Sekretärin und eine für ihre Kundschaft. Was brauchte eine Privatdetektei mehr? Privatdetekteien leben von menschlicher Intuition und Intelligenz, Eigenschaften, über die Mma Ramotswe reichlich verfügte. Natürlich tauchten diese Eigenschaften auf keiner Inventarliste auf.

Da war auch noch der Blick, der ebenfalls auf keiner Inventarliste auftauchen konnte. Wie könnte eine solche Liste auch nur halbwegs anschaulich beschreiben, was man sah, wenn man aus Mma Ramotswes Tür hinausschaute? Ganz vorne, eine Akazie, der Dornenbaum, der die weiten Flächen der Kalahari bevölkert. Seine weißen Dornen sind eine einzige Warnung, gemildert von dem zarten olivgrauen Laub. In seinen Zweigen kann man am Spätnachmittag oder in der kühlen Frische des frühen Morgens einen Go-Away-Vogel sehen – oder besser gesagt, hören. Und hinter der Akazie, auf der anderen Seite der staubigen Straße, teilweise verborgen unter einem Baldachin aus Baumkronen und hohem Buschwerk, die Dächer der Stadt. Schließlich am Horizont, im blauen Hitzeflimmern, die Berge wie phantastische, überwachsene Termitenhügel.

Alle nannten sie Mma Ramotswe, obwohl die Leute, wenn sie besonders höflich sein wollten, sie auch mit Mme. Mma Ramotswe anreden konnten. So gehört es sich für eine Persönlichkeit von Format, aber sie hatte nie darauf bestanden. Daher hieß es immer Mma Ramotswe anstatt Precious Ramotswe, ein Name, den nur sehr wenige benutzten.

Sie war eine gute Detektivin und eine gute Frau. Eine gute Frau in einem guten Land, könnte man sagen. Sie liebte ihr Land, Botswana, als einen Ort des Friedens, und sie liebte Afrika, trotz all seiner Plagen. Ich schäme mich nicht, als afrikanische Patriotin betrachtet zu werden, sagte Mma Ramotswe. Ich liebe alle von Gott geschaffenen Menschen, aber ich liebe ganz besonders die Menschen, die hier leben. Sie sind mein Volk, meine Brüder und Schwestern. Es ist meine Pflicht, ihnen zu helfen, die Probleme und Rätsel in ihrem Leben zu lösen. Dazu und zu nichts anderem fühle ich mich berufen.

In stillen Momenten, wenn es nichts Dringendes zu erledigen gab und wenn jedermann von der Hitze schläfrig war, setzte sie sich unter die Akazie. Es war ein staubiger Sitzplatz, und gelegentlich erschienen dort ein paar Hühner und pickten um ihre Füße herum, aber es war ein Platz, der einen dazu brachte nachzudenken. Hier war es, wo Mma Ramotswe sich einige von den Dingen durch den Kopf gehen ließ, die im alltäglichen

Einerlei sehr leicht übersehen oder beiseitegeschoben werden.

Alles, so dachte Mma Ramotswe, war irgendwann etwas anderes gewesen. Hier bin ich, die einzige Privatdetektivin in ganz Botswana, und sitze vor meiner eigenen Privatdetektei. Aber es ist nur wenige Jahre her, da gab es noch keine Privatdetektei, und davor gab es hier noch nicht einmal irgendwelche Gebäude, hier standen nur Akazien, und ein Stück entfernt war das Flussbett und dahinter die Kalahari, und alles ganz nahe.

Damals gab es noch nicht einmal ein Botswana, nur das Protektorat Betschwanaland, und davor war das Ganze Khamas Land, und da waren nur Löwen, deren Mähnen im trockenen Wind flatterten. Aber sieh es dir jetzt mal an: eine Privatdetektei, hier in Gaborone, und ich, die dicke Detektivin, sitze draußen davor und denke darüber nach, dass alles, was heute etwas ist, schon morgen etwas ganz anderes sein kann.

Mma Ramotswe gründete die No. 1 Ladies' Detective Agency mit den Einnahmen aus dem Verkauf der Rinder ihres Vaters. Er hatte eine große Herde besessen und außer seiner Tochter Precious keine anderen Kinder gehabt. So ging jedes einzelne Tier, alle hundertachtzig Stück, an sie, inklusive der weißen Brahmabullen, deren Großeltern er selbst gezüchtet hatte. Die Rinder wurden vom Viehgehege zurück nach Mochudi getrieben, wo sie im ewigen Staub unter den wachsamen Augen der ständig schwatzenden Hirtenjungen warteten, bis der Viehhändler erschien.

Die Tiere erzielten einen guten Preis, da es in jenem Jahr starke Regenfälle gegeben hatte und das Gras üppig und saftig gewesen war. Wäre es das Jahr vorher gewesen, als große Teile des südlichen Afrikas von einer Dürre heimgesucht worden waren, dann hätte es ganz anders ausgesehen. Damals hatten die Leute gezögert. Sie hatten ihr Vieh behalten wollen, da man ohne Vieh praktisch nackt war. Andere, die verzweifelter waren, hatten schon verkauft, weil der Regen ein ums andere Jahr ausgeblieben war, und sie hatten mitansehen müssen, wie das Vieh immer mehr abmagerte. Mma Ramotswe freute sich, dass die Krankheit ihres Vaters ihn davon abgehalten hatte, irgendeine Entscheidung zu treffen, da der Preis jetzt in die Höhe gegangen war und all jene, die durchgehalten hatten, reich belohnt wurden.

»Ich möchte, dass du dein eigenes Geschäft hast«, sagte er auf seinem Totenbett zu ihr. »Du kriegst für das Vieh jetzt einen guten Preis. Verkauf die Tiere und kauf ein Geschäft. Eine Metzgerei. Oder einen Getränkeladen. Was du willst.«

Sie ergriff die Hand ihres Vaters und blickte in die Augen des Mannes, den sie mehr liebte als jeden anderen, ihren Daddy, ihren weisen Daddy, dessen Lungen voll waren mit dem Staub aus den Minen und der eisern gespart hatte, um ihr zu einem schönen Leben zu verhelfen.

Sie hatte Tränen in den Augen, und ihre Kehle war wie zugeschnürt, aber sie brachte dann doch heraus: »Ich gründe eine Privatdetektei. Unten in Gaborone. Es wird die beste in ganz Botswana sein. Die No. 1 Detective Agency.«

Für einen kurzen Moment weiteten sich die Augen ihres Vaters, und es schien, als wollte er etwas sagen.

»Aber ... aber ...«

Doch er starb, ehe er weiterreden konnte, und Mma Ramotswe warf sich auf ihn und weinte um all die Würde und Liebe und all das Leiden, das mit ihm gestorben war.

Sie hatte ein Schild in hellen Farben malen lassen, das dann an der Lobatse Road, am Stadtrand, aufgestellt wurde und auf das kleine Haus hinwies, das sie gekauft hatte:

DIE NO. 1 LADIES' DETECTIVE AGENCY
FÜR ALLE VERTRAULICHEN ANGELEGENHEITEN
UND ERMITTLUNGEN. PROMPTE ERLEDIGUNG
UND ABSOLUTE DISKRETION GARANTIERT.

Die Eröffnung war von erheblichem öffentlichem Interesse gewesen. Radio Botswana brachte ein Interview, in dem sie höchst unhöflich dazu gedrängt wurde, ihre Qualifikationen offenzulegen; die *Botswana News* brachten einen wesentlich befriedigenderen Artikel, der auf die Tatsache verwies, dass sie die einzige Privatdetektivin des Landes war. Dieser Artikel wurde ausgeschnitten, kopiert und gut sichtbar an einem kleinen Brett neben dem Eingang der Detektei befestigt.

Nach einem langsamen Anfang stellte Mma Ramotswe mit Überraschung fest, dass ihre Dienste äußerst begehrt waren. Sie wurde über verschollene Ehemänner befragt, über die Kreditwürdigkeit potenzieller Geschäftspartner und über Mitarbeiter, die im Verdacht standen, Betrügereien begangen zu haben. In beinahe jedem Fall konnte sie ihrem Kunden zumindest einige Auskünfte geben. War dies nicht der Fall, verzichtete sie auf ihr Honorar, was bedeutete, dass praktisch niemand, der sie zurate zog, unzufrieden war. Die Menschen in Botswana redeten gern, stellte sie fest, und die reine Erwähnung der Tatsache, dass sie Privatdetektivin war, löste einen wahren Wortschwall über alle möglichen Themen aus. Es schmeichelte offensichtlich den Leuten, von einer Privatdetektivin angesprochen zu werden, das lockerte ihre Zungen. Auch Happy Bapetsi, eine ihrer ersten Kundinnen, hatte keine Scheu, mit ihr zu reden. Die arme Happy! Ihren Daddy verloren zu haben und ihn dann zu finden und wieder zu verlieren …

»Ich hatte mal ein glückliches Leben«, sagte Happy Bapetsi. »Ein sehr glückliches Leben. Dann passierte diese Sache, und jetzt kann ich das nicht mehr behaupten.«

Mma Ramotswe beobachtete ihre Kundin, während sie den angebotenen Rotbuschtee schlürfte. Alles, was man über einen Menschen wissen wollte, stand in seinem Gesicht geschrieben. Nicht, dass sie meinte, die Kopfform zähle – auch wenn es noch viele gab, die an diesem Glauben festhielten –, es ging eher darum, die Linien und den Ausdruck genauestens zu studieren. Und die Augen natürlich; sie waren sehr wichtig. Die Augen erlaubten es einem, tief in das Innere eines Menschen zu blicken, seinen Kern zu durchdringen. Deshalb trugen Leute, die etwas zu verbergen hatten, auch drinnen Sonnenbrillen. Sie musste man sehr genau beobachten.

Nun, diese Happy Bapetsi war intelligent. Das war

gleich zu sehen. Sie hatte außerdem wenig Sorgen – das war daran zu erkennen, dass sich, außer ein paar Lachfältchen natürlich, keine Falten in ihrem Gesicht zeigten. Also Probleme mit Männern, dachte Mma Ramotswe. Irgendein Mann ist aufgetaucht und hat ihr alles verdorben, ihr Glück mit seinem schlechten Benehmen zerstört.

»Lassen Sie mich erst einmal von mir erzählen«, sagte Happy Bapetsi. »Ich komme aus Maun, wissen Sie, oben am Okavango. Meine Mutter hatte einen kleinen Laden, und ich lebte mit ihr auf der Rückseite des Hauses. Wir hatten viele Hühner und waren sehr glücklich.

Meine Mutter sagte, dass mein Daddy sie vor langer Zeit, als ich noch ein kleines Baby war, verlassen hätte. Er sei zum Arbeiten nach Bulawayo gegangen und nie zurückgekehrt. Jemand hatte uns geschrieben – ein anderer Motswana, der dort lebte –, er glaube, mein Daddy sei tot. Er war sich aber nicht sicher. Er sagte, er hätte eines Tages jemand im Mpilo-Hospital besucht, und als er den Korridor entlangging, sah er, wie sie einen auf einem Krankenhausbett hinausrollten, und der Tote auf dem Bett hätte meinem Daddy erstaunlich ähnlich gesehen. Sicher war er sich aber nicht.

Wir dachten nun, dass er wahrscheinlich gestorben war, aber meiner Mutter machte es nicht allzu viel aus, weil sie ihn nie sonderlich gemocht hatte. Und ich konnte mich natürlich gar nicht an ihn erinnern. Deshalb war es mir ziemlich egal.

Ich ging in Maun in eine Schule, die von katholischen Missionaren geleitet wurde. Einer entdeckte, dass ich gut rechnen konnte, und verbrachte viel Zeit mit mir, um mir weiterzuhelfen. Er sagte, er hätte noch nie ein Mädchen gesehen, das so gut zählen kann.

Es war wirklich seltsam. Ich konnte eine Gruppe von Zahlen sehen und sie mir einfach merken. Dann stellte ich fest, dass ich die Zahlen, ohne darüber nachzudenken, im Kopf addiert hatte. Es war ganz leicht – ich musste überhaupt nicht üben.

Bei den Prüfungen schnitt ich sehr gut ab, und ich ging schließlich nach Gaborone und lernte Buchhalterin. Wieder war es sehr einfach für mich. Ich konnte ein ganzes Blatt mit Zahlen anschauen und verstand alles sofort. Am nächsten Tag konnte ich mich an jede Zahl genau erinnern und alle aufschreiben, wenn es sein musste.

Ich fand Arbeit bei der Bank und bekam eine Beförderung nach der anderen. Jetzt bin ich die erste Hilfsbuchhalterin, und ich glaube nicht, dass ich noch weiterkommen kann, weil alle Männer Angst haben, dass sie neben mir dumm aussehen. Aber es macht mir nichts aus. Ich werde sehr gut bezahlt und bin um drei Uhr nachmittags mit der Arbeit fertig, manchmal sogar früher. Danach gehe ich einkaufen. Ich habe ein schönes Haus mit vier Zimmern und bin sehr glücklich. Das alles mit achtunddreißig erreicht zu haben ist gut genug, finde ich.«

Mma Ramotswe lächelte. »Das ist alles sehr interessant. Sie haben recht, Sie sind tüchtig gewesen.«

»Ich habe viel Glück«, sagte Happy Bapetsi. »Aber dann ist diese Sache passiert. Mein Daddy tauchte bei mir auf.«

Mma Ramotswe hielt die Luft an. Das hatte sie nicht

erwartet. Sie hatte gedacht, das Problem hätte mit einem Freund zu tun. Väter waren eine ganz andere Sache.

»Er klopfte einfach an die Tür«, sagte Happy Bapetsi. »Es war ein Samstagnachmittag, und ich ruhte mich auf meinem Bett aus, als ich ihn klopfen hörte. Ich stand auf, ging zur Tür, und da stand dieser Mann von ungefähr sechzig, stand da mit dem Hut in der Hand. Er sagte, er wäre mein Daddy und dass er lange in Bulawayo gelebt hätte, jetzt aber wieder in Botswana, und dass er gekommen sei, um mich zu sehen.

Sie verstehen sicher, wie erschrocken ich war. Ich musste mich setzen, sonst wäre ich bestimmt in Ohnmacht gefallen. Die ganze Zeit über redete er. Er nannte mir den Namen meiner Mutter, und er sagte, es täte ihm leid, dass er sich nicht früher gemeldet hätte. Dann fragte er, ob er in einem der überzähligen Zimmer schlafen könne, da er nicht wisse, wo er sonst hingehen solle.

Ich sagte, natürlich könne er das. In gewisser Weise war ich aufgeregt, meinen Daddy zu sehen, und ich dachte, es wäre gut, all die verlorenen Jahre nachholen zu können und ihn bei mir zu haben, besonders da meine arme Mutter gestorben war. Also machte ich ihm in einem der Räume ein Bett und kochte ihm eine große Mahlzeit aus Steak und Kartoffeln, die er schnell vertilgte. Dann verlangte er nach mehr.

Das war vor ungefähr drei Monaten. Seitdem lebt er in dem Zimmer, und ich habe eine Menge Arbeit mit ihm. Ich mache ihm Frühstück, koche ihm sein Mittagessen, das ich für ihn in der Küche lasse, und abends ist dann sein Abendessen fällig. Ich kaufe ihm eine Flasche Bier pro Tag und habe ihm auch neue Sachen zum Anziehen und ein gutes Paar Schuhe gekauft. Er dagegen sitzt nur auf seinem Stuhl vor der Haustür und sagt mir, was ich als Nächstes für ihn tun soll.«

»Viele Männer sind so«, warf Mma Ramotswe ein.

Happy Bapetsi nickte. »Dieser ganz besonders. Seit er angekommen ist, hat er nicht einen einzigen Kochtopf abgewaschen, und ich bin es leid geworden, mich für ihn abzustrampeln. Außerdem gibt er viel Geld für Vitaminpillen und Biltongue aus.

Ich würde mich damit abfinden, wissen Sie, wenn da nicht noch etwas wäre: Ich glaube nicht, dass er mein richtiger Daddy ist. Ich kann es nicht beweisen, aber ich glaube, dass dieser Mann ein Betrüger ist und dass er von meinem richtigen Daddy vor seinem Tod noch etwas über unsere Familie erfahren hat und mir jetzt was vormacht. Ich glaube, das ist ein Mann, der sich nach einem Altersheim umgesehen hat und sich freut, dass er ein gutes gefunden hat.«

Mma Ramotswe ertappte sich dabei, dass sie Happy Bapetsi mit aufrichtiger Verwunderung anstarrte. Sie sagte zweifellos die Wahrheit. Was sie in Erstaunen versetzte, war die Frechheit, die schiere, unverhohlene Frechheit der Männer. Wie konnte dieser Mensch es wagen, diese hilfsbereite, freundliche Person so auszunutzen! Was für eine Schikane, was für ein Betrug! Es war Diebstahl, regelrechter Diebstahl!

»Können Sie mir helfen?«, fragte Happy Bapetsi. »Können Sie herausfinden, ob dieser Mann wirklich mein Daddy ist? Wenn ja, will ich eine pflichtbewusste Tochter sein und mich damit abfinden. Wenn er es nicht ist, möchte ich, dass er woandershin geht.«

Mma Ramotswe zögerte nicht. »Ich werde es rausfinden«, sagte sie. »Es kann ein oder zwei Tage dauern, aber ich finde es raus!« Natürlich war dies leichter gesagt als getan. Es gab heute zwar Bluttests, aber sie bezweifelte sehr, dass der Mann damit einverstanden wäre. Nein, ihr müsste etwas Raffinierteres einfallen, etwas, das hieb- und stichfest nachwies, ob er der Daddy war oder nicht. Sie unterbrach ihren Gedankenflug. Ja! Es war etwas Biblisches an dieser Geschichte. Was, dachte sie, hätte Salomon gemacht?

Mma Ramotswe holte die Schwesternuniform von ihrer Freundin ab. Sie war ein bisschen eng, vor allem um die Arme herum, da Schwester Gogwe zwar großzügig proportioniert, aber doch ein klein wenig schlanker als Mma Ramotswe war. Aber als sie dann in der Uniform steckte und die Uhr der Krankenschwester an ihrer Brust befestigt hatte, war sie das vollkommene Abbild einer Pflegerin vom Princess Marina Hospital. Es war eine gute Tarnung, fand sie und notierte sich in Gedanken, sie auch in Zukunft wieder einmal zu benutzen.

Während sie mit ihrem winzigen weißen Lieferwagen zu Happy Bapetsi fuhr, dachte sie darüber nach, wie die afrikanische Tradition, alle Verwandten zu unterstützen, die Menschen schwer belasten konnte. Sie wusste von einem Mann, einem Polizeiwachtmeister, der einen Onkel, zwei Tanten und eine Cousine zweiten Grades unterstützte. Wenn man die alte Setswana-Moral hochhielt, konnte man keinen Verwandten wegschicken, und das hatte viel Gutes für sich. Aber es bedeutete auch, dass Scharlatane und Schmarotzer es hier viel leichter hatten als anderswo. Solche Leute waren es, dachte sie, die das System ruinierten. Sie sind es, die den alten Gebräuchen einen schlechten Namen geben.

Als sie sich dem Hause näherte, trat sie aufs Gaspedal. Dies war schließlich ein Akt der Barmherzigkeit, und wenn der Daddy auf seinem Stuhl vor dem Eingang saß, müsste er sie in einer Staubwolke heranbrausen sehen. Der Daddy war natürlich da und genoss die Morgensonne, und als er den winzigen weißen Lieferwagen vor dem Tor einschwenken sah, setzte er sich gerade auf. Mma Ramotswe stellte den Motor ab, sprang aus dem Auto und lief zum Haus.

»Dumela Rra, guten Tag, mein Herr«, grüßte sie ihn hastig. »Sind Sie Happy Bapetsis Daddy?«

Der Daddy erhob sich. »Ja«, sagte er stolz. »Ich bin der Daddy.«

Mma Ramotswe japste, als versuchte sie, wieder zu Atem zu kommen.

»Leider muss ich Ihnen mitteilen, dass es einen Unfall gegeben hat. Happy wurde überfahren. Sie liegt im Krankenhaus, und es geht ihr sehr schlecht. Gerade eben wird sie operiert.«

Der Daddy heulte auf. »Aiee! Meine Tochter! Mein kleines Baby Happy!«

Ein guter Schauspieler, dachte Mma Ramotswe, es sei denn … Nein, sie vertraute lieber Happy Bapetsis Instinkt. Ein Mädchen würde seinen eigenen Daddy wiedererkennen, auch wenn es ihn seit seiner Babyzeit nicht mehr gesehen hat.

»Ja«, fuhr sie fort. »Es ist sehr traurig. Sie ist sehr

krank, sehr krank. Und sie brauchen eine Menge Blut, um all das Blut, das sie verloren hat, zu ersetzen.«

Der Daddy runzelte die Stirn. »Sie müssen ihr das Blut geben. Eine Menge Blut. Ich kann es bezahlen.«

»Es geht nicht um Geld«, sagte Mma Ramotswe. »Blut kostet nichts. Wir haben nicht die richtige Sorte. Wir brauchen welches von ihrer Familie, und Sie sind der Einzige, den sie hat. Wir müssen Sie um Blut bitten.«

Der Daddy setzte sich schwerfällig.

»Ich bin ein alter Mann«, sagte er.

Mma Ramotswe spürte, dass es funktionieren würde. Ja, dieser Mann war ein Schwindler.

»Deshalb fragen wir Sie ja«, sagte sie. »Weil sie so viel Blut braucht, müssen sie ungefähr die Hälfte von Ihrem Blut nehmen. Und das ist sehr gefährlich für Sie. Sie könnten sogar sterben.«

Der Mund des Daddys klappte auf.

»Sterben?«

»Ja«, sagte Mma Ramotswe. »Aber Sie sind schließlich ihr Vater, und wir wissen, dass Sie das für Ihre Tochter tun werden. Kommen Sie also schnell mit, bevor es zu spät ist. Doktor Moghile wartet schon.«

Der Daddy öffnete wieder den Mund und machte ihn zu.

»Los, kommen Sie«, sagte Mma Ramotswe und packte ihn am Handgelenk. »Ich helfe Ihnen zum Wagen.«

Der Daddy stand auf und versuchte sich dann wieder zu setzen. Mma Ramotswe zerrte an ihm.

»Nein«, sagte er. »Ich will nicht.«

»Sie müssen«, sagte Mma Ramotswe. »Nun kommen Sie schon!«

Der Daddy schüttelte den Kopf. »Nein«, sagte er leise. »Das werde ich nicht. Wissen Sie, ich bin nicht wirklich ihr Daddy. Es ist eine Verwechslung.«

Mma Ramotswe ließ sein Handgelenk los. Dann baute sie sich mit verschränkten Armen vor ihm auf und sagte ihm ins Gesicht: »Sie sind also nicht der Daddy! Ich verstehe! Ich verstehe! Wieso sitzen Sie dann auf diesem Stuhl und essen ihr Essen? Haben Sie schon mal was vom Strafgesetzbuch von Botswana gehört und was es über Leute wie Sie sagt? Ja?«

Der Daddy blickte zu Boden und schüttelte den Kopf.

»Na schön«, sagte Mma Ramotswe. »Gehen Sie ins Haus und holen Sie Ihre Sachen. Ich gebe Ihnen fünf Minuten. Dann fahre ich Sie zur Busstation, und Sie steigen in einen Bus. Wo sind Sie wirklich zu Hause?«

»Lobatse«, sagte der Daddy. »Aber es gefällt mir da unten nicht.«

»Gut«, sagte Mma Ramotswe. »Wenn Sie anfangen, etwas Richtiges zu tun, statt nur auf einem Stuhl zu sitzen, gefällt es Ihnen vielleicht besser. Da unten gibt's viele Melonen, die man anbauen kann. Wie wäre es damit?«

Der Daddy sah todunglücklich aus.

»Rein!«, befahl sie. »Noch vier Minuten!«

Als Happy Bapetsi nach Hause kam, war der Daddy fort und sein Zimmer leer. Auf dem Küchentisch lag ein Zettel von Mma Ramotswe. Als sie ihn las, kehrte ihr Lächeln zurück.

»Er war doch nicht Ihr Daddy. Ich habe es auf die beste Art herausgefunden: Er hat es mir selbst gesagt. Vielleicht finden Sie eines Tages den richtigen Daddy. Vielleicht nicht. Aber inzwischen können Sie wieder glücklich sein.«

2

Wir vergessen nichts, dachte Mma Ramotswe. Unsere Köpfe mögen klein sein, aber sie sind so voller Erinnerungen, wie der Himmel manchmal voll herumschwärmender Bienen ist, voll von Tausenden und Abertausenden von Erinnerungen, von Gerüchen, von kleinen Dingen, die uns passiert sind und die unerwartet zurückkehren, um uns ins Gedächtnis zurückzurufen, wer wir sind. Und wer bin ich? Ich bin Precious Ramotswe, Staatsangehörige von Botswana, Tochter von Obed Ramotswe, der starb, weil er Bergmann war und nicht mehr atmen konnte. Sein Leben ist nicht überliefert. Wer schreibt schon über das Leben der einfachen Leute?

Ich bin Obed Ramotswe und wurde 1930 in der Nähe von Mahalapye geboren. Mahalapye liegt auf halber Strecke zwischen Gaborone und Francistown, an der Straße, die immer und immer weiterzugehen scheint. Damals war es natürlich nur eine staubige, unbefestigte Straße, und die Eisenbahnlinie war viel wichtiger. Die Strecke führte von Bulawayo hinunter, bei Plumtree nach Botswana hinein und verlief dann in südlicher Richtung am Rande des Landes auf der anderen Seite bis nach Mafikeng.

Als Junge schaute ich oft den Zügen zu, wenn sie aufs

Nebengleis fuhren. Sie stießen große Dampfwolken aus, und wir wetteten miteinander, wer sich am dichtesten an sie heranzuschleichen traute. Die Heizer brüllten, und der Stationsvorsteher pfiff, aber sie schafften es nie, uns loszuwerden. Wir versteckten uns hinter Pflanzen und Kisten und sprangen hervor, um vor den geschlossenen Fenstern der Züge um Münzen zu betteln. Wir sahen Weiße, die wie Gespenster aus den Fenstern guckten, und manchmal warfen sie uns einen ihrer rhodesischen Pennys zu – große Kupfermünzen mit einem Loch in der Mitte – oder, wenn wir Glück hatten, eine winzige Silbermünze, die wir Tickey nannten und die für eine kleine Büchse Sirup reichte.

Mahalapye war ein weitläufiges Dorf mit Hütten aus braunen, von der Sonne getrockneten Schlammziegeln und ein paar Blechdachhäusern. Diese gehörten der Regierung oder der Eisenbahngesellschaft und schienen für uns fernen, unerreichbaren Luxus zu repräsentieren. Es gab auch eine Schule, die von einem alten anglikanischen Priester und einer Weißen geleitet wurde, ihr Gesicht schwer mitgenommen von der Sonne. Sie sprachen beide Setswana, was ungewöhnlich war, aber sie unterrichteten uns auf Englisch und bestanden unter Androhung von Prügel darauf, dass wir unsere eigene Sprache draußen auf dem Schulhof ließen – in der Schule durften wir nur Englisch sprechen.

Auf der anderen Straßenseite begann die Ebene, die sich bis zur Kalahari erstreckte. Es war eine Landschaft ohne herausragende Merkmale mit niedrigen Dornenbäumen übersät, auf deren Zweigen Nashornvögel und die häufig hin und her flatternden Molopes, Vögel mit lang herabhängenden Schwanzfedern, hockten. Es war eine Welt, die keine Begrenzung zu haben schien, und das war es wohl auch, was Afrika damals so besonders machte. Es war unendlich. Ein Mann konnte ewig weitergehen oder -reiten und nirgendwo ankommen.

Jetzt bin ich sechzig, und ich glaube, Gott will nicht, dass ich noch lange lebe. Vielleicht habe ich noch ein paar Jahre vor mir, aber ich zweifle daran. Ich bin zu Dr. Moffat ins holländisch-reformierte Krankenhaus gegangen, der meine Brust abhörte. Er wusste sofort, dass ich Bergmann gewesen war, und er schüttelte den Kopf und meinte, die Minen könnten einem Mann auf viele verschiedene Arten schaden. Während er sprach, fiel mir ein Lied ein, das die Bergleute von Sotho sangen. »Die Minen fressen Männer. Auch wenn du sie schon lange verlassen hast, können die Minen dich immer noch fressen.« Wir wussten alle, dass es stimmte. Man konnte von herabstürzendem Gestein erschlagen oder Jahre später getötet werden, wenn die Arbeit unter Tage nur noch eine Erinnerung war oder vielleicht ein böser Traum, der einen nachts heimsuchte. Die Minen fordern ihren Tribut, wie jetzt auch bei mir. So überraschte mich nicht, was Dr. Moffat sagte.

Manche Leute können solche Nachrichten nicht ertragen. Sie denken, sie müssten ewig leben, und heulen und jammern, wenn sie merken, dass ihre Zeit gekommen ist. So geht es mir nicht, und ich weine nicht über die Nachricht, die mir der Doktor gab. Das Einzige, was mich traurig macht, ist, dass ich Afrika verlasse, wenn ich sterbe. Ich liebe Afrika. Afrika ist meine Mutter und mein Vater. Wenn ich tot bin, werde ich den Geruch von

Afrika vermissen, denn man sagt, dass es dort, wo man hingeht – wo immer das auch sein mag –, keinen Geruch und keinen Geschmack gibt.

Ich sage nicht, dass ich ein tapferer Mann bin. Das bin ich nicht. Aber die Nachricht, die ich bekommen habe, scheint mir wirklich nichts auszumachen. Ich kann auf meine sechzig Jahre zurückblicken und an alles denken, was ich gesehen habe, und daran, dass ich mit nichts begonnen habe und jetzt fast zweihundert Rinder besitze. Und ich habe eine gute Tochter, eine treue Tochter, die sich um mich kümmert und mir Tee macht, während ich in der Sonne sitze und auf die Berge in der Ferne schaue. Wenn man die Berge von Weitem sieht, sind sie blau wie alles weit Entfernte in diesem Land. Hier sind wir weit vom Meer entfernt – Angola und Namibia liegen zwischen uns und der Küste. Und trotzdem haben wir diesen großen, leeren, blauen Ozean über uns und um uns herum. Kein Matrose könnte einsamer sein als ein Mann, der in der Mitte unseres Landes steht, umgeben von meilenweitem Blau.

Ich habe das Meer nie gesehen, obwohl mich einmal ein Mann, mit dem ich im Bergwerk arbeitete, zu sich ins Zululand einlud. Er erzählte, dass es dort grüne Berge gebe, die sich bis zum Indischen Ozean erstrecken, und dass er nur aus seiner Tür schauen muss, um Schiffe in der Ferne zu sehen. Er sagte, dass die Frauen in seinem Dorf das beste Bier im ganzen Land brauen und dass ein Mann dort viele Jahre in der Sonne sitzen kann und nichts weiter zu tun braucht, als Kinder zu machen und Maisbier zu trinken. Er sagte, dass er mir eine Frau verschaffen könnte und dass die Leute vielleicht darüber hinwegsehen würden, dass ich kein Zulu bin – falls ich bereit wäre, dem Vater genug für das Mädchen zu zahlen.

Weshalb sollte ich aber ins Zululand gehen wollen? Warum sollte ich jemals etwas anderes wollen, als in Botswana zu leben und ein Tswana-Mädchen zu heiraten? Ich sagte ihm, Zululand klinge gut, aber jeder Mensch hat eine Landkarte seiner Heimat im Herzen, und das Herz erlaubt nie, diese Landkarte zu vergessen. Ich sagte ihm, dass wir zwar die grünen Berge, die es bei ihm gibt, in Botswana nicht haben, auch kein Meer, aber wir haben die Kalahari und Land, das sich weiter erstreckt, als man sich überhaupt vorstellen kann. Ich sagte ihm, dass ein Mann, der an einem trockenen Ort geboren wird, zwar von Regen träumt, aber nicht zu viel davon will und dass ihm die Sonne, die ständig auf ihn niederbrennt, nichts ausmacht. So bin ich nie mit ihm ins Zululand gegangen, und ich habe das Meer nie gesehen, niemals. Aber das hat mich nicht unglücklich gemacht. Nicht ein einziges Mal.

Nun sitze ich also hier, dem Ende nah, und denke an alles, was mit mir geschehen ist. Es vergeht kein Tag, an dem ich nicht an Gott denke und mir überlege, wie es sein wird zu sterben. Ich habe keine Angst davor, weil Schmerzen mir nichts ausmachen und die Schmerzen, die ich spüre, ganz erträglich sind. Sie haben mir Pillen gegeben, große weiße, und mir gesagt, ich solle sie nehmen, wenn die Schmerzen in meiner Brust zu stark werden. Aber diese Pillen machen mich müde, und ich bin lieber wach. Also denke ich an Gott und frage mich, was er wohl sagen wird, wenn ich vor ihm stehe. Manche Leute stellen sich Gott als weißen Mann vor, ein Gedanke, den die Missionare den Menschen anscheinend vor vielen Jahren in die Köpfe gesetzt haben. Ich glaube nicht, dass das so ist, weil es zwischen weißen und schwarzen Männern keinen Unterschied gibt. Wir sind alle gleich. Wir sind nur Menschen. Und Gott war sowieso schon hier, bevor die Missionare kamen. Nur nannten wir ihn damals anders, und er lebte nicht drüben bei den Juden, er lebte hier in Afrika, in den Felsen, im Himmel, an Orten, wo er gerne lebte.

Es gibt eine Geschichte in Botswana über zwei Kinder, Bruder und Schwester, die von einem Wirbelsturm in den Himmel getragen werden und feststellen, dass der Himmel voll schöner weißer Rinder ist. So stelle ich ihn mir auch gerne vor, und ich hoffe, dass es stimmt. Ich hoffe, dass ich mich, wenn ich sterbe, an einem Ort wiederfinde, wo es solche Rinder gibt, die einen süßen Atem haben und rings um mich stehen. Wenn das auf mich wartet, gehe ich gerne morgen schon oder sogar jetzt in diesem Augenblick. Ich will mich aber noch von Precious verabschieden und beim Gehen die Hand meiner Tochter halten. Das wäre ein glücklicher Abschied.

Ich liebe unser Land und bin stolz darauf, ein Motswana zu sein. Kein anderes Land in Afrika kann den Kopf so hoch oben tragen wie wir. Wir haben keine politischen Gefangenen und nie welche gehabt. Wir haben eine Demokratie. Wir waren vorsichtig: Die Bank von Botswana ist voller Geld von unseren Diamanten. Wir schulden niemandem etwas.

Aber früher ging es uns schlecht. Bevor wir unser

Land aufbauten, mussten wir zum Arbeiten nach Südafrika gehen. Wir arbeiteten unter Tage wie die Leute aus Lesotho und Mosambik und Malawi und all diesen Ländern. Die Minen schluckten unsere Männer und ließen die Alten und die Kinder zurück. Wir gruben nach Gold und Diamanten und machten die Weißen reich. Sie bauten ihre großen Häuser mit ihren Mauern und ihren Autos. Und wir gruben tief unter ihnen und holten das Gestein hoch, auf dem sich ihr ganzer Reichtum gründete.

Ich ging ins Bergwerk, als ich achtzehn war. Damals waren wir das Protektorat Betschwanaland, und die Briten regierten unser Land, um uns vor den Buren zu schützen (das behaupteten sie jedenfalls). Unten in Mafikeng, hinter der Grenze zu Südafrika, gab es einen Kommissar. Der kam manchmal die Straße hochgefahren und sprach mit den Häuptlingen. Er sagte dann: »Macht dies, macht das.« Und die Häuptlinge gehorchten ihm, sie wussten, dass er sie sonst absetzen würde. Einige waren jedoch schlau. Wenn die Briten sagten: »Macht dies«, antworteten sie: »Ja, ja, Sir, das werden wir tun«, und machten hinter dem Rücken des Kommissars etwas ganz anderes oder spielten ihm was vor. Viele Jahre lang geschah also gar nichts. Es war ein gutes Regierungssystem, weil die meisten Leute wollen, dass sich nichts verändert. Das ist heute das Problem mit den Regierungen: Sie wollen ständig etwas tun. Sie sind dauernd damit beschäftigt sich auszudenken, was sie als Nächstes machen können. Die Leute mögen das aber nicht – sie wollen in Ruhe gelassen werden und sich um ihr Vieh kümmern.

Wir hatten inzwischen Mahalapye verlassen und waren nach Mochudi gezogen, wo die Angehörigen meiner Mutter lebten. Ich mochte Mochudi und wäre gern dortgeblieben, aber mein Vater sagte, ich solle in den Minen arbeiten, weil sein Land nicht mich und eine Frau ernähren könne. Wir hatten nicht viele Rinder und bauten gerade genug Feldfrüchte an, um uns das Jahr über am Leben zu halten. Als dann der Lastwagen über die Grenze kam, um Männer anzuwerben, meldete ich mich, und sie stellten mich auf eine Waage, hörten meine Brust ab und ließen mich zehn Minuten lang eine Leiter rauf- und runterklettern. Dann sagte ein Mann, aus mir würde ein guter Bergmann werden, und ich musste meinen Namen auf einen Zettel schreiben. Sie wollten den Namen meines Häuptlings wissen und fragten mich, ob ich jemals Ärger mit der Polizei gehabt hätte. Das war alles.

Am nächsten Tag fuhr ich auf dem Lastwagen davon. Ich hatte einen großen Koffer, den mein Vater im indischen Laden für mich gekauft hatte. Ich besaß nur ein Paar Schuhe, aber ich hatte ein Hemd und ein paar Hosen zum Wechseln. Außer etwas Biltongue, das meine Mutter für mich gemacht hatte, war das alles, was ich mitnahm. Ich lud meinen Koffer auf den Lastwagen. Alle Familien, die zum Abschied gekommen waren, fingen zu singen an. Die Frauen weinten, und wir auf dem Lastwagen winkten. Junge Männer wollen nicht weinen und nicht traurig aussehen, aber ich wusste, dass die Herzen in uns allen kalt waren.

Es dauerte zwölf Stunden, bis wir Johannesburg erreichten – die Straßen waren damals noch sehr holprig. Wenn der Lastwagen zu schnell fuhr, konnte eine Achse brechen. Wir fuhren durch das westliche Transvaal, durch die Hitze, im Wagen wie Vieh zusammengepfercht. Einmal in der Stunde hielt der Fahrer an, kam nach hinten und teilte Feldflaschen aus, die in jedem Ort, durch den wir fuhren, neu gefüllt wurden. Man hielt die Feldflaschen immer nur wenige Sekunden in der Hand, und in dieser kurzen Zeit versuchte man so viel Wasser zu trinken, wie man konnte. Männer, die schon zum zweiten oder dritten Mal unterschrieben hatten, kannten sich aus und hatten selbst Flaschen mit Wasser dabei, die sie mit einem teilten, wenn man verzweifelt war. Wir waren alle zusammen Botswana, und keiner sah zu, wenn ein Landsmann litt.

Die älteren Männer kümmerten sich um die jüngeren. Sie sagten ihnen, dass sie jetzt, wo sie sich für das Bergwerk verpflichtet hätten, keine kleinen Jungs mehr wären. Sie sagten, dass wir in Johannesburg Dinge sehen würden, die wir uns nie hätten vorstellen können, und dass unser Leben, wenn wir schwach oder dumm wären oder nicht hart genug arbeiteten, von jetzt an nur noch aus Leid bestünde. Sie erzählten uns, dass wir Grausamkeit und Bosheit sehen würden, dass wir aber, wenn wir uns an andere Botswana hielten und täten, was die älteren Männer uns sagten, überleben könnten. Ich dachte, sie übertrieben. Ich erinnerte mich, dass die älteren Jungen uns von der Initiationsschule erzählt hatten, zu der wir alle gehen mussten, und wie sie uns davor gewarnt hatten. Sie wollten uns Angst machen. Die Wirklichkeit war dann ganz anders. Aber diese Männer sagten trotzdem die reine Wahrheit. Was vor uns lag, war genau so, wie sie es prophezeit hatten, sogar schlimmer.

In Johannesburg bildeten sie uns zwei Wochen lang aus. Wir waren alle recht fit und stark, aber niemand konnte in die Minen geschickt werden, bevor er nicht noch stärker gemacht worden war. Deshalb führten sie uns zu einem Gebäude, das sie mit Dampf aufgeheizt hatten, und dann ließen sie uns vier Stunden am Tag auf Bänke hinauf- und herunterspringen. Für einige Männer war das zu viel. Sie brachen zusammen und mussten wieder auf die Füße gestellt werden. Aber ich überstand es irgendwie und kam in die nächste Runde des Trainings. Sie erklärten uns, wie wir hinuntergebracht würden und wie die Arbeit wäre, die sie von uns erwarteten. Sie sprachen von Sicherheit und wie der Felsen brechen und uns zerquetschen könnte, wenn wir unvorsichtig wären. Sie trugen einen Mann ohne Beine herein und legten ihn auf einen Tisch, und wir mussten uns anhören, was er uns von seinem Unfall erzählte.

Sie brachten uns Funagalo bei, die Sprache, in der unter Tage Befehle erteilt werden. Es ist eine merkwürdige Sprache. Die Zulus lachen immer, wenn sie Funagalo hören, weil so viele Zulu-Wörter drin sind, aber Zulu ist es nicht. Es ist eine Sprache, mit der man Leute gut herumkommandieren kann. Es gibt viele Wörter für schieben, nehmen, stoßen, tragen und laden und keine für Liebe, Glück oder das Zwitschern der Vögel am Morgen.

Dann gingen wir in die Schächte hinein, und man zeigte uns, was wir zu tun hatten. Sie stellten uns in Käfige, die an großen Rädern hingen, und diese Käfige schossen so schnell in die Tiefe, wie Raubvögel sich auf ihre Beute stürzen. Sie hatten Züge dort unten, kleine Züge. Sie luden uns ein und fuhren uns ans Ende langer, dunkler Tunnel, die voll grüner Felsen und Staub waren. Meine Aufgabe war es, nach der Sprengung Gesteinsbrocken aufzuladen, und das tat ich sieben Stunden am Tag. Ich wurde stark, aber immer gab es Staub, Staub, Staub.

Einige Minen waren gefährlicher als andere, und wir alle wussten, welche es waren. In einer sicheren Mine bekommt man unter Tage nur selten Tragen zu Gesicht. In einer gefährlichen sind die Tragen oft zu sehen, und man sieht Männer, die in den Käfigen nach oben gebracht werden und vor Schmerzen weinen oder – noch schlimmer – unter den schweren roten Decken ganz still sind. Wir alle wussten, dass man nur überleben konnte, wenn man in eine Kolonne gelangte, in der die Männer das hatten, was alle »Felsgespür« nannten. Jeder gute Bergarbeiter hatte das. Er musste sehen können, was der Felsen tat – was er fühlte –, und wissen, wann neue Stützen gebraucht wurden. Wenn ein oder zwei Männer in einer Kolonne nichts davon wussten, spielte es keine Rolle, wie gut die anderen waren. Der Felsen kam herab und fiel auf gute Bergleute wie schlechte.

Auch etwas anderes beeinflusste die Überlebenschancen, und das war der weiße Bergmann, den man bekam. Die weißen Bergleute waren für die einzelnen Teams verantwortlich, aber viele hatten sehr wenig zu tun. War ein Team gut, dann wusste der Boss-Boy genau, was zu tun war und wie es getan werden musste. Der weiße Bergmann tat so, als ob er Befehle erteilte, aber er wusste, dass tatsächlich der Boss-Boy die Arbeit erledigte. Ein dummer weißer Bergmann – und davon gab es genug – trieb sein Team zu sehr an. Er brüllte und schlug auf die Männer ein, wenn er glaubte, sie arbeiteten nicht schnell genug, und das konnte sehr gefährlich sein. Aber wenn der Felsen herabstürzte, war der weiße Bergmann nie da. Er war mit den anderen Weißen im Tunnel und wartete auf unseren Bericht, dass die Arbeit erledigt sei.

Es war nicht ungewöhnlich, dass ein weißer Bergmann seine Leute schlug, wenn er einen Wutanfall bekam. Es durfte eigentlich nicht sein, aber die Schicht-Bosse drückten ein Auge zu und ließen sie gewähren. Wir durften aber nie zurückschlagen, egal wie ungerecht die Prügel waren. Wenn man einen weißen Bergmann schlug, war man erledigt. Die Bergwerkspolizei wartete schon oben am Schacht, und man konnte dann ein oder zwei Jahre im Gefängnis verbringen.

Wir waren streng in Gruppen aufgeteilt, so wollten es die Weißen. Die Swazis waren alle in einer Gruppe, die Zulus in einer anderen und die Malawier wieder in einer anderen. Und so weiter. Jeder war mit seinen Leuten zusammen und musste dem Boss-Boy gehorchen. Wenn man nicht gehorchte und der Boss-Boy sagte, dass ein Mann Ärger machte, wurde er heimgeschickt, oder man sorgte dafür, dass die Polizei ihn verprügelte, bis er wieder vernünftig wurde.

Wir hatten alle Angst vor den Zulus, obwohl ich ja einen Freund hatte, der ein netter Zulu war. Die Zulus hielten sich für besser als alle anderen, und manchmal nannten sie uns Weiber. Wenn es Streit gab, dann fast immer zwischen den Zulus oder den Basotho, aber nie zwischen Botswana. Wir stritten nicht gern. In einer Samstagnacht wanderte einmal ein betrunkener Motswana aus Versehen in eine Zulu-Herberge. Sie schlugen ihn mit Sjamboks und ließen ihn auf der Straße liegen. Zum Glück entdeckte ihn ein Streifenwagen der Polizei und rettete ihn, sonst wäre er überfahren worden. Nur weil er sich in der Herberge geirrt hatte.

Ich arbeitete jahrelang in den Minen und sparte mein ganzes Geld. Andere Männer gaben es für Stadtfrauen, Alkohol und feine Kleidung aus. Ich kaufte mir nichts, nicht einmal ein Grammophon. Ich schickte das Geld an die Standard-Bank zu Hause und kaufte dann Vieh damit. Jedes Jahr kaufte ich ein paar Kühe und übergab sie meinem Cousin, damit er für sie sorgte. Sie bekamen Kälber und langsam wurde meine Herde größer.

Vermutlich wäre ich im Bergwerk geblieben, wenn ich nicht etwas Schreckliches erlebt hätte. Ich arbeitete schon fünfzehn Jahre in den Minen, als es passierte. Ich hatte jetzt einen viel besseren Job und war Gehilfe eines Sprengmeisters geworden. Wir durften nicht sprengen, weil das eine Arbeit war, die der weiße Mann lieber selber machte, aber ich sollte für einen Sprengmeister den Sprengstoff tragen und ihm mit den Zündschnüren helfen. Es war ein guter Job, und ich mochte den Mann, für den ich arbeitete.

Einmal hatte er im Tunnel seine Brotbüchse liegen lassen und mich gebeten, sie zu holen. Also ging ich in den Tunnel, wo er gearbeitet hatte, und schaute nach der Dose. Der Tunnel wurde von Glühlampen beleuchtet, die über die ganze Strecke an der Decke befestigt waren.

Es war also ziemlich sicher, da entlangzugehen. Man musste aber trotzdem vorsichtig sein, weil es ab und zu große Stollen gab, die aus den Felsen gesprengt worden waren. Sie konnten zweihundert Fuß tief sein und von den Tunnelrändern aus auf eine andere Arbeitsebene – einen unterirdischen Bruch vielleicht – steil in die Tiefe führen. Manchmal fielen Männer in diese Stollen, wenn sie in den unbeleuchteten Tunneln nicht darauf achteten, wohin sie ihren Fuß setzten. Manchmal stürzte ein Mann aber in die Tiefe, weil er unglücklich war und nicht mehr leben wollte. Es gibt viel Traurigkeit in den Herzen von Männern, die fern von ihrer Heimat sind.

Ich ging also in diesem Tunnel um eine Ecke und fand mich in einer runden Kammer wieder. Am Ende dieser Kammer befand sich ein Stollen, und dort war ein Warnschild. Vier Männer standen am Rand des Stollens und hielten einen anderen an Armen und Beinen fest. Als ich um die Ecke bog, hoben sie ihn in die Höhe und warfen ihn über den Rand in die Dunkelheit. Der Mann schrie etwas auf Xhosa. Er schrie von einem Kind, aber ich verstand nicht alles, weil mein Xhosa nicht sehr gut ist. Dann war er verschwunden.

Ich war wie angewurzelt stehen geblieben. Die Männer hatten mich noch nicht bemerkt, aber einer drehte sich um und sah mich. Er brüllte etwas auf Zulu. Dann liefen sie auf mich zu. Ich drehte mich um und rannte durch den Tunnel zurück. Ich wusste, wenn sie mich erwischten, würde ich dem anderen Mann in die Tiefe folgen. Dieses Rennen durfte ich nicht verlieren.

Obwohl ich davonkam, wusste ich, dass die Männer mich gesehen hatten und dass dies mein Ende bedeutete.

Ich hatte den Mord beobachtet und konnte es bezeugen. Ich wusste, dass ich nicht im Bergwerk bleiben konnte.

Ich sprach mit dem Sprengmeister. Er war ein guter Mann und hörte mir aufmerksam zu, als ich ihm sagte, dass ich gehen müsse. Mit keinem anderen Weißen hätte ich so reden können, aber er verstand mich.

Trotzdem versuchte er mich zu überreden, zur Polizei zu gehen.

»Sag ihnen, was du gesehen hast«, riet er mir auf Afrikaans. »Sag es ihnen. Sie können die Zulus festnehmen und aufhängen.«

»Ich weiß nicht, wer die Männer sind. Sie werden mich vorher erwischen. Ich fahre lieber nach Hause zurück.«

Er sah mich an und nickte. Dann nahm er meine Hand und schüttelte sie. Es war das erste Mal, dass ein Weißer das mit mir machte. Also nannte ich ihn meinen Bruder, und es war das erste Mal, dass ich das zu einem Weißen sagte.

»Geh nach Hause zu deiner Frau«, sagte er. »Wenn ein Mann seine Frau zu lange allein lässt, fängt sie an, ihm Ärger zu machen. Glaube mir. Geh zurück und gib ihr mehr Kinder.«

Also verließ ich heimlich wie ein Dieb das Bergwerk und kehrte 1960 nach Botswana zurück. Ich kann euch nicht sagen, wie voll mein Herz war, als ich die Grenze zu Botswana überquerte und Südafrika für immer hinter mir ließ. Dort hatte ich jeden Tag geglaubt, sterben zu müssen. Gefahr und Kummer hingen über Johannesburg wie eine dunkle Wolke, und ich konnte dort niemals glücklich sein. In Botswana war es anders. Es gab keine Polizisten mit Hunden. Es gab keine *totsis* mit Messern, die dich ausrauben wollen. Du wurdest nicht jeden Morgen von einer heulenden Sirene geweckt, die dich in die heiße Erde hinunterschickt. Es gab keine Massen von Männern, alle aus einem fernen Ort, alle heimwehkrank, die alle lieber woanders wären. Ich hatte ein Gefängnis verlassen – ein großes, ächzendes Gefängnis unter dem Sonnenlicht.

Als ich damals nach Hause kam und in Mochudi aus dem Bus stieg und den Hügel und das Haus des Häuptlings und die Ziegen sah, stand ich nur da und weinte. Ein Mann kam auf mich zu – ein Mann, den ich nicht kannte – und legte eine Hand auf meine Schulter und fragte mich, ob ich soeben aus den Minen zurückgekehrt sei. Ich sagte Ja, und er nickte nur und ließ seine Hand auf meiner Schulter, bis ich aufhörte zu weinen. Dann lächelte er und ging weiter. Er hatte meine Frau kommen sehen und wollte die Heimkehr eines Ehemanns nicht stören.

Diese Frau hatte ich drei Jahre zuvor geheiratet, aber seit der Hochzeit hatten wir uns kaum gesehen. Einmal im Jahr kam ich für einen Monat aus Johannesburg, und das war das ganze Leben, das wir zusammen gehabt hatten. Nach meiner letzten Reise war sie schwanger geworden, und mein Töchterchen wurde geboren, als ich noch weg war. Jetzt würde ich es sehen. Meine Frau hatte es mitgenommen, um mich vom Bus abzuholen. Da stand sie mit dem Kind in den Armen, dem Kind, das wertvoller für mich war als alles Gold aus den Minen von Johannesburg. Es war mein Erstgeborenes, mein einziges Kind, mein Mädchen, meine Precious Ramotswe.

Precious war wie ihre Mutter, die eine gute, dicke Frau war. Sie spielte auf dem Hof vor dem Haus und lachte, wenn ich sie in die Höhe hob. Ich hatte eine Kuh, die gute Milch gab und die ich für Precious in der Nähe hielt. Sie bekam auch viel Sirup von uns und jeden Tag Eier. Meine Frau rieb Vaseline auf ihre Haut und polierte sie so, dass sie glänzte. Man sagte, sie sei das schönste Kind in ganz Betschwanaland, und Frauen kamen von weither, um sie zu sehen und im Arm zu halten.

Dann starb meine Frau, die Mutter von Precious. Wir lebten damals am Rand von Mochudi, und sie ging öfter zu einer Tante, die über der Bahnlinie in der Nähe der Francistown Road wohnte. Sie brachte ihr Lebensmittel, weil die Tante zu alt war, um sich selbst zu versorgen, und nur einen Sohn hatte, der an *Sufuba* litt und nicht weit gehen konnte.

Ich weiß nicht, wie das Unglück passiert ist. Einige sagten, dass sich ein Gewitter zusammengebraut hätte, es hätte geblitzt, und vielleicht sei sie losgerannt, ohne zu gucken. Sie war jedenfalls auf dem Gleis, als der Zug aus Bulawayo kam und sie überfuhr. Der Lokomotivführer sagte, dass es ihm leidtäte, und er habe sie überhaupt nicht gesehen, was wahrscheinlich stimmte.

Meine Cousine kam und kümmerte sich um Precious. Sie nähte ihr Kleider, brachte sie zur Schule und kochte unser Essen. Ich war ein trauriger Mann und dachte: Jetzt hast du nichts mehr im Leben außer Precious und dein Vieh. Ich hatte mittlerweile noch mehr Rinder und dachte sogar daran, einen Laden zu kaufen. Aber ich beschloss, zu warten und Precious einen Laden kaufen zu lassen, wenn ich tot war. Außerdem hatte der Staub in den Minen meine Lunge ruiniert, und ich konnte nicht schnell gehen oder Sachen heben.

Eines Tages – ich war gerade vom Gehege zurückgekommen – stand ich an der Hauptstraße, die von Francistown nach Gaborone führte. Es war ein heißer Tag, und ich saß unter einem Baum neben der Straße und wartete auf den Bus. In der Hitze schlief ich ein und wurde vom Geräusch eines Autos geweckt, das vor mir anhielt.

Es war ein großer Wagen, ein amerikanisches Auto, glaube ich, und auf dem Rücksitz saß ein Mann. Der Fahrer ging zu mir und redete mich auf Setswana an, obwohl das Nummernschild des Autos aus Südafrika war. Der Fahrer sagte, der Kühler sei undicht, und fragte mich, ob ich wüsste, wo sie Wasser finden könnten. Zufällig gab es auf dem Weg zum Gehege einen Wassertank als Tränke für das Vieh, und so ging ich mit dem Fahrer, und wir füllten eine Blechbüchse mit Wasser.

Als wir zurückkamen, um das Wasser in den Kühler zu schütten, war der Mann, der hinten gesessen hatte, ausgestiegen und stand da und schaute mich an. Er lächelte, um zu zeigen, dass er dankbar für meine Hilfe war, und ich lächelte zurück. Dann merkte ich, dass ich ihn kannte, dass es der Mann war, der all die Minen in Johannesburg leitete – einer von Mr Oppenheimers Leuten.

Ich ging zu diesem Mann und sagte ihm, wer ich war. Ich sagte, ich sei Ramotswe, der in seinem Bergwerk gearbeitet hätte, und dass es mir leidtäte, so früh gegangen zu sein, dass dies aber an Umständen gelegen hätte, die ich nicht ändern konnte.

Er lachte und sagte, es sei gut von mir gewesen, so viele Jahre in den Minen gearbeitet zu haben. Er sagte, ich könne in seinem Auto mitfahren, er würde mich nach Mochudi bringen.

Ich kam also in diesem Auto in Mochudi an, und dieser wichtige Mann betrat mein Haus. Er sah Precious und sagte, sie sei ein sehr schönes Kind. Nachdem er Tee getrunken hatte, blickte er auf seine Uhr.

»Ich muss jetzt gehen«, sagte er. »Ich muss nach Johannesburg zurück.«

Ich sagte, seine Frau würde sicher böse sein, wenn er nicht pünktlich zum Essen käme, das sie ihm gekocht hätte. Und er sagte, so würde es wohl sein.

Er ging hinaus. Mr Oppenheimers Mann griff in seine Jacke und zog eine Brieftasche hervor. Als er sie öffnete, drehte ich mich um. Ich wollte kein Geld von ihm, aber er bestand darauf. Er sagte, ich hätte zu den Leuten von Mr Oppenheimer gehört, und Mr Oppenheimer sorge gern für seine Leute. Dann gab er mir zweihundert Rand, und ich sagte, ich würde mir einen Bullen dafür kaufen, weil ich gerade einen verloren hätte.

Darüber freute er sich. Ich sagte ihm, er solle in Frieden gehen, und er sagte, ich solle in Frieden bleiben. So nahmen wir voneinander Abschied. Ich habe meinen Freund nie wiedergesehen, obwohl er immer da ist, immer in meinem Herzen.

3

Obed Ramotswes Cousine bezog ein Zimmer an der Rückseite des Häuschens, das er nach seiner Rückkehr von den Minen am Dorfrand gebaut hatte. Eigentlich hatte er diesen Raum als Vorratskammer gedacht, in dem er seine Blechkoffer und Extradecken und den Vorrat an Paraffin, das er zum Kochen benutzte, aufbewahrte, aber für diese Sachen fand sich auch woanders Platz. Als dann ein Bett und ein kleiner Schrank aufgestellt und die Wände geweißelt worden waren, konnte der Raum bezogen werden. Aus Sicht der Cousine war dies ein beinahe unvorstellbarer Luxus, denn nachdem ihr Mann sie vor sechs Jahren verlassen hatte, war sie wieder zu ihrer Mutter und Großmutter gezogen und gezwungen gewesen, in einem Raum zu schlafen, der nur drei Wände hatte, wobei eine das Dach nicht ganz erreichte. Mutter und Großmutter, die ziemlich altmodisch dachten, hatten sie mit stillschweigender Verachtung gestraft, denn sie fanden, dass eine von ihrem Mann verlassene Frau ihr Schicksal verdiene. Sie mussten sie natürlich aufnehmen, aber es war Pflicht und keine Zuneigung, die die Tür für sie öffnete.

Ihr Ehemann hatte sie verlassen, weil sie unfruchtbar war, für eine kinderlose Frau ein nahezu unvermeidliches Los. Sie hatte das wenige Geld, das sie besaß, für Besuche bei traditionellen Heilern ausgegeben, wobei einer von ihnen ihr versprochen hatte, dass sie wenige Monate nach seinen Bemühungen empfangen würde. Er hatte ihr verschiedene Kräuter und pulverisierte Rinden verabreicht, und als diese nichts brachten, hatte er sich eines Zaubers bedient. Einige Tränke hatten sie krank gemacht, und einer hatte sie fast getötet, was in Anbetracht der Bestandteile nicht überraschte, aber sie wurde nicht schwanger und wusste, dass ihr Ehemann die Geduld verlor. Kurz nachdem er gegangen war, schrieb er ihr aus Lobatse und teilte ihr stolz mit, dass seine neue Frau schwanger sei. Anderthalb Jahre später traf ein kurzer Brief mit einem Foto des Kindes ein. Geld kam keines, und es war auch das letzte Mal, dass sie von ihm hörte.

Jetzt, wo sie mit Precious in den Armen im eigenen Zimmer mit seinen vier soliden, weiß getünchten Wänden stand, war ihr Glück vollkommen. Die jetzt vierjährige Precious durfte bei ihr im Bett schlafen, und sie lag nachts stundenlang wach, um dem Atmen des Kindes zu lauschen. Sie streichelte ihre Haut, hielt die kleine Hand zwischen ihren Fingern und staunte über die Vollkommenheit des Kinderkörpers. Wenn Precious nachmittags in der Hitze schlief, saß sie neben ihr, strickte und nähte ihr Jäckchen und Söckchen in leuchtendem Rot und Blau und scheuchte die Fliegen von dem schlafenden Kind.

Auch Obed war zufrieden. Er gab seiner Cousine jede Woche Geld, um Lebensmittel einzukaufen, und jeden Monat etwas extra für sie allein. Sie wirtschaftete sparsam, und so blieb immer Geld übrig, wovon sie Precious etwas kaufte. Er hatte nie Grund, sie zu tadeln, und hatte an der Erziehung seiner Tochter nichts auszusetzen. Alles war perfekt.

Die Cousine wollte, dass Precious klug würde. Sie hatte selbst wenig Schulbildung und nur mühsam lesen gelernt und spürte, dass sich für Frauen etwas ändern könnte. Es gab jetzt eine politische Partei, in die auch Frauen eintreten konnten, auch wenn einige Männer murrten und sagten, damit fordere man das Schicksal heraus. Die Frauen begannen, miteinander über ihr Los zu sprechen. Niemand lehnte sich natürlich in aller Öffentlichkeit gegen die Männer auf, aber wenn die Frauen sich jetzt unterhielten, wurden Dinge geflüstert und Blicke ausgetauscht. Die Cousine dachte an ihr eigenes Leben, an die frühe Verheiratung mit einem Mann, den sie kaum kannte, und an die Schande, keine Kinder gebären zu können. Sie erinnerte sich an die Jahre, in denen sie in einem Raum mit drei Wänden gelebt hatte, und an die Arbeiten, die ihr aufgebürdet worden waren – natürlich unbezahlt. Eines Tages würden die Frauen vielleicht ihre Stimmen erheben können und zeigen, was falsch war. Dafür müssten sie aber lesen können. Zuerst brachte sie Precious das Zählen bei. Sie zählten Ziegen und Rinder. Sie zählten Jungen, die im Staub spielten. Sie zählten Bäume und gaben jedem Baum einen Namen: der krumme, der ohne Blätter, der, in dem sich Mopani-Würmer gern verstecken, der, auf den kleine Vögel fliegen. Dann sagte sie: »Wenn wir den Baum, der wie ein alter Mann aussieht, fällen – wie viele Bäume sind dann noch übrig?« Precious musste im Kopf Listen aufstellen – die Namen von Familienmitgliedern, die Namen von Rindern, die ihr Großvater besessen hatte, die Namen der Häuptlinge. Manchmal saßen sie vor dem Gemischtwarenladen in der Nähe und warteten darauf, dass ein Auto oder ein Lastwagen auf der schlaglochzerfressenen Straße vorbeiholperte. Die Cousine las das Autokennzeichen vor, und Precious musste versuchen, sich am nächsten und vielleicht sogar noch am übernächsten Tag daran zu erinnern. Sie spielten auch eine Art Kim-Spiel, bei dem die Cousine verschiedene Gegenstände auf ein Korbtablett legte. Dann wurde ein Tuch darübergelegt und ein Gegenstand entfernt.

»Was ist vom Tablett verschwunden?«

»Ein alter Marula-Kern, ganz knorrig und abgenagt.«

»Und was sonst?«

»Nichts.«

Es machte nie einen Fehler, dieses Kind, das alles und jeden mit seinen großen, ernsten Augen betrachtete. Und langsam, ohne dass es jemand darauf angelegt hatte, wurden Wissensdurst und Bewusstsein im Kind gefördert.

Als Precious mit sechs Jahren zur Schule kam, kannte sie bereits das Alphabet, konnte bis zweihundert zählen und das ganze erste Kapitel des Ersten Buchs Mose in Setswana aufsagen. Sie hatte auch ein paar Worte Englisch gelernt und konnte alle vier Verse eines englischen Gedichts über Schiffe und die See deklamieren. Der Lehrer war beeindruckt und beglückwünschte die Cousine zu ihrer Leistung. Es war das erste Lob, das sie jemals für die Erfüllung einer Aufgabe erhielt. Obed hatte ihr zwar oft großzügig gedankt, aber es war ihm nie eingefallen, sie zu loben, sie erfüllte ja nur ihre Pflicht als Frau, und da war nichts Besonderes daran.

»Wir sind es, die zuerst die Erde pflügten, als Modise – Gott – uns schuf«, lautet ein altes Setswana-Gedicht. »Wir sind es, die das Essen zubereiten. Wir sind es, die sich um die Männer kümmern, wenn sie kleine Jungen sind, wenn sie junge Männer sind und wenn sie alt sind und bald sterben. Wir sind immer da. Aber wir sind nur Frauen, und niemand sieht uns.«

Mma Ramotswe dachte: Gott hat uns auf diese Erde gesetzt. Wir waren damals alle Afrikaner, am Anfang, weil der Mensch aus Kenia stammt, wie Dr. Leakey und sein Daddy es bewiesen haben. Wenn man also genau darüber nachdenkt, sind wir alle Brüder und Schwestern, aber was siehst du, wenn du dich umschaust? Kampf, Kampf, Kampf. Reiche Leute, die die Armen töten. Arme Leute, die die Reichen töten. Überall, außer in Botswana. Den Frieden haben wir Sir Seretse Khama zu verdanken, der ein guter Mann war, der Botswana erfunden hat und einen guten Ort daraus gemacht hat. Mma Ramotswe weinte noch manchmal um ihn, wenn sie an seine schwere Krankheit dachte und an die Worte, die all diese klugen Ärzte in London gesagt hatten: »Es tut uns leid, aber wir können euren Präsidenten nicht heilen.«

Das Problem war natürlich, dass die Leute nicht den Unterschied zwischen Richtig und Falsch zu begreifen schienen. Sie mussten immer wieder daran erinnert werden. Wenn man es ihnen selbst überließ, daran zu denken, würden sie sich nie die Mühe machen. Sie würden nur herausfinden, was für sie selbst am besten wäre, und es dann als das Richtige bezeichnen. So dachten die meisten Leute.

Precious Ramotswe hatte in der Sonntagsschule von Gut und Böse erfahren. Die Cousine hatte sie hingebracht, als sie sechs war, und bis zu ihrem elften Lebensjahr war sie jeden Sonntag hingegangen. Sie hatte also genügend Zeit, alles über das Richtige und Falsche zu lernen, obwohl sie sich über andere Aspekte der Religion den Kopf zerbrach – auch heute noch. Sie konnte nicht glauben, dass der Herr auf Wasser gegangen war – das ging einfach nicht. Und sie hatte auch die Geschichte über die Speisung der Fünftausend nicht geglaubt, was genauso unmöglich war. Das waren Lügen, davon war sie überzeugt, und die größte Lüge von allen war die, dass der Herr keinen Daddy auf dieser Erde hatte. Das war unwahr, weil schon Kinder wussten, dass man einen Vater braucht, um ein Kind zu machen. Für Rinder, Hühner und Menschen galt das Gleiche. Aber richtig und falsch – das war etwas anderes. Und sie hatte keine Schwierigkeiten damit, dass es falsch war zu lügen, zu stehlen und andere Leute zu töten.

Wenn die Menschen klare Richtlinien brauchten, war niemand besser dafür geeignet als Mma Mothibi, die die Sonntagsschule in Mochudi mehr als zwölf Jahre geleitet hatte. Sie war eine kleine Dame, fast kugelrund, die mit außergewöhnlich tiefer Stimme sprach. Sie brachte den Kindern Kirchenlieder in Setswana und Englisch bei, und weil sie von ihr singen lernten, sang der Kinderchor eine Oktave tiefer als alle anderen, als ob sie Frösche wären.

Die Kinder saßen nach dem Gottesdienst, in ihre besten Sachen gekleidet, auf den hinteren Bänken der Kirche und wurden von Mma Mothibi unterrichtet. Sie las ihnen aus der Bibel vor und ließ sie immer wieder die Zehn Gebote aufsagen, und sie erzählte ihnen religiöse Geschichten aus einem kleinen blauen Buch, das aus London gekommen war, wie sie sagte, und nirgendwo sonst im Lande zu haben war.

»Dies sind die Regeln für gutes Verhalten«, predigte sie. »Ein Junge muss immer früh aufstehen und seine Gebete sprechen. Dann muss er seine Schuhe putzen und seiner Mutter beim Zubereiten des Frühstücks für die Familie helfen, wenn es Frühstück gibt. Manche Leute frühstücken nicht, weil sie arm sind. Dann muss er zur Schule gehen und alles tun, was sein Lehrer sagt. Auf diese Weise lernt er, ein kluger christlicher Junge zu sein, der später einmal, wenn der Herr ihn heimruft, in den Himmel kommt. Für Mädchen gelten die gleichen Regeln, nur müssen sie sich außerdem noch vor den Jungen vorsehen und bereit sein, den Jungen zu sagen, dass sie Christinnen sind. Einige Jungen werden das nicht verstehen ... «

Ja, dachte Precious Ramotswe. Einige Jungen verstehen das nicht, und sogar hier in der Sonntagsschule war so ein Junge, dieser Josiah, ein böser Junge, obwohl er erst neun war. Er wollte in der Sonntagsschule immer unbedingt neben Precious sitzen, auch wenn sie ihm aus dem Weg ging. Er guckte sie dauernd an und lächelte vielversprechend, obwohl sie zwei Jahre älter war als er. Außerdem sorgte er immer dafür, dass sein Bein ihres berührte, was sie ärgerte und unruhig von ihm wegrutschen ließ.

Am schlimmsten aber war, dass er die Knöpfe seiner Hose aufmachte und auf das Ding zeigte, das Jungen haben, und von ihr erwartete, dass sie hinschaute. Das gefiel ihr gar nicht, weil so etwas nicht in einer Sonntagsschule passieren durfte. Und überhaupt – was war daran so besonders? Alle Jungen hatten so ein Ding.

Schließlich sagte sie es Mma Mothibi, und die Lehrerin lauschte mit ernster Miene.

»Jungen, Männer«, sagte sie. »Sie sind alle gleich. Sie glauben, dass dieses Ding etwas Besonderes ist, und sie sind alle so stolz darauf. Sie wissen nicht, wie lächerlich es ist.«

Wenn es wieder passiere, empfahl sie Precious, solle sie ihr Bescheid sagen. Sie müsse nur ihre Hand ein wenig heben, Mma Mothibi würde es sehen. Dies wäre das Signal.

Es geschah in der folgenden Woche. Als Mma Mothibi hinter den Kindern stand und in ihre Sonntagsschulbücher blickte, die sie aufgeschlagen hatten, machte Josiah einen Knopf auf und flüsterte Precious zu, sie solle nach unten schauen. Sie hielt den Blick aber auf ihr Buch gerichtet und hob die linke Hand. Er konnte es nicht sehen, aber Mma Mothibi hatte es bemerkt. Die schlich sich von hinten an den Jungen heran und hob ihre Bibel. Dann ließ sie das Buch auf seinen Kopf niedersausen. Die Kinder fuhren erschrocken zusammen.

Josiah duckte sich unter dem Schlag, und Mma Mothibi stellte sich vor ihn hin und zeigte auf seinen offenen Hosenschlitz. Dann hob sie das Buch noch einmal in die Höhe und gab ihm noch einmal eine Art Kopfnuss, diesmal sogar noch härter.

Es war das letzte Mal, das Josiah Precious Ramotswe oder irgendein anderes Mädchen belästigte. Precious dagegen lernte eine wichtige Lektion über die Art, wie man Männer behandelte. Diese Lektion blieb viele Jahre in ihrem Gedächtnis haften und erwies sich später – wie alle Lektionen der Sonntagsschule – als äußerst nützlich.

Die Cousine sorgte für Precious in den ersten acht Jahren ihres Lebens. Was Obed anging, hätte sie für immer bleiben können, da sie seinen Haushalt führte und sich nie beklagte oder Geld verlangte. Aber er merkte, dass die Cousine auch ihren Stolz hatte und trotz allem, was beim letzten Mal geschehen war, gern wieder geheiratet hätte. Deshalb gab er bereitwillig seinen Segen, als die Cousine verkündete, sie habe sich schon einige Zeit mit einem Mann getroffen, dessen Heiratsantrag sie angenommen habe.

»Ich könnte Precious mitnehmen«, sagte sie, »sie ist ja für mich wie eine Tochter. Aber dich gibt's ja schließlich auch noch …«

»Ja«, sagte Obed. »Ich bin auch noch da. Würdest du mich denn auch mitnehmen?«

Die Cousine lachte. »Mein neuer Mann ist reich, aber ich glaube, er will nur eine Person heiraten.«

Obed kümmerte sich um die Hochzeitsvorbereitungen, da er der nächste Verwandte der Cousine war und ihm diese Aufgabe zufiel. Nach allem, was sie für ihn getan hatte, machte er das jedoch gern. Er ließ zwei Rinder schlachten und genug Bier für zweihundert Leute brauen. Dann betrat er mit der Cousine am Arm die Kirche und sah den neuen Mann und seine Angehörigen und andere entfernte Verwandte und ihre Freunde und Leute aus dem Dorf, eingeladen und uneingeladen, wartend und schauend.

Nach der Hochzeitsfeier gingen sie ins Haus zurück, wo zwischen Dornenbäumen Zeltbahnen gespannt und geliehene Stühle aufgestellt worden waren. Die alten Leute setzten sich, während die jungen umhergingen und schwatzten und in der Luft herumschnüffelten und den Duft der großen Fleischmengen einsogen, die über den offenen Feuern brutzelten. Dann wurde gegessen, und Obed hielt vor der Cousine und dem neuen Ehemann eine Dankesrede, und der neue Ehemann antwortete, dass er Obed dankbar sei, weil der sich so gut um seine Frau gekümmert hatte.

Der neue Ehemann besaß zwei Busse, die ihn reich machten. Einer davon, der Molepolole-Sonderexpress, war für die Hochzeit benutzt und mit leuchtend blauem Stoff geschmückt worden. Mit dem anderen fuhren sie nach der Feier davon – der Ehemann am Steuer und seine neue Frau auf dem Platz gleich hinter ihm. Unter aufgeregtem Schreien und Heulen der Frauen fuhr der Bus ins Glück.

Zehn Meilen südlich von Gaborone, in einem Lehmziegelhaus, das der Bruder des neuen Ehemanns für ihn gebaut hatte, gründeten sie ihren Hausstand. Das Haus hatte ein rotes Dach, weiße Mauern und ein eingezäuntes Grundstück im traditionellen Stil, mit einem ummauerten Hof nach vorn. Auf der Rückseite befanden sich eine kleine Hütte für einen Dienstboten und eine Latrine aus verzinktem Blech. Die Cousine hatte eine Küche mit glänzenden neuen Töpfen und zwei Kochherden. Außerdem gab es einen großen neuen südafrikanischen Kühlschrank, der mit Paraffin betrieben wurde und den ganzen Tag leise schnurrte und in seinem Innern alles eiskalt hielt. Jeden Abend kam der Ehemann mit den Tageseinnahmen von seinen Bussen nach Hause, und sie half ihm beim Geldzählen. Sie erwies sich als hervorragende Buchhalterin und übernahm bald diesen Teil des Geschäfts mit bemerkenswertem Erfolg.

Die Cousine machte ihren neuen Ehemann auch auf andere Weise glücklich. Als Junge war er von einem Schakal gebissen worden und hatte Narben im Gesicht, da ein junger Arzt im schottischen Missionarskrankenhaus in Molepolole die Wunden ungeschickt zusammengenäht hatte. Keine Frau hatte ihm bisher gesagt, dass er gut aussähe, und er hatte nie davon geträumt, dass es ihm eine sagen würde. Er war es eher gewohnt, dass jemand aus Mitgefühl zusammenzuckte. Die Cousine erklärte ihm jedoch, dass er der bestaussehende Mann sei, dem sie je begegnet wäre, und der männlichste dazu. Das war keineswegs nur geschmeichelt, sie meinte auch, was sie sagte, und sein Herz füllte sich mit Wärme.

»Ich weiß, dass du mich vermisst«, schrieb die Cousine an Precious. »Aber ich weiß auch, dass du möchtest, dass ich glücklich bin. Ich bin jetzt sehr glücklich. Ich habe einen sehr guten Ehemann, der mir wunderschöne Kleider gekauft hat und mich jeden Tag sehr glücklich macht. Eines Tages wirst du zu uns kommen, und dann können wir die Bäume wieder zählen und wie früher zusammen Kirchenlieder singen. Jetzt musst du dich um deinen Vater kümmern, weil du alt genug dazu bist und er ein guter Mann ist. Ich möchte, dass du auch glücklich bist, und darum bete ich jede Nacht. Gott sorge für Precious Ramotswe. Gott behüte sie heute Nacht und für immer. Amen.«

Als kleines Mädchen hatte Precious Ramotswe gern gezeichnet, eine Beschäftigung, die die Cousine schon frühzeitig gefördert hatte. Zum zehnten Geburtstag hatte sie einen Zeichenblock und Farbstifte bekommen, und ihre Begabung kam sehr bald zum Vorschein. Obed Ramotswe war stolz auf ihre Fähigkeit, die reinen weißen Blätter ihres Zeichenblocks mit Szenen des alltäglichen Lebens von Mochudi zu füllen. Hier war eine Skizze, die den Teich vor dem Krankenhaus zeigte – alles war deutlich zu erkennen –, und hier war ein Bild der Oberin des Hospitals, die sich einen Esel ansah. Und auf dieser Seite war ein Bild des Ladens, der Kleinen Aufrechten Gemischtwarenhandlung, mit Sachen davor, die Säcke mit Mais sein konnten oder vielleicht Leute, die sich hingesetzt hatten – man konnte da nicht so sicher sein –, aber es waren hervorragende Skizzen, und er hatte bereits mehrere an den Wänden des Wohnzimmers ihres Hauses befestigt, hoch oben unter der Decke, wo die Fliegen saßen.

Ihre Lehrer wussten von dieser Begabung und sagten, eines Tages würde vielleicht eine große Künstlerin aus ihr werden, deren Bilder auf dem Deckblatt des Botswana-Kalenders erscheinen. Das machte ihr Mut, und eine Skizze folgte der anderen. Ziegen, Rinder, Berge, Kürbisse, Häuser. Es gab so viel für das Künstlerauge in Mochudi, dass keine Gefahr bestand, dass ihr die Motive ausgingen.

Die Schule erfuhr von einem Malwettbewerb für Kinder. Das Museum in Gaborone hatte jede Schule im

Land gebeten, eine Schülerzeichnung über das Thema »Das heutige Leben in Botswana« einzureichen. Natürlich bestand kein Zweifel darüber, wessen Werk dafür ausgewählt würde. Precious wurde gebeten, etwas Besonderes zu malen und sich viel Zeit dafür zu nehmen. Dieses Bild würde dann als Beitrag aus Mochudi nach Gaborone geschickt.

Sie malte ihr Bild an einem Samstag, ging früh mit ihrem Skizzenblock hinaus und kam einige Stunden später zurück, um es zu Hause fertig zu malen. Es war eine sehr gute Zeichnung, fand sie, und ihre Lehrerin war begeistert, als sie ihr das Bild am folgenden Montag zeigte.

»Damit gewinnst du den Preis für Mochudi«, sagte sie. »Alle werden stolz auf dich sein.«

Die Zeichnung wurde sorgfältig zwischen zwei Bogen Wellpappe gelegt und per Einschreiben an das Museum geschickt. Dann herrschte fünf Wochen lang Stille. In dieser Zeit geriet der Wettbewerb in Vergessenheit. Erst als der Brief beim Rektor eintraf und er ihn Precious strahlend vorlas, erinnerten sich alle wieder daran.

»Du hast den ersten Preis gewonnen«, sagte er. »Du sollst nach Gaborone fahren, mit deiner Lehrerin und mir und deinem Vater, um den Preis bei einer besonderen Feier vom Erziehungsminister überreicht zu bekommen.«

Es war zu viel für sie, und ihr kamen die Tränen. Sie durfte die Schule frühzeitig verlassen und nach Hause laufen, um ihrem Daddy die Nachricht zu überbringen.

Als der Tag der Preisverleihung gekommen war, fuhren sie mit dem Rektor in seinem Lastwagen nach

Gaborone, trafen aber viel zu früh für die Feier ein und mussten mehrere Stunden im Museumshof warten, bis die Türen geöffnet wurden. Schließlich gingen sie auf, und andere kamen, Lehrer, Leute von den Zeitungen, Mitglieder der Regierung. Dann fuhr der Minister in einem schwarzen Auto vor, und die Menschen setzten ihre Gläser mit Orangensaft ab und hörten auf zu essen.

Sie sah, dass ihr Bild an einem besonderen Platz hing – an einer Trennwand –, und darunter war eine kleine Karte befestigt. Sie ging mit ihrer Lehrerin hin, um nachzuschauen, was es war, und las mit wild klopfendem Herzen sauber getippt ihren Namen: PRECIOUS RAMOTSWE (10) (STAATLICHE GRUNDSCHULE VON MOCHUDI). Und darunter, ebenfalls getippt, der Titel, den das Museum dem Bild gegeben hatte: Rinder neben einem Damm.

Sie erstarrte erschrocken. Es war falsch. Das Bild stellte Ziegen dar, aber sie hatten sie für Rinder gehalten! Sie bekam einen Preis für ein Rinderbild, der ihr nicht zustand.

»Was ist los?«, fragte ihr Vater. »Du musst dich doch freuen. Warum siehst du so traurig aus?«

Sie konnte nichts sagen. Sie war im Begriff, eine Verbrecherin zu werden, eine Betrügerin. Sie konnte unmöglich den Preis für ein Rinderbild annehmen, den sie schlicht und einfach nicht verdiente.

Aber jetzt stand der Minister neben ihr und wollte zu einer Rede ansetzen. Sie blickte zu ihm auf, und er lächelte freundlich zurück.

»Du bist eine sehr gute Malerin«, sagte er. »Mochudi muss sehr stolz auf dich sein.«

Sie blickte auf ihre Schuhspitzen. Sie würde gestehen müssen.

»Auf dem Bild sind keine Rinder«, sagte sie. »Auf dem Bild sind Ziegen. Sie können mir keinen Preis für einen Fehler geben.«

Der Minister runzelte die Stirn und betrachtete das kleine Schild. Dann drehte er sich wieder zu ihr hin und sagte: »Die haben einen Fehler gemacht. Ich finde auch, dass es Ziegen sind. Das sind keine Rinder.«

Er räusperte sich, und der Direktor des Museums bat um Ruhe.

»Dieses hervorragende Bild von Ziegen«, sagte der Minister, »zeigt, wie talentiert unsere jungen Leute in diesem Lande sind. Diese junge Dame wird zu einer guten Staatsbürgerin heranwachsen und vielleicht eine berühmte Künstlerin werden. Sie verdient ihren Preis, und ich werde ihn ihr jetzt überreichen.«

Sie nahm das Paket, das er ihr gab, spürte seine Hand auf ihrer Schulter und hörte ihn flüstern: »Du bist das ehrlichste Kind, das mir je begegnet ist. Gut gemacht.«

Dann war die Feier vorbei, und etwas später fuhren sie im klapprigen Lastwagen des Rektors nach Mochudi zurück, eine heimkehrende Heldin.

4

Im Alter von sechzehn Jahren verließ Precious Ramotswe die Schule. »Die beste Schülerin hier«, betonte der Rektor. »Eine der besten Schülerinnen in ganz Botswana.« Ihr Vater hatte gewollt, dass sie auf der Schule blieb, ihr Examen machte, das *Cambridge School Certificate* erwarb und möglichst noch weiterstudierte, aber Precious langweilte sich in Mochudi. Auch die Arbeit in der Gemischtwarenhandlung, wo sie jeden Samstag Inventur machte und Stunden damit zubrachte, auf der zerknitterten Bestandsliste Posten abzuhaken, langweilte sie. Sie wollte irgendwohin – sie wollte, dass ihr Leben begann.

»Du kannst zu meiner Cousine gehen«, sagte ihr Vater. »Dort ist es ganz anders, da wirst du sicher einiges erleben.«

Es fiel ihm schwer, das zu sagen. Er wollte, dass sie blieb und sich um ihn kümmerte, aber er wusste, wie selbstsüchtig es wäre, wenn sich ihr Leben nur um seines drehte. Sie wollte Freiheit, sie wollte das Gefühl, mit ihrem Leben etwas anfangen zu können. Und der Gedanke an eine Verheiratung ließ sich auch nicht ewig verdrängen. Schon bald würden bestimmt Männer auftauchen, die sie heiraten wollten.

Er würde es ihr natürlich nie verbieten. Aber wenn der Mann, der sie heiraten wollte, nun ein Tyrann wäre oder ein Säufer oder ein Frauenheld? All das war möglich. Männer, die nur auf ein attraktives Mädchen warteten, um sich an es zu hängen und sein Leben langsam zu zerstören, gab es zur Genüge. Solche Männer waren wie Blutegel. Sie sogen so lange an dem guten Herzen einer Frau, bis es leer und ihre Liebe verbraucht war. Das konnte lange dauern, wie er wusste, weil Frauen über einen unermesslichen Vorrat an Güte verfügten. Wenn einer dieser Männer also Precious haben wollte – was könnte er dann schon als Vater ausrichten? Er könnte sie vor dem Risiko warnen – aber wer lässt sich schon warnen, wenn er liebt? Wie oft hatte er es beobachten müssen: Liebe war eine Art Blindheit, die die Augen vor den krassesten Fehlern verschloss. Man konnte einen Mörder lieben und glauben, dass der Liebste nicht einmal eine Zecke zerquetschen könne und erst recht keinen Mord begehen. Es hätte dann keinen Sinn, Precious umstimmen zu wollen.

Das Haus der Cousine wäre so sicher wie jedes andere, auch wenn es sie nicht vor Männern schützte. Zumindest könnte die Cousine ein Auge auf ihre Nichte haben, und ihr Ehemann wäre in der Lage, die unpassendsten Männer davonzujagen. Mit mehr als fünf Bussen war er inzwischen ein reicher Mann und verfügte über die Autorität, die eben Reiche besitzen. Er könnte wenigstens einige der jungen Männer zum Teufel jagen.

Die Cousine freute sich, Precious im Hause zu haben. Sie richtete ein Zimmer für sie ein und hängte neue Vorhänge aus dickem gelbem Stoff auf, den sie auf einer Einkaufsfahrt nach Johannesburg in den ok *Bazaars*

gefunden hatte. Dann füllte sie eine Kommode mit An-
ziehsachen und stellte ein gerahmtes Bild des Papstes
oben drauf. Der Fußboden war mit einer einfach ge-
musterten Grasmatte bedeckt. Es war ein heller, gemütlicher Raum.

Precious gewöhnte sich schnell an ihr neues Leben.
Sie erhielt einen Job im Büro des Busunternehmens,
wo sie Rechnungen addierte und die Angaben auf den
Papieren der Fahrer überprüfte. Sie war fix, und der
Mann der Cousine bemerkte, dass sie genauso viel
arbeitete wie die beiden älteren Angestellten zusammen. Sie saßen an ihren Tischen und unterhielten sich,
schoben hin und wieder ein paar Rechnungen über den
Schreibtisch oder erhoben sich, um den Teekessel auf-
zusetzen. Mit ihrem guten Gedächtnis fiel es Precious
leicht, sich neue Dinge zu merken und ihr Wissen ent-
sprechend einzusetzen. Sie machte gern Verbesserungs-
vorschläge, und es verging kaum eine Woche, in der sie
keine Idee hatte, wie das Büro noch effizienter arbeiten
könnte.

»Du arbeitest zu schwer«, sagte einer der Angestellten. »Du versuchst wohl, uns den Job wegzunehmen.«

Precious sah sie verblüfft an. Sie hatte immer so gut
gearbeitet, wie sie konnte, und es war ihr unverständ-
lich, wie jemand anders sein konnte. Wie konnten sie
dasitzen und über ihre Schreibtische hinweg ins Leere
schauen, wenn sie stattdessen Zahlen addieren oder die
Einnahmen der Fahrer überprüfen konnten?

Ohne erst darum gebeten worden zu sein, überprüfte
sie diese häufig selbst, und obwohl meistens alles richtig war, fand sie hin und wieder doch eine kleine Un-

stimmigkeit. Es lag daran, dass nicht immer das richtige Wechselgeld herausgegeben wurde, erklärte die Cousine. In einem vollen Bus konnte das schnell passieren, und solange nur kleine Fehler unterliefen, sahen sie einfach darüber hinweg. Aber Precious fand mehr heraus. In den Benzinabrechnungen entdeckte sie einen Fehlbetrag von über zweitausend Pula, fast vierhundert Euro, und machte den Ehemann ihrer Cousine darauf aufmerksam.

»Bist du sicher?«, fragte er. »Wie können zweitausend Pula verschwinden?«

»Vielleicht gestohlen?«, meinte Precious.

Der Mann der Cousine schüttelte den Kopf. Er hielt sich für einen Musterchef, vielleicht ein wenig patriarchalisch, aber das war es doch, was die Männer wollten, oder nicht? Er konnte nicht glauben, dass seine Mitarbeiter ihn betrogen. Wie war dies möglich, wo er doch gut zu ihnen war und so viel für sie tat?

Precious zeigte ihm, wie das Geld entnommen worden war, und gemeinsam tüftelten sie aus, wie es aus dem richtigen Konto auf ein anderes transferiert wurde und schließlich völlig verschwand. Nur einer der Angestellten hatte Zugang zu diesen Geldern, also musste er es gewesen sein – eine andere Erklärung gab es nicht. Sie war bei der Auseinandersetzung nicht dabei, konnte aber den Streit von nebenan hören. Der Angestellte war empört und leugnete alles lautstark. Dann war es Sekunden lang still, und sie hörte eine Tür knallen. Dies war ihr erster Fall; der Beginn der Karriere von Mma Ramotswe.

Vier Jahre lang arbeitete sie im Büro des Busunternehmens. Die Cousine und ihr Mann hatten sich an ihre Gegenwart gewöhnt und nannten sie Tochter. Sie hatte nichts dagegen, schließlich waren es ihre Leute, und sie hatte sie gern. Sie liebte die Cousine, auch wenn diese sie wie ein Kind behandelte und in aller Öffentlichkeit ausschimpfte. Sie liebte den Ehemann der Cousine mit seinem traurigen, vernarbten Gesicht und seinen großen Mechanikerhänden. Sie mochte das Haus und ihr Zimmer mit den gelben Vorhängen. Es war ein gutes Leben, das sie sich geschaffen hatte.

Jedes Wochenende fuhr sie mit einem der Busse ihrer Verwandten nach Mochudi und besuchte ihren Vater. Er wartete dann vor dem Haus, saß auf seinem Hocker, und sie knickste nach altem Brauch vor ihm und klatschte in die Hände.

Dann saßen sie im Schatten der Veranda, die er an das Haus angebaut hatte, und aßen zusammen. Sie erzählte ihm, was während der Woche im Büro passiert war, und er interessierte sich für jede Einzelheit und erkundigte sich nach Namen, die er mit kompliziertesten Familiengeschichten in Zusammenhang brachte. Alle waren auf irgendeine Art miteinander verwandt: Es gab keinen, der nicht in eine der hintersten Ecken der Familie passte.

Mit dem Vieh war es genauso. Auch die Rinder hatten ihre Familien, und wenn sie mit ihren Erzählungen zu Ende war, berichtete er ihr das Neueste vom Vieh. Obwohl er seine Rinder nur selten besuchte, konnte er ihr Leben und ihr Befinden mithilfe seiner Hirten verfolgen. Er hatte ein Auge für Rinder, die erstaunliche Fähigkeit, schon bei Kälbern Züge zu entdecken, die sich, wenn sie erst groß waren, voll entfalteten. Mit einem einzigen Blick konnte er sehen, ob ein Kalb, das einen schwächlichen Eindruck machte und deshalb billig war, durchgebracht und gemästet werden konnte. Und er bewies seine Urteilskraft damit, dass er solche Tiere kaufte und aus ihnen feine fette Rinder machte (wenn der Regen gut war).

Er behauptete, dass die Menschen wie ihre Rinder waren. Magere, elende Tiere hatten zum Beispiel magere, elende Besitzer.

Obed Ramotswe war ein strenger Richter – über Mensch und Vieh –, und Precious ertappte sich bei dem Gedanken: Was wird er sagen, wenn er von Note Mokoti erfährt?

Sie hatte Note Mokoti auf der Fahrt von Mochudi im Bus kennengelernt. Er kam aus Francistown und saß vorn, seinen Trompetenkasten auf dem Sitz neben sich. In seinem roten Hemd und der Seersuckerhose war er nicht zu übersehen, auch seine hohen Wangenknochen und die geschwungenen Augenbrauen entgingen ihr nicht. Es war ein stolzes Gesicht, das Gesicht eines Mannes, der es gewohnt war, wohlgefällig betrachtet zu werden, und sie blickte sofort zu Boden. Er sollte nicht merken, dass sie ihn anschaute, auch wenn sie ihn heimlich weiter mit ihren Blicken streifte. Wer war dieser Mann? Ein Musiker – mit diesem Kasten daneben –, ein kluger Mensch von der Universität vielleicht?

Der Bus hielt in Gaborone, bevor er auf der Straße nach Lobatse in südlicher Richtung weiterfuhr. Sie blieb sitzen und sah ihn aufstehen. Er streckte sich, strich die Bügelfalten seiner Hose glatt, drehte sich um und blickte den Gang herunter. Sie spürte, wie ihr Herz einen Hüpfer machte. Er hatte sie angesehen. Nein, doch nicht. Er sah aus dem Fenster.

Plötzlich, ohne zu überlegen, stand sie auf und nahm ihre Tasche aus dem Gepäcknetz. Sie würde aussteigen – nicht weil sie in Gaborone etwas zu tun hatte, sondern weil sie sehen wollte, was er tat. Er war inzwischen ausgestiegen, und sie eilte ihm hinterher, dem Fahrer, einem Angestellten ihrer Verwandten, eine kurze Erklärung zuflüsternd. Draußen in der Menschenmenge, im Sonnenlicht des Spätnachmittags, im Geruch nach Staub und schwitzenden Reisenden, blickte sie sich um und sah ihn dastehen, gar nicht weit von ihr entfernt. Er hatte von einem Händler einen gerösteten Maiskolben gekauft und aß ihn, eine Maiskernreihe nach der anderen abnagend. Wieder durchfuhr sie dieses beunruhigende Gefühl, und sie blieb stehen, wie eine Fremde, die nicht wusste, wo sie sich hinwenden sollte.

Er sah sie an, und sie wandte sich aufgeregt ab. Hatte er bemerkt, dass sie ihn beobachtete? Vielleicht. Sie schaute hoch, guckte schnell in seine Richtung, und dieses Mal lächelte er sie an und hob die Augenbrauen. Dann warf er den Maiskolben weg, nahm den Trompetenkasten in die Hand und ging auf sie zu. Sie erstarrte, unfähig, sich zu bewegen, hypnotisiert wie Beute vor einer Schlange.

»Ich hab dich im Bus gesehen«, sagte er. »Ich dachte, ich hätte dich schon mal gesehen, aber das stimmt wohl nicht.«

Sie blickte zu Boden.

»Ich habe dich noch nie gesehen«, sagte sie. »Noch nie.«

Er lächelte. Er jagte ihr keine Angst ein, und etwas von ihrer Verlegenheit verschwand.

»Man sieht die meisten Leute in diesem Land ein- oder zweimal«, sagte er. »Es gibt keine Fremden.«

Sie nickte. »Das ist wahr.«

Sie schwiegen. Dann deutete er auf den Kasten zu seinen Füßen.

»Das ist eine Trompete, weißt du. Ich bin Musiker.«

Sie schaute auf den Kasten. Ein Sticker klebte darauf, das Bild eines Mannes, der Gitarre spielte.

»Magst du Musik?«, fragte er. »Jazz? Quella?«

Sie blickte auf und sah, dass er sie immer noch anlächelte.

»Ja, ich mag Musik.«

»Ich spiele in einer Band«, sagte er. »Wir spielen in der Bar im Hotel President. Du kannst kommen und zuhören. Ich mache mich gleich auf den Weg.«

Sie gingen zur Bar, die nur ungefähr zehn Minuten von der Bushaltestelle entfernt war. Er bestellte ihr einen Drink und führte sie an einen der hinteren Tische, an einen Tisch mit nur einem Stuhl, um andere davon abzuhalten, sich zu ihr zu setzen. Dann spielte er, und sie hörte zu, überwältigt von der gleitenden, glatten Musik und stolz, diesen Mann zu kennen, sein Gast zu sein. Das Getränk war seltsam und bitter. Sie mochte den Alkoholgeschmack nicht, aber in Bars wurde getrunken, und sie wollte nicht auffallen. Sie wollte nicht fehl am Platze oder zu jung erscheinen.

Anschließend, als die Band eine Pause machte, kam er

zu ihr, und sie sah, dass seine Stirn von der Anstrengung glänzte. »Ich spiele heute nicht gut«, sagte er. »An manchen Tagen gelingt es – an anderen nicht.«

»Ich fand dich sehr gut. Du hast gut gespielt.«

»Find ich nicht – ich kann besser spielen. Es gibt Tage, da spricht die Trompete zu mir. Dann muss ich gar nichts machen.«

Sie sah, dass die Leute sie anschauten und dass eine oder zwei Frauen sie kritisch musterten. Sie wollten da sein, wo sie war, das konnte sie sehen. Sie wollten bei Note sein. Nachdem sie die Bar verlassen hatten, brachte er sie zum letzten Bus, und als dieser abfuhr, stand er da und winkte. Sie winkte zurück und schloss die Augen. Sie hatte jetzt einen Freund, einen Jazzmusiker, und sie würde ihn am folgenden Freitagabend, wenn seine Band bei einem *braaivleis*, einem Grillfest im Gaborone Club, spielte, wiedersehen. Er hatte sie darum gebeten. Mitglieder der Band würden immer ihre Freundinnen mitbringen, und sie würde interessante Leute kennenlernen – solche, die sie normalerweise nicht traf.

Dort war es auch, wo Note Mokoti Precious Ramotswe einen Heiratsantrag machte, den sie auf eine merkwürdige Weise, ohne etwas zu sagen, annahm. Es geschah, als die Band aufgehört hatte zu spielen und sie beide im Dunkel saßen, weg vom Lärm der Trinkenden an der Bar. Er sagte: »Ich will bald heiraten, und ich will dich heiraten. Du bist ein nettes Mädchen, das eine sehr gute Ehefrau abgeben wird.«

Precious sagte nichts, weil sie sich nicht sicher war, aber ihr Schweigen wurde als Zustimmung verstanden.

»Ich werde mit deinem Vater sprechen«, sagte Note.

»Hoffentlich ist er kein altmodischer Mann, der eine Menge Vieh für dich haben will.«

Das war er, aber sie sagte nichts. Sie hatte ja noch gar nicht eingewilligt, dachte sie, aber vielleicht war es schon zu spät.

Dann sagte Note: »Jetzt, wo du meine Frau wirst, muss ich dir beibringen, wozu Ehefrauen gut sind.«

Sie sagte nichts. Es passierte eben so, vermutete sie. So waren die Männer eben, genauso wie es ihre Schulfreundinnen – die leichtfertigen natürlich – erzählt hatten.

Er legte den Arm um sie und drückte sie mit dem Rücken ins weiche Gras. Sie lagen im Schatten, und niemand war in der Nähe, nur das Brüllen und Lachen der Trinkenden war zu hören. Er nahm ihre Hand und legte sie auf seinen Bauch. Dann fing er an sie zu küssen, ihren Hals, ihre Wange, ihre Lippen, und sie hörte nur noch das Klopfen ihres Herzens und ihre Atemlosigkeit.

Er sagte: »Mädchen müssen das lernen. Hat es dir schon jemand beigebracht?«

Sie schüttelte den Kopf. Sie hatte es nicht gelernt, und jetzt war es wohl zu spät. Sie würde nicht wissen, was zu tun wäre.

»Darüber bin ich froh«, sagte er. »Ich wusste sofort, dass du eine Jungfrau bist, was für einen Mann eine prima Sache ist. Aber jetzt werden sich die Dinge ändern – gleich jetzt, heute Nacht.«

Er tat ihr weh. Sie bat ihn aufzuhören, aber er drückte ihren Kopf nach hinten und schlug sie einmal auf die Wange. Gleich darauf küsste er sie, wo sie der Hieb getroffen hatte, und sagte, dass er es nicht gewollt habe. Dabei stieß er in einem fort in sie hinein und kratzte sie mit seinen Fingernägeln, manchmal den ganzen Rücken entlang. Dann drehte er sie um und tat ihr wieder weh und schlug ihr mit dem Gürtel auf den Rücken.

Sie setzte sich auf und raffte ihre zerknitterten Sachen zusammen. Sie hatte Angst, dass jemand herauskommen und sie entdecken könnte, auch wenn es ihm egal war.

Sie zog sich an, und als sie sich die Bluse überzog, fing sie leise an zu weinen, sie dachte an ihren Vater, den sie morgen auf seiner Veranda sähe, der ihr das Neueste über die Rinder erzählen würde und sich niemals vorstellen könnte, was ihr in dieser Nacht passiert war.

Note Mokoti suchte drei Wochen später ihren Vater auf und bat ihn um Precious. Obed sagte, er würde mit seiner Tochter sprechen, was er auch tat, als sie ihn das nächste Mal besuchte. Er saß auf seinem Hocker und blickte zu ihr hoch und sagte, dass sie niemals einen heiraten müsse, den sie nicht heiraten wolle. Diese Zeiten seien lange vorbei – sie müsse sogar überhaupt nicht heiraten. Eine Frau könne heutzutage allein leben – immer mehr täten das.

Sie hätte nun Nein sagen können, was ihr Vater von ihr ja auch hören wollte. Aber sie wollte nicht Nein sagen. Sie fieberte den Treffen mit Note Mokoti entgegen, sie wollte ihn heiraten. Er war kein guter Mann, das wusste sie, aber vielleicht konnte sie ihn ändern. Und außerdem gab es diesen dunklen Augenblick der Berührung, Augenblicke der Lust, die er sich bei ihr verschaffte, die süchtig machten. Das gefiel ihr. Sie schämte sich, daran zu denken, aber es gefiel ihr, was er mit ihr machte, die Erniedrigung, das Drängen. Sie wollte bei ihm sein, wollte, dass er sie besaß. Es war wie ein bitteres Getränk, das einen immer wieder reizt. Und natürlich ahnte sie, dass sie schwanger war. Es war noch zu früh, um sicher zu sein, aber sie spürte, dass Note Mokotis Kind in ihr war, ein winziger, flatternder Vogel, tief in ihrem Innern.

Sie heirateten an einem Samstagnachmittag um drei in der Kirche von Mochudi. Die Rinder waren draußen unter den Bäumen, denn es war Ende Oktober und die Hitze am größten. Der Boden war trocken in diesem Jahr, da der Regen nicht ausreichend gewesen war. Alles war ausgedörrt und welkte. Es war nur wenig Gras übrig geblieben, und das Vieh bestand nur noch aus Haut und Knochen. Alle waren matt und lustlos. Der Pfarrer der Reformierten Kirche traute sie. Er schnappte in seinem geistlichen Schwarz nach Luft und wischte sich häufig mit einem großen roten Taschentuch die Stirn.

»Ihr werdet hier im Angesicht Gottes getraut«, sagte er. »Gott erlegt euch bestimmte Pflichten auf. Gott behütet und bewahrt uns auf dieser grausamen Welt. Gott liebt seine Kinder, aber wir dürfen die Pflichten nicht vergessen, die er von uns verlangt. Versteht ihr jungen Leute, was ich sage?« Note lächelte. »Ich verstehe.«

Und an Precious gewandt, fragte der Priester: »Verstehst du es auch?«

Sie blickte in sein Gesicht, das Gesicht eines Freundes ihres Vaters. Sie wusste, dass ihr Vater mit ihm über die Heirat gesprochen hatte und wie unglücklich er darüber sei, dass der Pfarrer aber gesagt hatte, dass er sich nicht einmischen könne. Sein Ton war jetzt sanft, und er drückte leicht ihre Hand, als er sie in Notes legte. In diesem Augenblick bewegte sich das Kind in ihr, und sie zuckte zusammen, weil die Bewegung so plötzlich und so heftig war.

Nach zwei Tagen in Mochudi, wo sie im Haus einer Cousine von Note blieben, packten sie ihre Sachen auf einen Lastwagen und fuhren nach Gaborone. Note hatte einen Platz für sie gefunden, wo sie wohnen konnten – zwei Zimmer und eine Küche, im Haus fremder Leute in der Nähe von Tlokweng. Es war Luxus, zwei Räume zu besitzen, wovon einer ihr Schlafzimmer war – ausgestattet mit einer Doppelmatratze und einem alten Schrank –, der andere das Wohn- und Esszimmer mit einem Tisch, zwei Stühlen und einem Büffet. Die gelben Vorhänge aus dem Haus der Cousine machten das Zimmer hell und freundlich.

Note bewahrte in diesem Raum seine Trompete und seine Kassettensammlung auf. Er übte zwanzig Minuten am Stück, und während seine Lippen sich dann ausruhten, hörte er sich eine Kassette an und prägte sich die Rhythmen mithilfe einer Gitarre ein. Er wusste alles über Township-Musik, wo sie herkam, wer was sang, wer welche Stimme mit wem spielte. Er hatte die ganz Großen gehört: Hugh Masikela auf der Trompete, Dollar Brand auf dem Klavier, Spokes Machobane als Sänger. Er hatte sie in Johannesburg auf der Bühne gesehen und kannte alle ihre Aufnahmen.

Sie sah ihm zu, wie er die Trompete aus dem Kasten nahm und das Mundstück anpasste – wie er sie an die Lippen setzte. Und dann, ganz plötzlich, brach der Ton hervor – wie ein prächtiges, funkelndes Messer, das die Luft zerteilte. Und der Klang hallte durch den kleinen Raum, und die Fliegen, aus ihrer Betäubung gerissen, summten herum, als ob sie auf den wirbelnden Noten ritten.

Sie ging mit ihm in die Bars, und er war dort auch freundlich zu ihr, aber er schien in seinem Kreis völlig aufzugehen, und sie hatte das Gefühl, dass er sie dort nicht wirklich haben wollte. Es waren Leute da, die nur an Musik dachten. Sie redeten endlos über Musik, Musik, Musik. Wie viel war über Musik zu sagen? Sie hatte den Eindruck, dass die anderen sie auch nicht dabeihaben wollten, und ging nicht mehr mit.

Er kam spät nach Hause und roch nach Bier. Es war ein saurer Geruch wie geronnene Milch, und sie wandte den Kopf ab, als er sie aufs Bett stieß und an ihrer Kleidung zerrte.

»Du hast viel Bier getrunken. Du hast einen schönen Abend gehabt.«

Er starrte sie an, der Blick verschwommen.

»Ich kann trinken, wenn ich will. Gehörst du zu den Frauen, die zu Hause bleiben und sich beklagen? Bist du so eine?«

»Nein, das bin ich nicht. Ich wollte nur sagen, dass du einen schönen Abend gehabt hast.«

Aber er war empört und ließ sich nicht besänftigen. »Du zwingst mich, dich zu bestrafen, Frau. Du zwingst mich, das mit dir zu machen.«

Sie schrie auf und versuchte, sich zu wehren, ihn wegzustoßen, aber er war zu stark für sie.

»Tu dem Baby nicht weh!«

»Baby? Weshalb redest du von einem Baby? Es ist nicht meins. Ich bin nicht Vater von einem Baby.«

Wieder männliche Hände, jetzt in dünnen Gummihand-
schuhen, die sie blass und unfertig wie die eines Weißen
aussehen ließen.

»Haben Sie hier Schmerzen? Nein? Und hier?«

Sie schüttelte den Kopf.

»Ich denke, mit dem Baby ist alles in Ordnung. Und
hier oben, wo die blauen Flecken sind? Tut es nur außen
weh oder tiefer drinnen?«

»Nur außen.«

»Ich verstehe. Ich muss hier nähen. Über die ganze
Fläche, weil die Haut so stark geplatzt ist. Ich werde
etwas aufsprühen, um den Schmerz zu betäuben, aber
vielleicht gucken Sie lieber weg, wenn ich nähe. Manche
sagen, Männer können nicht nähen, aber wir Ärzte sind
gar nicht so übel.«

Sie schloss die Augen und hörte ein zischendes Ge-
räusch. Etwas Kaltes wurde auf ihre Haut aufgesprüht.
Dann kam ein taubes Gefühl, als der Arzt sich mit ihrer
Wunde beschäftigte.

»Ihr Mann hat das getan, hab ich recht?«

Sie öffnete die Augen. Der Arzt war mit dem Nähen
fertig und hatte der Schwester etwas übergeben. Er sah
sie jetzt an und zog die Handschuhe aus.

»Wie oft ist das schon passiert? Gibt es jemand, der
sich um Sie kümmern kann?«

»Ich weiß nicht. Ich weiß nicht.«

»Wahrscheinlich gehen Sie zu ihm zurück?«

Sie machte den Mund auf und wollte etwas sagen,
aber er schnitt ihr das Wort ab.

»Natürlich gehen Sie zurück. Es ist immer das Gleiche.
Die Frau geht immer zurück.«

Er seufzte. »Ich sehe Sie wahrscheinlich wieder. Aber ich hoffe nicht. Passen Sie auf sich auf!«

Am nächsten Tag fuhr sie zurück, ein Tuch um das Gesicht gebunden, um die blauen Flecken und Schnitte zu verstecken. Die Arme taten ihr weh und der Bauch, und die genähte Wunde brannte wie Feuer. Sie hatten ihr Pillen im Krankenhaus gegeben, und kurz bevor sie in den Bus stieg, hatte sie eine genommen. Die Pille schien den Schmerz zu lindern, und sie nahm noch eine unterwegs.

Die Haustür stand offen. Sie ging hinein, ihr Herz hämmerte in der Brust. Sie sah gleich, was geschehen war: Das Zimmer war leer, nur die Möbel standen noch drin. Er hatte seine Kassetten, ihren neuen Metallkoffer und die gelben Vorhänge mitgenommen. Und im Schlafzimmer hatte er die Matratze mit einem Messer aufgeschlitzt, und überall lag Kapok herum, sodass es wie auf einem Scherplatz aussah.

Sie setzte sich aufs Bett und saß immer noch da und starrte auf den Boden, als die Nachbarin hereinkam und sagte, sie würde jemanden holen, der sie mit einem Lastwagen zu ihrem Vater nach Mochudi zurückbringen würde.

Dort blieb sie und kümmerte sich vierzehn Jahre lang um ihn. Kurz nach ihrem vierunddreißigsten Geburtstag starb er, und das war der Zeitpunkt, an dem aus Precious Ramotswe, jetzt elternlos, Veteranin einer albtraumhaften Ehe und Mutter für kurze und wunderschöne fünf Tage, die erste Privatdetektivin von Botswana wurde.

5

Mma Ramotswe hatte gedacht, dass es nicht leicht sein würde, eine Detektei zu eröffnen. Die Leute machten immer den Fehler, dass sie eine Geschäftsgründung für eine leichte Sache hielten, und dann stellten sie fest, dass es alle möglichen verborgenen Probleme und unvorhergesehenen Anforderungen gab. Sie hatte von Leuten gehört, die Geschäfte eröffneten, die dann vier oder fünf Wochen gut liefen, bevor ihnen das Geld oder die Bestände oder beides ausgingen. Es war immer schwieriger, als man dachte.

Sie ging zum Rechtsanwalt in Pilane, der dafür gesorgt hatte, dass sie das Geld ihres Vaters bekam. Er hatte den Verkauf der Rinder organisiert und einen guten Preis erzielt. »Ich habe viel Geld für Sie bekommen«, sagte er. »Die Herde Ihres Vaters ist ständig gewachsen.«

Sie nahm den Scheck und das Blatt Papier, das er ihr überreichte. Es war mehr, als sie für möglich gehalten hatte. Da war es nun, all das Geld, zahlbar an Precious Ramotswe, bei Vorlage in der Barclays Bank von Botswana.

»Damit können Sie ein Haus kaufen«, sagte der Anwalt. »Oder ein Geschäft.«

»Ich werde beides kaufen.«

Der Anwalt sah interessiert aus. »Was für ein Geschäft? Einen Laden? Ich kann Sie beraten, wissen Sie.«

»Eine Privatdetektei.«

Der Anwalt schaute verdutzt.

»Es sind keine zu verkaufen. So etwas gibt es nicht.«

Mma Ramotswe nickte. »Das weiß ich. Ich muss ganz von vorne anfangen.«

Der Anwalt wand sich beim Sprechen. »Man kann sein Geld in einem Geschäft leicht verlieren«, sagte er. »Vor allem, wenn man sich nicht auskennt.« Er sah sie scharf an. »Vor allem dann. Und außerdem – können Frauen Detektive sein? Meinen Sie, das geht?«

»Warum nicht?«, fragte Mma Ramotswe. Sie hatte gehört, dass es viele Leute gab, die Anwälte nicht leiden konnten, und jetzt begriff sie, weshalb. Dieser Mann war sich seiner Sache so sicher, war so überzeugt von sich. Was ging es ihn an, was sie tat? Es war ihr Geld, ihre Zukunft. Und wie konnte er es wagen, so über Frauen zu reden, wenn er nicht einmal merkte, dass sein Reißverschluss halb offen stand! Sollte sie es ihm sagen?

»Frauen wissen, was vor sich geht«, sagte sie leise. »Sie sind es, die Augen im Kopf haben. Haben Sie noch nie was von Agatha Christie gehört?«

Der Anwalt sah verblüfft aus. »Agatha Christie? Natürlich kenne ich sie. Ja, das ist wahr. Eine Frau sieht mehr als ein Mann – das ist bekannt.«

»Na also«, sagte Mma Ramotswe. »Wenn die Leute ein Schild sehen, auf dem *No. 1 Ladies' Detective Agency* steht – was denken sie dann? Sie denken, dass diese Damen wissen, was los ist. Niemand sonst.«

Der Anwalt strich sich übers Kinn. »Vielleicht.«

»Ja«, sagte Mma Ramotswe. »Vielleicht.« Und setzte hinzu: »Ihr Reißverschluss, Rra. Ich glaube, es ist Ihnen nicht aufgefallen ...«

Zuerst fand sie das Haus, auf einem Eckgrundstück am Zebra Drive. Es war teuer, und sie beschloss, für einen Teil davon eine Hypothek aufzunehmen, sodass sie sich noch ein zweites Haus für ihr Detektivbüro leisten konnte. Dieses aufzutreiben war schwieriger, aber schließlich fand sie ein Häuschen am Stadtrand, in der Nähe des Kgale Hill, wo sie ihr Büro einrichten konnte. Das war ein guter Platz, weil jeden Tag viele Leute die Straße entlanggingen und das Schild sahen. Das würde wahrscheinlich nahezu denselben Effekt haben wie eine Anzeige in der *Daily News* oder im *Botswana Guardian*. Bald wäre sie überall bekannt.

Das Haus, das sie kaufte, war früher einmal ein Gemischtwarenladen gewesen, dann eine Reinigung und schließlich eine Getränkehandlung geworden. Etwa ein Jahr lang war es leer geblieben, und Hausbesetzer hatten darin gelebt. Sie hatten Feuer im Haus gemacht, und in jedem Zimmer war der Putz einer Wand verkohlt und verbrannt. Der Besitzer war schließlich aus Francistown zurückgekehrt, hatte die Hausbesetzer vertrieben und das heruntergekommene Gelände zum Verkauf angeboten. Es hatte ein oder zwei Interessenten gegeben, aber der Zustand hatte sie abgeschreckt, und der Preis wurde gesenkt. Als Mma Ramotswe Bargeld anbot, ging der Verkäufer mit Freuden darauf ein, und schon nach wenigen Tagen erhielt sie den Kaufvertrag.

Es gab eine Menge zu tun. Ein Bauhandwerker wurde gerufen, um den beschädigten Putz zu erneuern und das Blechdach zu reparieren, und da wieder Bargeld angeboten wurde, war alles nach einer Woche erledigt. Dann machte sich Mma Ramotswe an die Malerarbeiten und hatte bald die Außenwände ockerfarben und die Innenräume weiß gestrichen. Sie kaufte neue gelbe Vorhänge für die Fenster und leistete sich in einem ungewohnten Anfall von Verschwendungssucht eine brandneue Büroeinrichtung, die aus zwei Schreibtischen und zwei Stühlen bestand. Ihr Freund, Mr J. L. B. Matekoni, Besitzer der Firma Tlokweng Road Speedy Motors, brachte ihr eine alte Schreibmaschine, die er nicht mehr benötigte, die aber noch gut funktionierte, und damit war das Büro zur Eröffnung bereit – sobald sie eine Sekretärin hätte.

Das erwies sich als das Einfachste von allem: Ein Telefonat mit der Handelsschule von Botswana brachte sofort Erfolg. Sie hätten genau die Richtige: Mma Makutsi hatte gerade die allgemeinen Schreibmaschinen- und Sekretariatsprüfungen mit einem durchschnittlichen Ergebnis von siebenundneunzig Prozent bestanden. Sie wäre ideal, davon waren sie überzeugt.

Mma Ramotswe mochte sie sofort. Sie war eine dünne Frau mit ziemlich langem Gesicht und geflochtenem Haar, in das sie reichlich Henna gerieben hatte. Sie trug eine Brille mit ovalen Gläsern und einem breiten Kunststoffgestell und zeigte ein ständiges, doch offenbar echtes Lächeln.

Sie öffneten das Büro an einem Montag. Beide saßen an ihren Schreibtischen, Mma Makutsi unternehmungslustig hinter der Schreibmaschine. Sie blickte zu Mma Ramotswe, und ihr Lächeln wurde noch breiter.

»Ich bin zur Arbeit bereit«, sagte sie. »Ich könnte anfangen.«

»Mmm«, machte Mma Ramotswe. »Es ist noch früh,

wir haben gerade erst aufgemacht. Wir müssen auf Kundschaft warten.«

Tief in ihrem Inneren wusste sie, dass keine Kundschaft erscheinen würde. Die ganze Idee war ein entsetzlicher Fehler. Niemand wollte eine Privatdetektivin und erst recht nicht sie. Wer war sie denn überhaupt? Doch nur Precious Ramotswe aus Mochudi. Sie war noch nie in London gewesen oder wo Detektive auch immer hingingen, um herauszufinden, wie man ein Privatdetektiv wurde. Sie war noch nicht einmal in Johannesburg gewesen! Was, wenn jemand käme und sagte: »Sie kennen natürlich Johannesburg.« Sie müsste lügen oder den Mund halten.

Mma Makutsi sah sie an und dann auf die Tasten ihrer Schreibmaschine. Sie öffnete eine Schublade, spähte hinein und schloss sie wieder. In diesem Augenblick kam eine Henne aus dem Hof ins Zimmer und pickte auf dem Fußboden herum.

»Raus!«, brüllte Mma Makutsi. »Hühner haben hier nichts zu suchen!«

Um zehn stand Mma Makutsi auf und ging ins Hinterzimmer. Sie war gebeten worden, Buschtee zuzubereiten, den Mma Ramotswe am liebsten trank, und bald danach brachte sie zwei Tassen zurück. In ihrer Handtasche hatte sie eine Dose Milch, und sie holte sie raus und goss ein wenig in jede Tasse. Dann tranken sie ihren Tee und beobachteten, wie ein kleiner Junge am Straßenrand einen klapperdünnen Hund mit Steinen bewarf.

Um elf tranken sie eine zweite Tasse Tee, und um zwölf erhob sich Mma Ramotswe und verkündete, dass sie die

Straße entlang zu den Läden gehen und sich Parfum kaufen wolle. Mma Makutsi solle dableiben, Anrufe entgegennehmen und Kunden begrüßen, die möglicherweise vorbeikämen. Mma Ramotswe lächelte, als sie es sagte. Es würden natürlich keine Kunden kommen, und am Ende des Monats müsste sie das Büro schließen. Wusste Mma Makutsi eigentlich, was für einen riskanten Job sie ergattert hatte? Eine Frau mit einem Durchschnitt von siebenundneunzig Prozent verdiente etwas Besseres.

Mma Ramotswe stand an der Ladentheke und betrachtete eine Flasche Parfum, als Mma Makutsi zur Tür hereinwirbelte.

»Mma Ramotswe«, japste sie. »Kundschaft. Eine Frau ist im Büro. Ein schwerer Fall – ein verschollener Mann. Kommen Sie schnell, es gibt keine Zeit zu verlieren!«

Alle Frauen verschollener Männer sind doch gleich, dachte Mma Ramotswe. Zuerst sind sie beunruhigt und dann überzeugt, dass etwas Schreckliches passiert ist. Dann schleichen sich Zweifel ein, und die Frauen fragen sich, ob er mit einer anderen davongelaufen ist (was meistens der Fall ist), und zum Schluss werden sie wütend. Im Wutzustand wollen die meisten ihren Mann nicht mehr zurückhaben, auch wenn er gefunden wird. Sie wollen nur die Chance bekommen, ihn anzuschreien. Ihrer Meinung nach befand sich Mma Malatsi im zweiten Stadium. Sie vermutete sicher, dass er es sich irgendwo gut gehen ließ, während sie zu Hause hockte, was natürlich an ihr nagte. Vielleicht waren Schulden zu bezahlen, auch wenn Mma Malatsi aussah, als ob sie über einiges Geld verfügte.

»Vielleicht sollten Sie mir ein bisschen mehr über Ihren Mann erzählen«, sagte Mma Ramotswe, während Mma Malatsi an dem starken Buschtee nippte, den Mma Makutsi ihr gebraut hatte.

»Er heißt Peter Malatsi«, sagte Mma Malatsi. »Er ist vierzig Jahre alt und hat – hatte – hat ein Möbelgeschäft. Es ist ein gutes Geschäft, und er hatte Erfolg. Er ist also nicht vor irgendwelchen Gläubigern geflohen.«

Mma Ramotswe nickte. »Es muss einen anderen Grund geben«, begann sie und fügte dann vorsichtig hinzu: »Sie wissen, wie Männer sind, Mma. Was ist mit einer anderen Frau? Glauben Sie …«

Mma Malatsi schüttelte heftig den Kopf.

»Das glaube ich nicht«, sagte sie. »Vor einem Jahr wäre es vielleicht möglich gewesen, aber dann wurde er Christ und trat einer Kirchengemeinde bei, die immerzu singt und in weißen Uniformen herummarschiert.«

Mma Ramotswe machte sich Notizen. Kirche. Gesang. Religion hat ihn schlimm erwischt? Weiblicher Geistlicher hat ihn weggelockt?

»Wer waren die Leute?«, fragte sie. »Vielleicht wissen sie was über ihn?«

Mma Malatsi zuckte mit den Schultern. »Ich bin mir nicht sicher«, sagte sie, leicht irritiert. »Ich weiß es tatsächlich nicht. Er hat mich ein- oder zweimal gebeten mitzukommen, aber ich hab's abgelehnt. Also ging er sonntags alleine hin. Er ist übrigens auch an einem Sonntag verschwunden. Und ich dachte, er wär in die Kirche gegangen.«

Mma Ramotswe blickte zur Decke. Das würde nicht so kompliziert werden wie manche anderen Fälle. Peter

Malatsi war höchstwahrscheinlich mit einer der Christinnen abgehauen. Sie musste nur herausfinden, um welche Gemeinde es sich handelte, dann wäre sie auf seiner Spur. Es war die alte voraussehbare Geschichte – und es würde eine junge Christin sein. Bestimmt.

Am Ende des folgenden Tages hatte Mma Ramotswe eine Liste mit fünf christlichen Gemeinden zusammengestellt, auf die die Beschreibung passte. Während der beiden nächsten Tage spürte sie die Vorsteher von drei der Gemeinden auf und vergewisserte sich, dass sie nichts über Peter Malatsi wussten. Zwei dieser drei versuchten sie zu bekehren, der dritte bat sie um Geld und erhielt einen Fünf-Pula-Schein.

Als sie das Oberhaupt der vierten Gemeinde – Pfarrer Shadreck Mapeli – ausfindig gemacht hatte, wusste sie gleich, dass ihre Suche erfolgreich gewesen war. Sobald sie den Namen Malatsi erwähnte, zuckte der Pfarrer zusammen und guckte verstohlen über seine Schulter.

»Sind Sie von der Polizei?«, fragte er. »Sind Sie Polizist?«

»Polizistin«, verbesserte sie.

»Ach«, sagte er bekümmert. »Aiieh!«

»Nein, nein, ich bin keine Polizistin«, beeilte sie sich zu erklären, »ich bin Privatdetektivin.«

Der Pfarrer schien sich etwas zu beruhigen.

»Wer hat Sie geschickt?«

»Mma Malatsi.«

»Ooh«, machte der Pfarrer. »Er hat uns erzählt, dass er keine Frau hat.«

»Nun, er hat eine«, sagte Mma Ramotswe. »Und sie möchte wissen, wo er ist.«

»Er ist tot«, sagte der Pfarrer. »Er ist zum Herrn gegangen.«

Mma Ramotswe spürte, dass er die Wahrheit sagte und dass ihre Untersuchung damit praktisch beendet war. Jetzt musste sie nur noch herausfinden, wie er gestorben war.

»Erzählen Sie's mir«, sagte sie. »Ich werde niemandem Ihren Namen verraten, wenn Sie's nicht wollen. Sagen Sie mir nur, wie es passiert ist.«

In Mma Ramotswes kleinem weißen Lieferwagen fuhren sie an den Fluss. Es war Regenzeit, und mehrere Stürme hatten den Weg fast unpassierbar gemacht. Aber schließlich erreichten sie das Flussufer und parkten den Wagen unter einem Baum.

»Hier finden immer unsere Taufen statt«, sagte der Pfarrer und zeigte auf eine ruhige Stelle in dem angeschwollenen Fluss. »Hier stand ich, und dort gingen die Sünder ins Wasser.«

»Wie viele Sünder waren es?«, fragte Mma Ramotswe.

»Sechs Sünder insgesamt, einschließlich Peter. Sie gingen alle gemeinsam hinein, während ich mich bereit machte, ihnen mit meinen Mitarbeitern zu folgen.«

»Ja?«, fragte Mma Ramotswe. »Und dann?«

»Die Sünder standen bis hierher im Wasser.« Der Pfarrer deutete auf eine Stelle oberhalb seiner Brust. »Ich drehte mich zu meiner Gemeinde, um ihr das Zeichen zum Singen zu geben, und als ich mich wieder umwandte, sah ich, dass etwas nicht stimmte. Es waren nur noch fünf Sünder im Wasser.«

»Einer war verschwunden?«

»Ja«, sagte der Pfarrer und zitterte. »Gott hatte einen zu sich gerufen.«

Mma Ramotswe blickte aufs Wasser. Es war kein breiter Fluss, und für den größten Teil des Jahres bestand er aus wenigen großen Wasserlöchern. Aber in einer guten Regenzeit wie in diesem Jahr verwandelte er sich in einen reißenden Strom. Ein Nichtschwimmer konnte leicht mitgerissen werden, aber wenn dies geschehen wäre, hätte man seine Leiche stromabwärts finden müssen. Eine Menge Leute gingen aus diesem oder jenem Grund zum Fluss und müssten einen Toten bemerken. Die Polizei wäre verständigt worden, und in der Zeitung hätte etwas über eine nicht identifizierte Leiche gestanden, die im Fluss Notwane gefunden worden war. Zeitungen suchten immer nach solchen Geschichten – eine solche Chance hätten sie sich nicht entgehen lassen.

Sie dachte einen Augenblick nach. Es gab noch eine andere Erklärung – wenn jemand, wenn etwas Peter Malatsi geholt hatte? Sie würde es herausfinden, auch wenn ihr bei dem Gedanken schauderte. Aber bevor sie ihn weiter verfolgte, musste sie herausfinden, warum der Pfarrer die Sache verheimlicht hatte.

»Sie haben der Polizei nicht Bescheid gesagt.« Sie versuchte, nicht zu vorwurfsvoll zu klingen. »Warum nicht?«

Der Pfarrer blickte zu Boden – wohin die Leute, ihrer Erfahrung nach, guckten, wenn sie etwas ehrlich bedauerten. Die Scham- und Reuelosen, fand sie, blickten immer zum Himmel.

»Ich weiß, ich hätte es ihnen sagen sollen. Gott wird

mich dafür bestrafen. Aber ich hatte Angst, dass sie mir die Schuld am Unfall des armen Peter geben und mich vors Gericht bringen würden. Ich hätte vielleicht eine Entschädigung zahlen müssen, und das hätte die Kirche in den Ruin geführt und Gottes Werk ein Ende bereitet.« Er machte eine Pause. »Verstehen Sie, warum ich schwieg und der ganzen Gemeinde befahl, nichts zu sagen?«

Mma Ramotswe nickte und streckte die Hand aus, um den Pfarrer sanft am Arm zu berühren.

»Ich finde nicht, dass das schlecht war, was Sie getan haben«, sagte sie. »Ich bin sicher, Gott wollte, dass Sie Ihre Arbeit weiter tun, und dass er Ihnen nicht böse ist. Es war nicht Ihre Schuld.«

Der Pfarrer schaute sie an und lächelte.

»Das sind freundliche Worte, meine Schwester. Danke.«

Am selben Nachmittag fragte Mma Ramotswe ihren Nachbarn, ob sie sich einen seiner Hunde ausleihen könne. Er hatte fünf davon, und sie hasste jeden einzelnen wegen des unaufhörlichen Gebells. Die Hunde bellten am Morgen, als ob sie Hähne wären, und in der Nacht, wenn der Mond über den Himmel zog. Sie bellten Krähen an und *hammerkops* und Passanten – und manchmal bellten sie nur, weil ihnen zu heiß war.

»Ich brauche einen Hund, er soll mir bei der Aufklärung eines meiner Fälle helfen«, erklärte sie. »Ich werde ihn unversehrt zurückbringen.«

Der Nachbar fühlte sich geschmeichelt.

»Ich gebe Ihnen diesen Hund hier«, entschied er. »Er

ist der Älteste und hat eine sehr gute Nase. Der macht sich gut als Detektivhund.«

Mma Ramotswe nahm das Tier mit einer gewissen Vorsicht entgegen. Es war eine große gelbe Kreatur mit einem sonderbaren, aufdringlichen Geruch. Abends, gleich nach Sonnenuntergang, setzte sie ihn hinten in ihren Lieferwagen und band ihn mit einem Stück Schnur an einem Griff fest. Dann fuhr sie den Pfad entlang, der zum Fluss führte. Die Scheinwerfer erfassten im Dunkel die Umrisse von Dornenbäumen und Ameisenhügeln. Seltsamerweise war sie jetzt froh über die Gesellschaft des Hundes, so unangenehm er auch war.

Sie parkte neben der tiefen Stelle im Fluss, wo Peter Malatsi verschwunden war, nahm einen dicken Pfosten aus dem Auto und rammte ihn in den weichen Boden am Ufer. Dann holte sie den Hund, führte ihn zum Wasser hinunter und band ihn am Pfosten fest. Aus einer Tüte nahm sie einen großen Knochen und legte ihn dem gelben Hund vor die Nase. Das Tier grunzte zufrieden und begann sofort den Knochen abzunagen.

Mma Ramotswe ließ sich im Abstand von wenigen Metern nieder, eine Decke um die Beine gewickelt, um die Stechmücken fernzuhalten, ihr altes Gewehr über den Knien. Sie musste vielleicht lange warten und hoffte, nicht dabei einzuschlafen. Wenn es ihr aber doch passieren sollte, würde der Hund sie rechtzeitig wecken. Zwei Stunden vergingen. Die Moskitos waren schlimm, und ihre Haut juckte, aber über ihre Arbeitsbedingungen pflegte sie sich nie zu beklagen. Plötzlich knurrte der Hund. Mma Ramotswe blickte angestrengt in die Dunkelheit: Sie konnte gerade noch die Umrisse des

Hundes erkennen, der jetzt aufgestanden war und ins Wasser schaute. Der Hund knurrte wieder und bellte. Dann war es still. Mma Ramotswe ließ die Decke von ihrem Knie gleiten und hob die starke Taschenlampe neben sich auf. Bald würde es so weit sein ...

Vom Ufer kam ein Geräusch, und Mma Ramotswe knipste die Taschenlampe an. In ihrem Strahl sah sie ein großes Krokodil am Wasserrand, das seinen Kopf auf den kauernden Hund richtete. Das Krokodil ließ sich von dem Licht nicht stören, das es wahrscheinlich für den Mond hielt. Seine Augen waren auf den Hund fixiert, und es kroch langsam auf sein Opfer zu. Mma Ramotswe hob das Gewehr an die Schulter, nahm den Kopf des Krokodils genau ins Visier und drückte ab.

Als die Kugel das Krokodil traf, machte es einen Satz, schlug einen Purzelbaum und landete auf dem Rücken, halb im Wasser liegend. Für ein, zwei Augenblicke zuckte es, und dann war es still. Der Schuss hatte gesessen.

Als Mma Ramotswe das Gewehr auf den Boden legte, merkte sie, dass sie zitterte. Ihr Daddy hatte ihr das Schießen beigebracht, und zwar gut, aber sie schoss nicht gern auf Tiere, vor allem nicht auf Krokodile. Sie bedeuteten Unglück, diese Geschöpfe, aber sie hatte es tun müssen. Es musste meilenweit über Land gewandert oder mit den Flutwassern vom Limpop hergeschwommen sein. Armes Krokodil – das war das Ende seines Abenteuers.

Sie nahm ein Messer und schlitzte dem Tier den Bauch auf. Das Leder war weich, der Magen bald freigelegt und sein Inhalt zu sehen. Es waren Kieselsteine drin, die das Krokodil für die Verdauung geschluckt hatte, und mehrere übel riechende Fischreste. Aber darauf achtete sie nicht weiter … Sie war eher an den unverdauten Armreifen und Ringen und an der Armbanduhr interessiert, die sie wenig später entdeckte. Sie waren verrostet und einer oder zwei mit einer Kruste überzogen, aber deutlich zu erkennen – jedes Stück ein Beweis für die schaurigen Gelüste des Krokodils.

»Gehören diese Sachen Ihrem Mann?«, fragte sie Mma Malatsi, als sie ihr die Armbanduhr, die sie im Krokodilmagen gefunden hatte, überreichte.

Mma Malatsi nahm die Uhr und sah sie an. Mma Ramotswe verzog das Gesicht. Sie hasste solche Momente, in denen sie schlechte Nachrichten überbringen musste.

Aber Mma Malatsi war außergewöhnlich gefasst. »Nun weiß ich wenigstens, dass er beim Herrn ist«, sagte sie. »Und das ist viel besser, als zu wissen, dass er in den Armen einer anderen Frau liegt, hab ich recht?«

Mma Ramotswe nickte. »Wahrscheinlich schon.«

»Waren Sie verheiratet, Mma?«, fragte Mma Malatsi. »Wissen Sie, wie es ist, mit einem Mann verheiratet zu sein?«

Mma Ramotswe blickte aus dem Fenster. Ein Dornenbaum stand davor, aber dahinter konnte sie den mit Felsbrocken übersäten Berg sehen.

»Ich hatte einen Ehemann«, sagte sie. »Einmal hatte ich einen Ehemann. Er spielte Trompete. Er machte mich unglücklich, und jetzt bin ich froh, keinen zu haben.« Sie machte eine Pause. »Verzeihung. Ich wollte nicht unhöflich sein. Sie haben Ihren Mann verloren, und Sie sind sicher sehr traurig.«

»Ein bisschen schon«, sagte Mma Malatsi. »Aber ich habe eine Menge zu tun.«

6

Der Junge war elf und klein für sein Alter. Sie hatten alles versucht, damit er schneller wuchs, aber er nahm sich Zeit, und jetzt konnte man ihn für acht oder neun Jahre, aber nicht für elf halten. Nicht, dass es ihn störte. Nicht im Geringsten. Sein Vater hatte zu ihm gesagt: Ich war auch klein als Junge. Jetzt bin ich ein großer Mann. Schau mich an! Dir wird es genauso gehen. Wart's nur ab! Aber insgeheim fürchteten seine Eltern, dass irgendwas mit ihm nicht stimmte, dass sein Rückgrat verdreht war und ihn das vielleicht am Wachsen hinderte. Mit knapp vier Jahren war er aus einem Baum gefallen – er war hinter Vogeleiern her gewesen – und hatte mehrere Minuten still dagelegen, bis seine Großmutter jammernd über das Melonenfeld gerannt kam, ihn hochhob und nach Hause trug, ein zerbrochenes Ei noch immer in seiner Hand. Er hatte sich erholt – das dachten sie damals jedenfalls –, aber sein Gang schien verändert zu sein. Sie brachten ihn zur Krankenstation, wo eine Schwester ihm in die Augen und in den Mund schaute und ihn für gesund erklärte. »Jungen fallen ständig. Dabei brechen sie sich fast nie etwas.«

Die Krankenschwester legte ihre Hände auf die Schultern des Kindes und drehte seinen Oberkörper.

»Sehen Sie? Ihm fehlt nichts. Nichts. Wenn er etwas gebrochen hätte, würde er schreien.«

Aber Jahre später, als er immer noch klein blieb, dachte die Mutter an den Sturz und machte sich Vorwürfe, dieser Krankenschwester geglaubt zu haben, die nichts weiter konnte, als Leute auf Bilharziose und Würmer zu untersuchen.

Der Junge war neugieriger als andere Kinder. Er suchte in der roten Erde gern nach Steinen, die er mit seiner Spucke polierte. Er fand auch sehr schöne – tiefblaue und kupferrote, wie der Himmel bei Sonnenaufgang. Er bewahrte die Steine am Fußende seiner Schlafmatte in der Hütte auf und lernte mit ihnen zählen. Die anderen Jungen lernten mit Rindern zählen, aber dieser Junge schien keine Rinder zu mögen, was auch merkwürdig war.

Wegen seiner Neugier, die ihn in geheimnisvollen Alleingängen durch den Busch stromern ließ, waren es seine Eltern gewohnt, ihn stundenlang nicht zu Gesicht zu bekommen. Es konnte ihm ja nichts geschehen, es sei denn, er hatte das Pech, auf eine Puffotter oder eine Kobra zu treten. Aber nichts passierte, und er tauchte immer wieder am Viehgehege oder hinter den Ziegen auf, irgendein seltsames Ding, das er gefunden hatte, in der Faust – eine Geierfeder, der ausgebleichte Schädel einer Schlange, ein ausgetrockneter Tshongololo-Tausendfüßler.

Jetzt war der Junge wieder draußen und ging auf einem der Pfade entlang, die durch den staubigen Busch hierhin und dorthin führten. Er hatte etwas entdeckt, das ihn brennend interessierte – der frische Kot einer Schlange –, und folgte der Spur, um das Tier zu finden. Weil im Kot Fellkugeln waren, konnte es nur eine Schlange sein. Wenn er die Schlange fände, würde er sie mit einem Felsbrocken töten und häuten. Aus dieser Haut könnte man dann schöne Gürtel für ihn und seinen Vater machen.

Aber es wurde dunkel, und er musste seine Suche aufgeben. In einer mondlosen Nacht würde er die Schlange niemals finden. Er wollte den Weg verlassen und eine Abkürzung quer durch den Busch zur Straße nehmen, die über das trockene Flussbett hinweg zum Dorf zurückführte.

Er fand die Straße leicht und setzte sich für einen Moment an den Rand, wo er die Zehen in dem weichen weißen Sand vergrub. Er hatte Hunger, und weil er seine Großmutter beim Vorbereiten des Eintopfs beobachtet hatte, wusste er, dass es beim Abendessen zum Haferbrei Fleisch geben würde. Sie gab ihm immer mehr, als ihm zustand, beinahe mehr als seinem Vater, und das ärgerte seine beiden Schwestern.

»Wir essen auch gerne Fleisch. Wir Mädchen mögen auch Fleisch.« Aber das konnte die Großmutter nicht beeindrucken.

Er stand auf und begann die Straße entlangzulaufen. Es war ziemlich dunkel geworden, und die Bäume und Sträucher waren schwarze, schemenhafte Formen, die miteinander verschmolzen. Ein Vogel rief von irgendwoher – ein Nachtvogel –, und Insekten sirrten. Er spürte einen kurzen brennenden Stich im rechten Arm und schlug darauf. Ein Moskito. Plötzlich wurde das Laub eines Baumes weiter vor ihm von einem gelben Lichtstrahl erhellt. Das Licht blitzte auf und senkte sich, und der Junge drehte sich um. Hinter ihm auf der Straße kam ein Lastwagen herangefahren. Es konnte kein normales Auto sein, weil der Sand dafür viel zu tief und zu weich war.

Er blieb am Straßenrand stehen und wartete. Die Scheinwerfer hatten ihn beinahe erfasst. Es war ein Kleinlaster, ein Pick-up, dessen Lichter mit den Straßenbuckeln auf und nieder hüpften. Jetzt stand er im Scheinwerferlicht und hielt die Hand vor die Augen.

»Guten Abend, junger Mann«, erklang der traditionelle Gruß, aus dem Fahrerhaus des Lastwagens gerufen.

Er lächelte und grüßte zurück. Er sah zwei Männer – einen jungen am Steuer und einen älteren daneben. Er wusste, dass es Fremde waren, obwohl er ihre Gesichter nicht sehen konnte. Der Mann sprach Setswana auf eine seltsame Art, nicht so, wie ein Mann aus seinem Dorf reden würde. Eine merkwürdige Stimme, die am Wortende höher wurde.

»Jagst du wilde Tiere? Willst du im Dunkeln einen Leoparden fangen?«

Er schüttelte den Kopf. »Nein, ich gehe nur nach Hause.«

»Weil ein Leopard dich nämlich fangen kann, bevor du ihn fängst!«

Er lachte. »Sie haben recht, Rra! Ich möchte heute Nacht keinen Leoparden sehen.«

»Dann bringen wir dich nach Hause. Ist es weit?«

»Nein, es ist nicht weit. Es ist gleich dort drüben. Hier entlang.«

Der Fahrer öffnete die Tür und stieg aus, damit der Junge auf der Sitzbank hinüberrutschen konnte. Den Motor ließ er laufen. Dann stieg er wieder ein, schlug die Tür zu und fuhr los. Der Junge zog die Beine an – irgendein Tier lag auf dem Boden, und er hatte eine weiche, feuchte Schnauze berührt, vielleicht von einem Hund oder einer Ziege.

Er streifte den Mann links neben sich, den älteren, mit einem Blick. Es wäre unhöflich, ihn anzustarren, und in der Dunkelheit war sowieso nicht viel zu erkennen. Er wandte sich ab. Ein Junge durfte niemals einen Alten so anstarren. Aber weshalb waren die Leute da? Was hatten sie hier zu tun?

»Dort ist es. Dort ist das Haus meines Vaters. Sehen Sie – dort drüben. Diese Lichter.«

»Wir können es sehen.«

»Ich kann von hier aus hingehen, wenn Sie wollen. Wenn Sie anhalten, kann ich hingehen. Dort ist ein Weg.«

»Wir halten nicht an. Du musst etwas für uns tun – du kannst uns bei einer Sache helfen.«

»Ich werde zurückerwartet. Sie warten auf mich.«

»Immer wartet irgendwer auf irgendwen. Immer.«

Er bekam plötzlich Angst und drehte sich zum Fahrer hin. Der jüngere Mann lächelte ihn an.

»Mach dir keine Sorgen, bleib ruhig sitzen. Du gehst heute woandershin.«

»Wo bringen Sie mich hin, Rra? Warum nehmen Sie mich mit?«

Der ältere Mann streckte den Arm aus und berührte den Jungen an der Schulter.

Es waren einmal ein paar Hirtenjungen, die auf das Vieh ihres reichen Onkels aufpassten. Er war ein reicher Mann, dieser Onkel! Er hatte mehr Rinder als alle anderen in diesem Teil von Botswana, und seine Rinder waren groß, so groß und noch größer.

Diese Jungen stellten eines Tages fest, dass ein Kalb bei der Herde aufgetaucht war. Es war ein seltsames Kalb in vielen Farben und wie kein anderes Kalb, das sie je gesehen hatten. Und, oh, wie waren sie froh, dass dieses Kalb gekommen war!

Dieses Kalb war auch auf eine andere Weise sehr ungewöhnlich. Dieses Kalb konnte ein Viehlied singen. Die Jungen hörten es, wenn sie in seine Nähe kamen. Sie konnten die Worte nicht verstehen, die das Kalb benutzte, aber es hatte etwas mit Kälbern zu tun.

Die Jungen liebten dieses Kalb, und weil sie es so liebten, merkten sie nicht, dass einige Rinder wegliefen. Erst als sie bemerkten, dass zwei ihrer Herde für immer verschwunden waren, sahen sie, was passiert war.

Ihr Onkel kam raus. Hier kommt er, ein großer, großer Mann mit einem Stock. Er brüllt die Jungen an, schlägt ihr Kalb mit dem Stock und sagt, dass fremde Kälber nie Glück gebracht hätten.

Das Kalb starb, aber bevor es starb, flüsterte es den Jungen etwas zu, und dieses Mal konnten sie es verstehen. Es war etwas ganz Besonderes, und als die Jungen ihrem Onkel erzählten, was das Kalb gesagt hatte, fiel er auf die Knie und jammerte.

Das Kalb war sein Bruder, verstehst du, der vor langer Zeit einmal von einem Löwen gefressen wurde und zurückgekommen war. Jetzt hatte dieser Mann seinen

Bruder getötet und wurde nie mehr froh. Er war traurig. Sehr traurig.

Der Junge beobachtete das Gesicht des Mannes, während er die Geschichte erzählte. Wenn er bis dahin nicht begriffen hatte, was geschah, so wusste er es jetzt. Er wusste, was geschehen würde.

»Halt den Jungen fest! Nimm seine Arme! Ich komme von der Straße ab, wenn du ihn nicht festhältst!«

»Ich versuche es ja, er kämpft wie ein Teufel.«

»Lass ihn nicht los! Ich halte den Wagen an.«

7

Der Erfolg ihres ersten Falls machte Mma Ramotswe Mut. Sie hatte sich ein Buch über private Ermittlungen schicken lassen, ging es Kapitel für Kapitel durch und machte sich viele Notizen. Bei ihrem ersten Fall war ihr kein Fehler unterlaufen. Indem sie einfach eine Liste mit möglichen Informationsquellen erstellt und diese abgehakt hatte, hatte sie alle nötigen Auskünfte bekommen. Große Anstrengungen waren dabei nicht nötig gewesen. Ging man systematisch vor, konnte gar nicht viel schieflaufen.

Was das Krokodil betraf, so hatte sie eine Vermutung gehabt und darauf ihr Vorgehen aufgebaut. Auch hier bestätigte ihr das Handbuch, dass das völlig akzeptabel war: »Beachten Sie Vorahnungen«, riet das Buch. »Ahnungen sind eine andere Form des Wissens.« Mma Ramotswe hatte dieser Satz gefallen, und sie hatte ihn Mma Makutsi weitergesagt. Ihre Sekretärin hatte aufmerksam zugehört, die Worte mit der Schreibmaschine niedergeschrieben und sie Mma Ramotswe übergeben. Mma Makutsi war angenehme Gesellschaft und konnte gut Maschine schreiben. Sie hatte einen Bericht über den Fall Malatsi getippt, den Mma Ramotswe ihr diktiert hatte, und die Rechnung geschrieben, die an Mma Malatsi zu schicken war. Abgesehen davon hatte sie kaum etwas zu erledigen gehabt, und Mma Ramotswe fragte sich, ob der Gang der Geschäfte wirklich die Beschäftigung einer Sekretärin rechtfertigte. Und doch musste es sein – ein Detektivbüro ohne Sekretärin? Sie würde sich zu einer Zielscheibe des Spottes machen, wenn sie keine hätte. Und Kundschaft – wenn sie wirklich noch welche bekäme, was zu bezweifeln war – könnte sich davon abschrecken lassen.

Mma Makutsi sollte natürlich die Post aufmachen. In den ersten drei Tagen kam aber keine. Am vierten Tag gingen ein Katalog und eine Grundsteuerforderung ein und am fünften ein Brief, der an den Vorbesitzer gerichtet war.

Dann, zu Beginn der zweiten Woche, öffnete sie einen weißen Umschlag, der mit schmutzigen Fingerabdrücken übersät war, und las den Brief Mma Ramotswe vor.

Liebe Mma Ramotswe,

ich habe in der Zeitung über Sie gelesen, dass Sie dieses große neue Büro in der Stadt eröffnet haben. Ich bin sehr stolz für Botswana, dass wir jetzt eine Person wie Sie in diesem Lande haben.

Ich bin Lehrer der kleinen Schule von Katsana Village, dreißig Meilen von Gaborone entfernt, was in der Nähe meines Geburtsortes liegt. Vor vielen Jahren ging ich zur Lehrerbildungsanstalt und bestand meine Prüfung mit zweifacher Auszeichnung. Meine Frau und ich haben zwei Töchter und einen Sohn von elf Jahren. Dieser Junge ist verschwunden und seit zwei Monaten nicht mehr gesehen worden.

Wir gingen zur Polizei. Sie machten sich auf die Suche und stellten überall Fragen. Niemand wusste etwas von unserem Sohn. Ich ließ mich von der Schule beurlauben und durchforschte das Land um unser Dorf herum. In der Nähe gibt es ein paar Hügel und Felsen und Höhlen. Ich ging in jede Höhle hinein und schaute in jede Felsspalte. Aber von meinem Sohn keine Spur.

Er war ein Junge, der gern umherwanderte, weil er an der Natur großes Interesse hatte. Er sammelte immer Steine und solche Dinge. Er kannte sich gut im Busch aus und hätte sich nie aus Dummheit in Gefahr gebracht. In dieser Gegend gibt es keine Leoparden mehr, und für Löwen sind wir zu weit von der Kalahari entfernt.

Ich bin überall herumgelaufen und habe gerufen und gerufen, aber mein Sohn hat mir nie geantwortet. Ich schaute in jeden Brunnen jedes Bauern und in jedem Dorf in der Nähe und bat sie, im Wasser nachzusehen. Aber von meinem Sohn gab es keine Spur.

Wie kann ein Junge einfach vom Erdboden verschwinden? Wenn ich kein Christ wäre, würde ich sagen, dass ein böser Geist ihn gepackt und verschleppt hätte. Aber ich weiß, dass solche Sachen nicht wirklich passieren.

Ich bin kein reicher Mann. Ich kann mir die Dienste eines Privatdetektivs nicht leisten, aber ich bitte Sie, Mma, mir im Namen Jesu Christi in bescheidenem Rahmen zu helfen. Wenn Sie Ihre Erkundigungen über andere Dinge einholen und mit Leuten sprechen, die vielleicht wissen, was los ist, fragen Sie sie doch bitte auch, ob sie von einem

Jungen namens Thobiso gehört haben, der elf Jahre und vier Monate alt und der Sohn des Lehrers aus Katsana Village ist. Bitte fragen Sie sie einfach, und wenn Sie irgendetwas hören, schicken Sie bitte dem Unterzeichnenden, mir, dem Lehrer, eine kurze Notiz.

In Gottes Namen Ernest Molai Pakotati, Lehrer.

Mma Makutsi hörte auf zu lesen und blickte zu Mma Ramotswe hinüber. Sie schwiegen beide. Dann setzte Mma Ramotswe zum Sprechen an.

»Wissen Sie etwas darüber?«, fragte sie. »Haben Sie etwas von einem Jungen gehört, der verschwunden ist?«

Mma Makutsi runzelte die Stirn. »Ich glaube, ja. Es stand wohl etwas in der Zeitung über die Suche nach einem Jungen. Ich glaube, sie dachten, er sei aus irgendeinem Grund von zu Hause weggelaufen.«

Mma Ramotswe erhob sich und nahm ihrer Sekretärin den Brief aus der Hand. Sie hielt ihn, wie man Beweismittel vor Gericht hochhält – vorsichtig, um sie nicht zu beschädigen. Es kam ihr vor, als hätte die Trauer diesem Brief, diesem an sich leichten Stück Papier, Gewicht gegeben.

»Ich glaube nicht, dass ich viel machen kann«, sagte sie leise. »Natürlich kann ich meine Ohren offen halten. Das kann ich dem armen Daddy sagen, aber was kann ich sonst noch tun? Er wird den Busch um Katsana herum kennen. Er wird die Leute kennen. Ich kann wirklich nicht viel für ihn tun.«

Mma Makutsi schien erleichtert zu sein. »Nein«, sagte sie, »wir können dem armen Mann nicht helfen.«

Ein Brief wurde von Mma Ramotswe diktiert, und Mma Makutsi tippte ihn sorgfältig auf ihrer Schreibmaschine ab. Dann wurde er in einen Umschlag gesteckt, mit einer Briefmarke versehen und in den neuen roten Korb für ausgehende Post gelegt. Es war der zweite Brief, der die No. 1 Ladies' Detective Agency verließ; der erste war Mma Malatsis Rechnung über zweihundertfünfzig Pula gewesen, auf die Mma Makutsi »Ihr verstorbener Mann – Lösung des Geheimnisses um seinen Tod« getippt hatte.

Am Abend bereitete sich Mma Ramotswe im Haus am Zebra Drive einen Eintopf mit Kürbis zu. Sie genoss es, in der Küche zu stehen, im Topf herumzurühren, über die Ereignisse des Tages nachzudenken und an einem großen Becher Tee zu nippen, den sie auf dem Rand des Herdes abstellte. Mehrere Dinge waren – abgesehen vom Eingang des Briefes – an diesem Tag passiert. Ein Mann hatte gefordert, dass sie Schulden für ihn eintrieb, und sie hatte sich widerwillig dazu bereit erklärt. Sie war sich nicht sicher, ob so etwas auch zu den Aufgaben einer Privatdetektivin gehörte – im Handbuch war jedenfalls nichts davon zu lesen –, aber der Mann hatte darauf bestanden, und sie fand es schwierig, ihn abzuweisen. Dann war eine Frau zu ihr gekommen, die sich Sorgen um ihren Ehemann machte.

»Er riecht nach Parfum, wenn er nach Hause kommt«, sagte sie. »Und er lächelt. Warum sollte ein Mann nach Parfum riechen und lächelnd nach Hause kommen?«

»Vielleicht trifft er sich mit einer anderen Frau«, wagte Mma Ramotswe zu äußern.

Die Frau hatte sie entgeistert angestarrt.

»Sie glauben, dass er so etwas täte? Mein Mann?«

Sie hatten die Situation besprochen und waren so verblieben, dass die Frau sich ihren Gatten vornehmen und zu diesem Thema befragen würde.

»Möglicherweise gibt es eine ganz andere Erklärung«, beruhigte Mma Ramotswe die Frau.

»Zum Beispiel?«

»Nun ...«

»Viele Männer benutzen heutzutage Parfum«, warf Mma Makutsi ein. »Sie glauben, dass sie dann besser riechen. Sie wissen ja, wie Männer riechen ...«

Die Kundin hatte sich auf ihrem Stuhl gedreht und Mma Makutsi angefunkelt.

»Mein Mann riecht nicht«, sagte sie. »Er ist ein sehr sauberer Mann.«

Mma Ramotswe hatte Mma Makutsi einen warnenden Blick zugeworfen. Das müsste sie mit ihr noch klären – wenn Kundschaft da war, hatte sie sich nicht einzumischen.

Aber was sonst noch am Tage passiert sein mochte, ihre Gedanken kehrten immer wieder zum Brief des Lehrers und der Geschichte über den verschollenen Jungen zurück. Was musste sich der arme Mann für Sorgen gemacht haben – und die Mutter natürlich auch. Er erwähnte zwar keine Mutter, aber es musste doch eine geben oder eine Großmutter vielleicht. Welche Gedanken mussten ihnen durch den Kopf gehen, während eine Stunde nach der anderen verstrich und sie kein Lebenszeichen vom Jungen erhielten. Und die ganze Zeit über konnte er in Gefahr sein, in einem alten Bergwerksschacht stecken, inzwischen vielleicht zu heiser, um schreien zu können, während die Retter über ihm die Gegend absuchten. Oder er war gestohlen worden – nachts von jemandem weggeschnappt. Welcher grausame Mensch tat einem unschuldigen Kind so etwas an? Wie brachte es jemand fertig, dem Flehen des Jungen, nach Hause gebracht zu werden, zu widerstehen? Sie schauderte vor Entsetzen darüber, dass so etwas ausgerechnet hier in Botswana passieren konnte.

Sie begann sich zu fragen, ob dies tatsächlich der richtige Job für sie war. Es war schön und gut, Leuten helfen zu wollen, ihre Schwierigkeiten auf die Reihe zu bringen, aber solche Schwierigkeiten konnten einem das Herz zerreißen. Der Fall Malatsi war schon merkwürdig genug gewesen. Sie hatte erwartet, dass Mma Malatsi verzweifelt sein würde, als sie ihr die Beweise brachte, dass ihr Mann von einem Krokodil gefressen worden war, aber es schien sie überhaupt nicht aufzuregen. Was hatte sie gesagt? *Ich habe eine Menge zu tun.* Wie ungewöhnlich und gefühllos, so etwas zu sagen, wo sie doch gerade ihren Mann verloren hatte! War er ihr gar nichts wert?

Mma Ramotswe hielt inne, den Löffel halb in den köchelnden Eintopf getaucht. Wenn Leute sich dermaßen kaltblütig benahmen, erwartete Mma Christie von ihren Lesern, dass sie misstrauisch würden. Was hätte Mma Christie von Mma Malatsis kühler Reaktion, ja ihrer Gleichgültigkeit gehalten? Diese Frau hat ihren Mann getötet, hätte sie gedacht! Deshalb hat die Nachricht seines Todes sie nicht berührt. Sie wusste schon längst, dass er tot war!

Aber was war mit dem Krokodil und der Taufe und den anderen Sündern? Nein, sie musste unschuldig sein. Vielleicht hatte sie ihm den Tod gewünscht, und das Krokodil hatte ihr Gebet erhört. Machte einen das in Gottes Augen zum Mörder, wenn wirklich etwas passierte? Gott würde davon wissen, weil es vor Gott keine Geheimnisse gab. Das wusste jeder.

Sie hielt in ihren Überlegungen inne. Es war Zeit, den Kürbis aus dem Topf zu nehmen und zu essen. Das war es letztendlich, was die großen Probleme des Lebens löste. Man konnte denken und denken und zu keinem Ergebnis kommen, aber seinen Kürbis musste man essen. Das brachte einen wieder auf den Boden der Tatsachen zurück. Das gab einem einen Grund, um weiterzumachen: Kürbis.

8

Die Bilanz sah nicht gut aus. Die No. 1 Ladies' Detective Agency steckte einen Monat nach der Gründung in den roten Zahlen. Es hatte drei zahlende Kunden gegeben und zwei, die sich Rat holten, ihn bekamen und sich weigerten, dafür zu bezahlen. Mma Malatsi hatte ihre Rechnung über 250 Pula beglichen. Happy Bapetsi hatte 200 Pula für die Entlarvung ihres falschen Vaters gezahlt. Und ein Händler am Ort hatte 100 Pula dafür gezahlt, dass Mma Ramotswe herausgefunden hatte, wer sein Telefon für unerlaubte Ferngespräche nach Francistown benutzte. Wenn man alles zusammenzählte, kam man auf 550 Pula. Mma Makutsis Gehalt betrug allein 580 Pula im Monat. Das bedeutete einen Verlust von 30 Pula, andere Ausgaben wie zum Beispiel Benzinkosten für den kleinen weißen Lieferwagen und Strom fürs Büro gar nicht mitgerechnet.

Natürlich dauerte es immer eine Weile, bis ein Geschäft richtig anlief – Mma Ramotswe wusste das –, aber wie lange konnte man sich Verluste erlauben? Sie hatte noch etwas Geld von ihrem Vater, aber davon konnte sie nicht ewig leben. Sie hätte auf ihren Vater hören sollen. Er wollte, dass sie sich eine Fleischerei zulegte, und das wäre auch viel sicherer gewesen. Wie nannte man so etwas gleich wieder? Eine bombensichere Investition. Das wäre es gewesen. Aber wo blieb dabei die Spannung?

Sie dachte an Mr J. L. B. Matekoni, Besitzer von Tlok-weng Road Speedy Motors, einer Autoreparaturwerk-statt. Das war ein Geschäft, das ganz sicher Gewinne abwarf. Es mangelte nicht an Kunden, da jeder wusste, was für ein hervorragender Mechaniker er war. Dies war der Unterschied zwischen ihnen beiden, dachte sie: Er wusste, was zu tun war, und sie nicht.

Mma Ramotswe kannte Mr J. L. B. Matekoni seit vie-len Jahren. Er kam aus Mochudi, und sein Onkel war ein enger Freund ihres Vaters gewesen. Mr J. L. B. Mate-koni war fünfundvierzig – zehn Jahre älter als Mma Ra-motswe –, aber er betrachtete sich als gleichaltrig und sagte häufig, wenn er sich über das Leben äußerte: »Für Leute in unserem Alter …«

Er war ein gemütlicher Mann, und sie fragte sich, warum er nicht wieder geheiratet hatte, nachdem er nach kurzer Ehe Witwer geworden war. Er war nicht besonders gut aussehend, aber er hatte ein angeneh-mes, vertrauenerweckendes Gesicht. Er wäre ein Mann gewesen, den jede Frau gerne um sich hätte. Er würde Sachen reparieren und nachts zu Hause bleiben und vielleicht sogar ein wenig im Haushalt helfen, was den meisten Männern nicht einmal im Traum einfiele.

Aber er hatte nicht wieder geheiratet und lebte allein in einem großen Haus in der Nähe des alten Flugplat-zes. Im Vorüberfahren sah sie ihn manchmal auf seiner Veranda sitzen – Mr J. L. B. Matekoni, allein, auf die Bäume, die in seinem Garten wuchsen, blickend. Wo-rüber dachte so ein Mann eigentlich nach? Saß er da und überlegte sich, wie schön es wäre, eine Frau zu haben und Kinder, die im Garten herumsprangen, oder saß er da und dachte an die Werkstatt und die Autos, die er repariert hatte? Schwer zu sagen.

Sie besuchte ihn gern in seiner Werkstatt, um sich mit ihm in seinem schmierigen Büro mit den Bergen von Quittungen und Bestellungen von Ersatzteilen zu unterhalten. Sie schaute sich die Kalender an den Wänden gern an, mit den einfachen Bildern von der Art, wie Männer sie mögen. Und sie trank gerne Tee aus einem seiner Becher mit den fettigen Fingerabdrücken außen herum, während seine beiden Helfer Autos aufbockten und darunter herumfuhrwerkten und hämmerten.

Mr J. L. B. Matekoni genoss diese Gespräche. Sie redeten über Mochudi oder Politik oder tauschten das Neueste vom Tage aus. Er erzählte ihr, wer Ärger mit seinem Auto hatte und was damit nicht in Ordnung war; wer an dem Tag getankt hatte und wer wo hinfahren wollte.

Aber dieses Mal sprachen sie über die Finanzen und über die Schwierigkeiten, ein Unternehmen erfolgreich zu führen.

»Die Personalkosten sind das Teuerste«, sagte Mr J. L. B. Matekoni. »Sehen Sie sich die beiden Jungs dort drüben unter dem Wagen an. Sie können sich nicht vorstellen, was die mich kosten. Ihre Löhne, die Steuern, die Versicherung, die für sie aufkommt, falls die Autos ihnen auf den Kopf fallen sollten. Da kommt was zusammen. Und am Ende bleiben mir höchstens noch ein, zwei Pula. Nie viel mehr.«

»Aber wenigstens haben Sie keine Verluste«, sagte Mma Ramotswe. »Schon nach einem Monat bin ich mit dreißig Pula im Rückstand. Und ich bin sicher, dass es noch schlimmer kommt.«

Mr J. L. B. Matekoni seufzte. »Personalkosten«, sagte er. »Ihre Sekretärin – die mit der großen Brille. Da fließt das Geld hin.«

Mma Ramotswe nickte. »Ich weiß«, sagte sie. »Aber man braucht eine Sekretärin, wenn man ein Büro hat. Wenn ich keine Sekretärin hätte, würde ich dort den ganzen Tag herumsitzen. Ich könnte nicht rüberkommen und mit Ihnen reden, ich könnte nicht einkaufen gehen.«

Mr J. L. B. Matekoni langte nach seinem Becher. »Dann müssen Sie sich reichere Kunden zulegen«, sagte er. »Sie brauchen ein paar gute Fälle. Sie brauchen einen Auftrag von einem Reichen.«

»Von einem Reichen?«

»Ja. Jemand wie … wie Mr Patel zum Beispiel.«

»Wozu sollte der eine Privatdetektivin brauchen?«

»Reiche Männer haben ihre Probleme«, sagte Mr J. L. B. Matekoni. »Man kann nie wissen.«

Schweigend sahen sie den beiden jungen Mechanikern zu, wie sie ein Rad von einem Auto abmontierten.

»Dumme Jungs«, sagte Mr J. L. B. Matekoni. »Das ist gar nicht nötig.«

»Ich habe nachgedacht«, sagte Mma Ramotswe. »Neulich bekam ich einen Brief, der mich sehr traurig machte. Ob es wohl überhaupt richtig ist, dass ich eine Privatdetektivin geworden bin?«

Sie erzählte ihm von dem Brief über den verschollenen Jungen und erklärte, dass sie sich nicht in der Lage fühlte, dem Vater zu helfen.

»Ich konnte nichts für ihn tun«, sagte sie, »ich kann keine Wunder bewirken. Aber er tat mir so leid. Er dachte, sein Sohn wäre im Busch verletzt liegen geblieben oder von einem Tier geholt worden. Wie kann ein Vater so etwas ertragen?«

Mr J. L. B. Matekoni schnaubte verächtlich. »Ich hab davon in der Zeitung gelesen«, sagte er. »Ich hab von der Suche gelesen. Und ich wusste, dass sie von Anfang an hoffnungslos war.«

»Warum?«, fragte Mma Ramotswe.

Mr J. L. B. Matekoni war einen Augenblick still. Mma Ramotswe sah ihn an und an ihm vorbei, durchs Fenster auf den Dornenbaum draußen. Die winzigen graugrünen Blätter hatten sich in der Hitze wie Grashalme zusammengerollt. Und dahinter der leere Himmel – so blass, dass er fast weiß war – und der Geruch nach Staub.

»Weil der Junge tot ist«, sagte Mr J. L. B. Matekoni und zog mit dem Finger in der Luft ein unsichtbares Muster nach.

»Kein Tier hat ihn geholt, zumindest kein gewöhnliches Tier. Ein böser Geist vielleicht, ein Teufel. O ja.«

Mma Ramotswe schwieg. Sie stellte sich den Vater vor, den Vater des toten Jungen, und für einen kurzen Augenblick erinnerte sie sich an den schrecklichen Nachmittag im Krankenhaus von Mochudi, als die Schwester zu ihr gekommen war und sich die Uniform geradezog – und wie sie sah, dass die Schwester weinte, als sie ihr vom Tod ihres Babys berichtete. Wenn man auf diese Weise ein Kind verlor, konnte die Welt für einen zu Ende sein. Es war nie mehr so wie zuvor. Die Sterne erloschen. Der Mond verschwand. Die Vögel wurden still.

»Warum sagen Sie, dass er tot ist?«, fragte sie. »Er hätte sich verlaufen haben können und dann …«

Mr J. L. B. Matekoni schüttelte den Kopf. »Nein«, sagte er. »Der Junge wurde für eine Zauberei benutzt, für schwarze Magie. Jetzt ist er tot.«

Sie setzte ihren leeren Becher ab. Draußen in der Werkstatt ließ jemand mit lautem Klirren eine Felgenkurbel fallen. Sie schaute ihrem Freund ins Gesicht. Das war ein Thema, über das man nicht sprach. Das war ein Thema, das auch den Mutigsten in Angst und Schrecken versetzte. Es war das große Tabu.

»Wie können Sie so sicher sein?«

Mr J. L. B. Matekoni lächelte. »Ach, kommen Sie, Mma Ramotswe. Sie wissen so gut wie ich, was gespielt wird. Wir reden nicht gern darüber, nicht wahr? Das ist es, was uns Menschen in Afrika am meisten beschämt. Wir wissen, dass es passiert, aber wir tun, als gäbe es so etwas nicht. Wir wissen ganz genau, was mit Kindern geschieht, die verloren gehen. Wir wissen es.«

Sie blickte zu ihm auf. Natürlich sagte er die Wahrheit, weil er ein ehrlicher, guter Mann war. Und er hatte wahrscheinlich recht. Egal, wie sehr sich die anderen unschuldige Erklärungen ausdachten, das Wahrscheinlichste war genau das, was Mr J. L. B. Matekoni gesagt hatte. Der Junge war von einem Medizinmann geschnappt und für seine Heilmittel getötet worden. Hier in Botswana, am Ende des zwanzigsten Jahrhunderts, inmitten von allem, was Botswana zu einem modernen Land machte, war diese Sache passiert. Der kleine Junge war ermordet worden, weil irgendwo irgendeine mächtige Person einen Medizinmann beauftragt hatte, ein stärkendes Mittel zu brauen.

Sie senkte den Blick.

»Sie können recht haben«, sagte sie. »Der arme Junge ...«

»Natürlich habe ich recht«, sagte Mr J. L. B. Matekoni. »Und warum glauben Sie wohl, musste der arme Mann an Sie schreiben? Weil die Polizei nichts unternimmt, um herauszufinden, wie und wo es passiert ist. Weil sie Angst haben. Alle. Sie haben genauso viel Angst wie ich und die beiden Jungen da draußen unter dem Auto. Angst, Mma Ramotswe. Wir fürchten um unser Leben. Wir alle – vielleicht sogar Sie.«

Mma Ramotswe ging an diesem Abend um zehn ins Bett, eine halbe Stunde später als sonst. Sie lag manchmal gerne im Bett und blätterte beim Schein ihrer Leselampe in einer Zeitschrift. Jetzt war sie müde, und die Illustrierte glitt ihr ständig aus den Händen.

Sie knipste das Licht aus und sprach flüsternd ihr Gebet, obwohl niemand im Haus war, der sie hören konnte. Es war immer das gleiche Gebet für die Seele ihres Vaters Obed, für Botswana und für den Regen, der die Feldfrüchte wachsen und das Vieh dick machen sollte, und für ihr kleines Baby, das jetzt sicher in Jesu Armen war.

In den frühen Morgenstunden erwachte sie in Panik, ihr Herzschlag unregelmäßig, der Mund trocken. Sie setzte sich auf und tastete nach dem Lichtschalter, aber als sie ihn betätigte, geschah nichts. Sie schob das Leinentuch beiseite – in der Hitze war keine Decke nötig – und ließ sich aus dem Bett gleiten.

Das Flurlicht funktionierte nicht, auch das Licht in der Küche ging nicht an, wo der Mond Schatten auf den Fußboden warf. Sie blickte aus dem Fenster in die Nacht hinein. Nirgendwo war Licht – ein Stromausfall.

Sie öffnete die Hintertür und trat mit nackten Füßen in den Hof. Die Stadt lag im Dunkeln, die Bäume waren verschwommene, schemenhafte Formen, schwarze Klumpen.

»Mma Ramotswe!«

Sie blieb stehen, wo sie war, starr vor Entsetzen. Jemand war im Hof und beobachtete sie. Jemand hatte ihren Namen geflüstert. Sie öffnete den Mund, um zu reden, aber es kam kein Ton heraus. Es wäre auch gefährlich gewesen zu sprechen. Deshalb zog sie sich langsam zurück, Zentimeter um Zentimeter, der Küchentür entgegen. Sobald sie im Haus war, schlug sie die Tür zu und griff nach dem Schlüssel. Als sie ihn umdrehte, kam der Strom zurück, und die Küche war plötzlich hell beleuchtet. Der Kühlschrank fing an zu schnurren, eine Lampe am Herd blinkte: 3.04, 3.04.

Hatte ihr jemand Angst einjagen wollen? Und warum?

9

Es gab drei ganz besondere Häuser im Land, und Mma Ramotswe empfand eine gewisse Befriedigung darüber, in zwei von diesen Häusern bereits eingeladen gewesen zu sein. Das bekannteste war Mokolodi, ein weitläufiger schlossartiger Bau südlich von Gaborone, mitten im Busch. Dieses Haus, zu dem ein Pförtnerhäuschen mit einem Tor gehörte, in das man Nashornvögel aus Eisen geschmiedet hatte, war möglicherweise das prachtvollste aller Anwesen im Lande und ganz bestimmt eindrucksvoller als das Haus Phakadi im Norden, was sich für Mma Ramotswes Geschmack viel zu nah an den Abwasserteichen befand. Das hatte natürlich auch seine Vorteile, weil die Abwasserteiche die verschiedenartigsten Vögel anzogen und man von der Veranda aus beobachten konnte, wie Scharen von Flamingos auf dem trüben grünen Wasser landeten. Wenn der Wind allerdings aus der falschen Richtung blies, was häufig vorkam, konnte man das vergessen.

Es ließ sich nur vermuten, dass das dritte Haus ebenfalls von großer Vornehmheit war, da bisher nur wenige Leute hineingebeten worden waren. Gaborone musste sich mehr oder weniger mit dem begnügen, was von außen zu sehen war – also nicht sehr viel, weil um das Grundstück herum eine hohe weiße Mauer verlief. Oder man musste sich auf Berichte von Leuten verlassen, die aus irgendeinem besonderen Anlass das Haus betreten hatten. Alle schwärmten von seiner Pracht.

»Wie der Buckingham Palace«, sagte eine Frau, die für eine Familienfeier Blumen arrangiert hatte, »nur noch prächtiger. Ich glaube, die Königin lebt bescheidener als die Leute da drin.«

Bei den besagten Leuten handelte es sich um die Familie von Mr Paliwalar Sundigar Patel, Besitzer von acht Läden – fünf in Gaborone und drei in Francistown –, einem Hotel in Orapa und einem großen Herrenausstattungsgeschäft in Lobatse. Er war zweifellos einer der reichsten Männer im Land, wenn nicht der reichste überhaupt, aber bei den Botswana zählte dies wenig, denn er hatte nichts von seinem Geld in Vieh investiert, und Geld, das man nicht für Vieh ausgab, war schließlich nichts anderes als »Staub im Mund«.

Mr Paliwalar Patel war 1967 im Alter von 25 Jahren nach Botswana gekommen. Er hatte nicht viel in den Taschen gehabt, aber sein Vater, ein Händler in einem entfernten Teil von Zululand, hatte ihm das Geld für den Kauf seines ersten Ladens im Einkaufszentrum *African Mall* vorgestreckt. Dieses Geschäft wurde ein großer Erfolg. Mr Patel kaufte für praktisch gar nichts Waren von Händlern in Not und verkaufte sie mit geringem Profit weiter. Der Handel blühte, ein Laden folgte dem nächsten, und alle wurden nach dem gleichen kaufmännischen Prinzip geführt. An seinem fünfzigsten Geburtstag hörte er auf, sein Imperium zu vergrößern, und konzentrierte sich stattdessen auf die Förderung und Ausbildung seiner Familie.

Da waren vier Kinder – ein Sohn, Wallace, Zwillingstöchter, Sandri und Pali, und die jüngste Tochter Nandira. Um den Ehrgeiz von Mr Patel zu befriedigen, der aus seinem Sohn einen Gentleman machen wollte, hatte Wallace ein teures Internat in Zimbabwe besucht. Dort hatte er gelernt, Kricket zu spielen und grausam zu sein. Nach einer großzügigen Spende von Mr Patel war er zum Studium der Zahnheilkunde zugelassen worden und später nach Durban gezogen, wo er eine Praxis für kosmetische Zahnmedizin eröffnete. Irgendwann hatte er »aus praktischen Gründen« seinen Namen gekürzt und war Mr Wallace *Pate* geworden.

Mr Patel hatte gegen die Änderung protestiert. »Wieso bist du jetzt ein Mr Wallace *Pate*, wenn ich fragen darf? Warum? Schämst du dich oder was? Bin ich für dich nur ein Mr Paliwar Patel, ein Versager, oder was?«

Der Sohn hatte seinen Vater zu beschwichtigen versucht.

»Kurze Namen sind einfacher, Vater. Pate, Patel – ist doch das Gleiche. Warum also einen Extrabuchstaben am Ende? Kurz ist modern – wir müssen heutzutage modern sein. Alles ist modern, sogar Namen.«

Die Zwillinge hatten sich nicht derlei angemaßt. Sie waren nach Natal geschickt worden, um Ehemänner zu finden, und hatten dies auch in der von ihrem Vater erwarteten Weise getan. Beide Schwiegersöhne waren ins Geschäft eingestiegen und bewiesen, dass sie gut mit Zahlen umgehen konnten und die Bedeutung knapper Gewinnspannen begriffen.

Dann gab es noch Nandira, die sechzehn und Schülerin an der Maru-a-Pula-Schule in Gaborone war – die beste und teuerste Schule im ganzen Land. Sie war eine hervorragende Schülerin, brachte stets glänzende Zeugnisse mit nach Hause, und es war zu erwarten, dass sie sich später gut verheiraten würde. Wahrscheinlich an ihrem zwanzigsten Geburtstag, denn dies war genau der Zeitpunkt, an dem ein Mädchen nach Ansicht von Mr Patel heiraten sollte.

Die gesamte Familie, Schwiegersöhne, Großeltern und einige entfernte Verwandte eingeschlossen, lebten im herrschaftlichen Haus der Patels in der Nähe des alten Clubs für die Streitkräfte Botswanas. Auf dem Gelände hatten mehrere Gebäude gestanden, alte Häuser im Kolonialstil mit breiten Veranden und Fliegengittern, aber Mr Patel hatte sie abreißen lassen und sein Haus von Grund auf neu errichtet. Tatsächlich waren es mehrere aneinandergereihte Häuser, die den Wohnkomplex der Familie bildeten.

»Wir Inder leben gern in einem Komplex«, hatte Mr Patel den Architekten erklärt. »Wir wollen sehen, was in der Familie vor sich geht, verstehen Sie?«

Der Architekt, der seiner Phantasie freien Lauf lassen durfte, entwarf ein Haus, in dem er jeder seiner architektonischen Launen nachgeben konnte, die anspruchsvollere und weniger gut betuchte Kunden im Laufe der Jahre unterdrückt hatten. Zu seinem Erstaunen akzeptierte Mr Patel alles, und das Ergebnis war ganz nach seinem Geschmack. Das Haus wurde in einem Stil möbliert, den man als Delhi-Rokoko bezeichnen könnte – viel Gold an Möbeln und in den Vorhängen und an den Wänden teure Bilder von Hindu-Heiligen und Bergrehen mit Augen, die einen beim Gang durch den Raum verfolgten.

Nachdem die Zwillinge in Durban geheiratet hatten, wobei ein teures Fest mit über fünfzehnhundert geladenen Gästen gefeiert wurde, erhielt jede von ihnen ein eigenes Quartier im Haus, das zu diesem Zweck erheblich erweitert worden war. Jeder der Schwiegersöhne bekam einen roten Mercedes mit seinen Initialen auf der Fahrertür. Weil jetzt vier Mercedes unterzubringen waren – der von Mr Patel, der von Mrs Patel (der von einem Chauffeur gefahren wurde) und die beiden der Schwiegersöhne –, musste auch die Garage vergrößert werden. Ein älterer Cousin hatte bei der Hochzeit in Durban zu Mr Patel gesagt: »Hör zu, wir Inder müssen vorsichtig sein. Du solltest mit deinem Geld nicht so um dich schmeißen. Das mögen die Leute in Afrika nicht, weißt du? Sobald sie eine Chance haben, werden sie uns alles wegnehmen. Schau dir an, was in Uganda passiert ist. Hör zu, was die Zulus mit uns machen würden, wenn die könnten. Wir müssen diskret sein.«

Mr Patel hatte den Kopf geschüttelt. »Das alles trifft auf Botswana nicht zu. Hier gibt es keine Gefahr, sag ich dir. Das sind solide Leute. Du solltest sie mal sehen, mit all ihren Diamanten. Diamanten bringen einem Land Stabilität, glaube mir.«

Der Cousin schien nicht überzeugt zu sein. »Afrika ist so«, fuhr er fort. »An einem Tag ist alles gut, sehr gut, und am nächsten Morgen wachst du auf und merkst, dass jemand dir die Kehle durchgeschnitten hat. Pass auf!«

Mr Patel hatte sich die Warnung dann doch noch zu Herzen genommen und die Mauer um sein Grundstück erhöht, sodass die Leute nicht mehr in seine Fenster schauen und den Luxus des Hauses nicht länger sehen konnten. Und wenn sie weiter mit ihren dicken Autos durch die Gegend fuhren – also davon gab es eine Menge in der Stadt, und es gab absolut keinen Grund, warum ausgerechnet sie damit auffallen sollten.

Mma Ramotswe freute sich sehr, als Mr Patel sie anrief und fragte, ob sie ihn wohl in Kürze in seinem Haus besuchen könne. Sie einigten sich noch auf denselben Abend, und sie fuhr nach Hause, um sich etwas Besseres anzuziehen, bevor sie sich am Tor des Patel'schen Anwesens präsentierte. Bevor sie losfuhr, rief sie Mr J. L. B. Matekoni an.

»Sie rieten, ich solle mir einen reichen Kunden zulegen«, sagte sie, »und jetzt habe ich einen. Mr Patel.«

Mr J. L. B. Matekoni holte tief Luft. »Das ist ein sehr reicher Mann«, sagte er. »Er hat vier Mercedes. Vier. Drei sind in Ordnung, aber einer hat schwere Getriebeprobleme gehabt. Ein Kupplungsfehler, einer der schlimmsten, die ich je gesehen habe, und ich musste tagelang versuchen, ein neues Gehäuse zu finden ...«

Das Tor am Haus der Patels ließ sich nicht einfach zurückschieben. Und man konnte auch nicht davor parken und hupen, wie man es normalerweise vor anderen Häusern tat. Am Haus der Patels drückte man auf einen Klingelknopf in der Mauer, und eine hohe Stimme ertönte aus einem kleinen Lautsprecher über dem Kopf.

»Ja? Patel hier. Was wünschen Sie?«

»Mma Ramotswe«, sagte sie. »Privat...«

Im Lautsprecher knatterte es.

»Privat? Privat was?«

Sie wollte gerade antworten, als es wieder knatterte und sich das Tor langsam öffnete. Um sich keine Blöße zu geben, hatte Mma Ramotswe ihren winzigen weißen Lieferwagen hinter der nächsten Ecke geparkt, und so betrat sie das Grundstück zu Fuß. Drinnen fand sie sich in einem Hof wieder, der sich mithilfe Schatten spendender Netze in einen Hain saftigen Grüns verwandelt hatte. Am anderen Ende des Hofes befand sich der Eingang zum Haus, ein großes Portal, flankiert von hohen weißen Säulen und Kübelpflanzen. Mr Patel erschien vor der offenen Tür und winkte ihr mit seinem Spazierstock zu.

Sie war ihm natürlich schon früher begegnet und wusste, dass er eine Prothese trug, aber sie hatte ihn noch nie aus der Nähe gesehen und nicht erwartet, dass er so klein war. Mma Ramotswe war auch nicht groß und eher von großzügiger Breite, aber als Mr Patel ihr die Hand schüttelte und sie mit einer Geste aufforderte einzutreten, musste er zu ihr hochblicken.

»Waren Sie schon einmal in meinem Haus?«, fragte er, obwohl er natürlich wusste, dass sie nie da gewesen war. »Waren Sie auf einer meiner Partys?«

Auch das konnte nicht stimmen. Mr Patel gab keine Partys, und sie fragte sich, warum er so tat, als ob.

»Nein«, sagte sie. »Sie hatten mich bisher nicht eingeladen.«

»O weh«, sagte er kichernd. »Da habe ich aber einen großen Fehler begangen.«

Er führte sie durch die Eingangshalle, einem lang gestreckten Raum mit glänzend schwarz-weißem Marmorfußboden. Es gab viel Messing in diesem Raum –

teures, poliertes Messing –, und der Gesamteindruck war glitzernder Prunk.

»Wir gehen in mein Büro«, sagte er. »Das ist mein Privatzimmer, in dem sich keiner der Familie jemals aufhalten darf. Sie wissen, dass sie mich dort nicht stören dürfen, selbst wenn das Haus abbrennt.«

Auch das Büro war ein großer Raum, in dem ein breiter Schreibtisch mit drei Telefonen und einer kunstvollen Schreibtischgarnitur besonders herausstach. Mma Ramotswe betrachtete die Garnitur, die aus mehreren Glasfächern für die Kugelschreiber und Füllhalter bestand, wobei die Fächer von Miniaturelefantenzähnen aus geschnitztem Elfenbein getragen wurden.

»Setzen Sie sich«, sagte Mr Patel und deutete auf einen weißen Ledersessel. »Weil mir ein Bein fehlt, brauche ich beim Hinsetzen etwas Zeit. Da – sehen Sie! Ich bin ständig auf der Suche nach einem besseren Bein. Das hier ist aus Italien und hat mich eine Menge Geld gekostet, aber ich glaube, man kann noch bessere Beine kaufen. Vielleicht in Amerika.«

Mma Ramotswe setzte sich und sah ihren Gastgeber an. »Ich komme gleich zur Sache«, sagte Mr Patel. »Es hat keinen Sinn, wie die Katze um den heißen Brei herumzuschleichen, nicht wahr? Nein, wirklich nicht.«

Er schwieg und wartete auf Mma Ramotswes Zustimmung. Sie nickte leicht.

»Ich bin ein Familienmensch, Mma Ramotswe«, sagte er. »Ich habe eine glückliche Familie, und alle, bis auf meinen Sohn, der in Durban ein bekannter Zahnarzt ist, leben in diesem Haus. Sie haben vielleicht von ihm gehört. Die Leute nennen ihn neuerdings Pate.«

»Ich kenne ihn«, sagte Mma Ramotswe. »Die Leute haben eine hohe Meinung von ihm, sogar hier.«

Mr Patel strahlte. »Meine Güte, das ist wirklich angenehm zu hören. Aber meine anderen Kinder sind mir ebenfalls sehr wichtig. Ich mache keine Unterschiede zwischen meinen Kindern. Sie sind alle gleich. Ganz und gar gleich.«

»So ist es am besten«, sagte Mma Ramotswe. »Wenn Sie ein Kind vorziehen, führt das zu großer Bitterkeit.«

»Das können Sie noch einmal sagen, o ja«, meinte Mr Patel. »Kinder merken es, wenn sie dem einen zwei Bonbons geben und dem anderen nur eins. Sie können genauso zählen wie wir.«

Mma Ramotswe nickte wieder und fragte sich, wohin die Unterhaltung führte.

»Also«, sagte Mr Patel. »Meine großen Mädchen, die Zwillinge, sind mit guten Jungen verheiratet und leben unter diesem Dach. Da ist alles in Ordnung. Und somit bleibt nur noch ein Kind übrig, meine kleine Nandira. Sie ist sechzehn und geht zur Maru-a-Pula-Schule. Sie ist eine gute Schülerin, aber ...«

Er unterbrach seine Rede und sah Mma Ramotswe mit zusammengekniffenen Augen an. »Sie kennen sich mit Teenagern aus, nicht wahr? Sie wissen, was heute mit Teenagern los ist?«

Mma Ramotswe zuckte mit den Schultern. »Sie machen ihren Eltern oft großen Ärger. Ich habe Eltern gesehen, die sich wegen ihnen die Augen ausweinten.«

Mr Patel hob plötzlich seinen Spazierstock hoch und schlug damit auf das künstliche Bein. Es klang erstaunlich hohl und blechern.

»Genau das macht mir Sorgen«, sagte er mit Nachdruck. »Genau das ist es, was los ist. Und ich dulde so etwas nicht. Nicht in meiner Familie.«

»Was?«, fragte Mma Ramotswe. »Teenager?«

»Jungen«, sagte Mr Patel streng. »Meine Nandira trifft sich heimlich mit einem Jungen. Sie leugnet es zwar, aber ich weiß, dass es einen gibt. Und so etwas darf nicht sein, egal was die modernen Leute über die Stadt sagen. Es darf in dieser Familie – in diesem Hause – nicht sein.«

Während er redete, öffnete sich die Tür seines Büros, und eine Frau trat ein. Es war eine Einheimische, die Mma Ramotswe höflich auf Setswana grüßte, bevor sie ihr auf einem Tablett verschiedene Gläser mit Fruchtsaft anbot. Mma Ramotswe wählte einen Guavensaft und dankte der Hausangestellten. Mr Patel nahm sich einen Orangensaft und scheuchte die Frau dann ungeduldig mit dem Stock aus dem Raum. Er wartete, bis sie gegangen war, dann sprach er weiter.

»Ich habe mit ihr darüber geredet«, sagte er. »Ich habe es ihr erklärt. Ich habe ihr gesagt, dass es mir egal ist, was andere tun – das ist nicht meine Angelegenheit, sondern die ihrer Eltern. Aber ich habe ihr klargemacht, dass sie mit Jungen nicht in der Stadt herumlaufen oder Jungen nach der Schule treffen darf. Das ist mein letztes Wort.«

Er klopfte mit seinem Stock leicht auf die Prothese und sah Mma Ramotswe erwartungsvoll an.

Mma Ramotswe räusperte sich. »Sie wollen, dass ich was unternehme?«, fragte sie leise. »Haben Sie mich deshalb heute Abend zu sich gebeten?«

Mr Patel nickte. »Genau deshalb. Ich möchte, dass Sie

herausfinden, wer dieser Junge ist. Ich werde dann mit ihm sprechen.«

Mma Ramotswe starrte Mr Patel an. Hatte er auch nur die entfernteste Ahnung, wie sich junge Leute heutzutage benahmen, vor allem in einer Schule wie Maru-a-Pula, wo so viele ausländische Kinder waren, sogar Kinder aus der amerikanischen Botschaft und ähnlichen Familien? Sie hatte von indischen Vätern gehört, die Ehen zu arrangieren versuchten, aber sie hatte bisher niemanden kennengelernt, der es tatsächlich tat. Und hier war Mr Patel und nahm an, dass sie seiner Meinung wäre – dass sie beide der gleichen Ansicht wären.

»Wäre es nicht besser, wenn Sie selbst mit ihr darüber reden?«, fragte sie freundlich. »Wenn Sie sie fragen, wer der junge Mann ist, sagt sie es Ihnen vielleicht.«

Mr Patel langte nach seinem Stock und pochte auf sein Blechbein.

»Tut sie nicht«, stieß er hervor. Seine Stimme wurde schrill. »Überhaupt nicht. Ich frage sie schon seit drei, vier Wochen, und sie gibt keine Antwort. Sie bleibt stumm. Geradezu unverschämt!«

Mma Ramotswe saß da und schaute auf ihre Füße. Sie spürte seinen erwartungsvollen Blick. Sie hatte es sich in ihrem neuen Beruf zum Prinzip gemacht, keinen Menschen wegzuschicken, solange er sie nicht um etwas Kriminelles bat. Diese Regel schien zu funktionieren. Sie hatte inzwischen auch festgestellt, dass sich ihre Vorstellungen von Recht und Unrecht geändert hatten, als ihr bewusster geworden war, wie viele Faktoren oft eine Rolle spielten. So war es wahrscheinlich auch hier.

Und wenn nicht? Reichten die Gründe aus, ihn zurückzuweisen? Wie kam sie dazu, einen besorgten indischen Vater zu verurteilen, wenn sie über die Lebensweise dieser Leute so gut wie nichts wusste? Das Mädchen tat ihr natürlich leid. Was für ein schreckliches Schicksal, einen Vater zu haben, der einen am liebsten in einen goldenen Käfig sperrte. Ihr Daddy hatte sich ihr niemals in den Weg gestellt. Er hatte ihr vertraut, und sie hatte ihm nie etwas verschwiegen – außer der Wahrheit über Note vielleicht.

Sie blickte auf. Mr Patel beobachtete sie mit seinen dunklen Augen. Die Spitze seines Spazierstocks tappte fast unhörbar auf den Boden.

»Ich werde es für Sie herausfinden«, sagte sie. »Obwohl ich sagen muss, dass ich es nicht gerne tu. Der Gedanke, ein Kind zu beschatten, gefällt mir nicht.«

»Aber Kinder müssen beobachtet werden!«, protestierte Mr Patel. »Wenn Eltern ihre Kinder nicht beobachten – was passiert dann? Sagen Sie es mir!«

»Es kommt die Zeit, wo die Kinder ein eigenes Leben führen müssen«, sagte Mma Ramotswe. »Wir müssen sie gehen lassen.«

»Unsinn!«, brüllte Mr Patel. »Moderner Unsinn! Mein Vater hat mich noch geschlagen, als ich 22 war. Ja, er hat mich geschlagen, weil ich mir im Geschäft einen Fehler geleistet hatte. Und ich habe die Schläge verdient. Von diesem modernen Unsinn will ich nichts hören.«

»Ich bin eine moderne Frau«, sagte sie. »Vielleicht haben wir unterschiedliche Vorstellungen. Aber das spielt hier keine Rolle. Ich habe mich bereit erklärt zu tun, worum Sie mich gebeten haben. Jetzt müssen Sie mir nur noch ein Foto des Mädchens zeigen, damit ich weiß, wen ich beschatten soll.«

Mr Patel kam mühsam auf die Füße und rückte das Blechbein mit den Händen gerade.

»Ein Foto ist nicht nötig«, sagte er. »Ich kann Ihnen das Mädchen vorstellen. Sie können es sich ansehen.«

Mma Ramotswe hob abwehrend die Hände. »Aber dann kennt sie mich doch«, sagte sie. »Ich muss unerkannt bleiben.«

»Ah!«, sagte Mr Patel. »Eine sehr gute Idee. Ihr Detektive seid schlaue Männer.«

»Frauen«, sagte Mma Ramotswe.

Mr Patel blickte sie scharf an, sagte aber nichts. Er hatte keine Zeit für moderne Ideen.

Als sie das Haus verließ, dachte sie: Er hat vier Kinder, ich hab keins. Er ist kein guter Vater, dieser Mann, weil er seine Kinder zu sehr liebt – er will sie besitzen. Man muss loslassen. Man muss loslassen.

Und sie musste plötzlich an den Augenblick denken, als sie ohne Hilfe von Note, der sich mit irgendeiner Sache entschuldigt hatte, den winzigen Leichnam ihres zu früh geborenen Babys – so zerbrechlich, so leicht – in die Erde legte und zum Himmel aufschaute und zu Gott etwas sagen wollte, aber nicht konnte, weil Schluchzen ihr den Hals zuschnürte und keine Worte herauskamen, nichts.

Zuerst schien es Mma Ramotswe, dass dies ein ziemlich einfacher Fall werden würde. Jemanden zu beobachten konnte schwierig sein, da man immer Bescheid wissen musste, was derjenige tat. Es konnte bedeuten, dass man lange vor Häusern und Büros herumhängen musste, bis jemand erschien. Nandira wäre natürlich fast den ganzen Tag in der Schule, und das bedeutete, dass Mma Ramotswe sich bis gegen drei, kurz vor Schulschluss, mit anderen Dingen beschäftigen konnte. Dann aber musste sie ihr folgen und sehen, wohin sie ging.

Mma Ramotswe kam der Gedanke, dass es vielleicht doch nicht so einfach wäre, ein Kind zu beobachten. Jemandem mit dem kleinen weißen Lieferwagen hinterherzufahren – das war eine Sache; wenn die Person, die man beschattete, aber mit dem Rad von der Schule nach Hause fuhr, dann sähe es ziemlich komisch aus, wenn der kleine weiße Lieferwagen die Straße entlangkroch. Wenn das Mädchen allerdings zu Fuß nach Hause ginge, könnte Mma Ramotswe ihr in angemessenem Abstand als Fußgängerin folgen. Sie könnte sich sogar einen der fürchterlichen gelben Nachbarhunde ausleihen und so tun, als führe sie ihn aus.

Am Tag nach dem Gespräch mit Mr Patel stellte Mma Ramotswe den winzigen kleinen Lieferwagen kurz vor Unterrichtsende auf dem Parkplatz vor der Schule ab. Die Kinder kamen einzeln oder in Grüppchen heraus, und erst um 15.20 Uhr tauchte Nandira, die Schultasche in der einen Hand und ein Buch in der anderen, am Eingang der Schule auf. Sie war allein, und Mma Ramotswe konnte sie vom Fahrersitz ihres Lieferwagens aus gründlich mustern. Es war ein attraktives Kind, eigentlich schon eine junge Frau – eine von diesen Sechzehnjährigen, die man für neunzehn oder sogar zwanzig halten konnte.

Sie kam den Weg entlang und blieb kurz stehen, um mit einem anderen Mädchen zu sprechen, das unter einem Baum auf seine Eltern wartete. Sie plauderten kurz. Dann schlenderte Nandira auf das Schultor zu.

Mma Ramotswe wartete ein paar Augenblicke. Dann stieg sie aus ihrem Wagen. Als Nandira auf der Straße war, ging Mma Ramotswe langsam hinter ihr her. Es waren mehrere Leute unterwegs, und es gab keinen Grund, weshalb sie auffallen sollte. An einem Spätwinternachmittag war es angenehm herumzuspazieren, einen Monat später oder so wäre es zu heiß, und sie würde eher fehl am Platze wirken.

Sie folgte dem Mädchen um eine Ecke. Es war Mma Ramotswe inzwischen klar geworden, dass Nandira nicht auf direktem Wege nach Hause ging, da sich das Haus der Patels in der anderen Richtung befand. In die Stadt ging sie aber auch nicht, also musste sie jemanden treffen. Mma Ramotswe überkam ein wohliges Gefühl der Zufriedenheit. Jetzt brauchte sie wahrscheinlich nur noch das Haus zu finden, und es wäre ein Kinderspiel, den Namen des Besitzers und des Jungen zu erfahren. Vielleicht konnte sie noch am selben Abend zu Mr Patel gehen und ihm die Identität des Jungen verraten. Das würde ihn beeindrucken, und es wäre ein leicht verdientes Honorar.

Nandira bog um eine zweite Ecke. Mma Ramotswe blieb ein wenig zurück, bevor sie ihr weiter folgte. Man konnte schnell leichtsinnig werden, wenn man einem Kind hinterherlief, und sie musste sich selbst an die Verfolgungsregeln erinnern. Das Handbuch, auf das sie sich stützte – *Die Prinzipien privater Nachforschung* von Clovis Andersen –, hob hervor, dass man dem Beschatteten niemals zu nah kommen durfte. »Lassen Sie die Person an der langen Leine«, schrieb Mr Andersen, »auch wenn es bedeutet, dass Sie Ihr Objekt hin und wieder aus den Augen verlieren. Sie können die Spur später wieder aufnehmen. Und ein paar Minuten ohne direkte Sicht ist besser als eine zornige Konfrontation.«

Mma Ramotswe meinte schließlich, dass es Zeit sei, um die Ecke zu gehen. Sie erwartete, Nandira ein paar Hundert Meter entfernt zu sehen, aber als sie die Straße hinunterblickte, war sie leer – absolut kein Augenkontakt, wie Clovis Andersen es nannte. Sie drehte sich um und blickte in die andere Richtung. In der Ferne bog ein Auto aus der Einfahrt eines Hauses. Sonst nichts.

Mma Ramotswe war die Sache rätselhaft. Es war eine ruhige Straße mit höchstens drei Häusern auf beiden Seiten – jedenfalls in der Richtung, in die Nandira gegangen war. Aber diese Häuser hatten alle Tore und Einfahrten, und wenn man bedachte, dass Nandira kaum eine Minute unbeobachtet geblieben war, hätte sie in der kurzen Zeit niemals in einem der Häuser verschwinden können. Mma Ramotswe hätte sie in die Einfahrt oder durch die Haustür gehen sehen.

Wenn Nandira nun doch eines dieser Häuser betreten hätte, dachte Mma Ramotswe, so müsste es das erste oder zweite gewesen sein, denn die Häuser weiter unten hätte sie nicht erreicht. Vielleicht war ja noch nichts verloren. Sie müsste sich nur im ersten Haus auf der rechten Straßenseite erkundigen und danach im ersten Haus links.

Sie blieb kurz stehen und fasste dann einen Entschluss. So schnell sie konnte, ging sie zu ihrem Lieferwagen zurück und fuhr dieselbe Strecke, auf der sie Nandira gefolgt war, mit dem Auto ab. Dann parkte sie den Wagen vor dem Haus auf der rechten Seite und ging die Einfahrt entlang bis zur Tür.

Als sie klopfte, bellte ein Hund. Mma Ramotswe klopfte noch einmal und hörte, wie jemand den Hund beruhigte. »Aus, Bison, aus – ist ja schon gut!« Dann öffnete sich die Tür, und eine Frau blickte sie an. Mma Ramotswe konnte sehen, dass sie keine Motswana war. Nach der Hautfarbe und dem Kleid zu urteilen, war sie aus Westafrika, wahrscheinlich aus Ghana. Die Leute aus Ghana waren Mma Ramotswe die liebsten. Sie hatten einen wunderbaren Sinn für Humor und fast immer gute Laune.

»Hallo, Mma«, sagte Mma Ramotswe. »Es tut mir leid, Sie stören zu müssen, aber ich suche Sipho.«

Die Frau runzelte die Stirn.

»Sipho? Hier wohnt kein Sipho.«

Mma Ramotswe schüttelte den Kopf.

»Ich bin sicher, dass es dieses Haus war. Ich bin Lehrerin an der höheren Schule, wissen Sie, und ich muss den Jungen der achten Klasse eine Nachricht überbringen. Ich dachte, dass er hier wohnt.«

Die Frau lächelte. »Ich habe zwei Töchter«, sagte sie. »Aber keinen Sohn. Was meinen Sie, könnten Sie einen für mich finden?«

»Ach herrje«, sagte Mma Ramotswe entnervt. »Dann ist es wohl das Haus gegenüber?«

Die Frau schüttelte den Kopf. »Da wohnt eine Familie aus Uganda«, sagte sie. »Sie haben einen Jungen, er ist aber erst sechs oder sieben, soviel ich weiß.«

Mma Ramotswe entschuldigte sich und ging die Einfahrt hinunter. Sie hatte also Nandira gleich am ersten Nachmittag verloren. Ob das Mädchen sie vorsätzlich abgeschüttelt hatte? Wie konnte sie aber wissen, dass sie beschattet wurde? Äußerst unwahrscheinlich, dachte Mma Ramotswe. Es war Pech, weiter nichts, dass sie das Mädchen verpasst hatte. Morgen würde sie vorsichtiger sein. Dieses eine Mal wenigstens würde sie Clovis Andersen ignorieren und ihr Objekt ein wenig bedrängen.

Um acht Uhr abends kam ein Anruf von Mr Patel.

»Haben Sie mir etwas mitzuteilen?«, fragte er. »Irgendwelche Informationen?«

Mma Ramotswe berichtete, dass es ihr leider noch nicht gelungen sei herauszufinden, wo Nandira nach der Schule hinging, dass sie aber hoffe, am folgenden Tag erfolgreicher zu sein.

»Gar nicht gut«, meinte Mr Patel, »gar nicht gut. Dafür habe ich Ihnen etwas zu berichten. Sie kam drei Stunden nach Schulschluss nach Hause – drei Stunden! – und erklärte mir, sie sei nur bei einer Freundin gewesen. Ich fragte: Welche Freundin? Und sie antwortete, ich würde sie nicht kennen. Dann fand meine Frau einen Zettel auf dem Tisch, den unsere Nandira liegen gelassen haben muss. Und wissen Sie, was draufstand? ›Bis morgen, Jack.‹ Wer ist also dieser Jack? Wer ist diese Person? Ich frage Sie, ist das vielleicht ein Mädchenname?«

»Nein«, sagte Mma Ramotswe. »Es scheint sich um einen Jungen zu handeln.«

»Da haben wir's!«, sagte Mr Patel mit Nachdruck, als ob er die Lösung des Problems gefunden hätte.

»Das muss der Junge sein. Ihn müssen wir finden. Jack, und weiter? Wo wohnt er? Solche Sachen – Sie müssen mir alles berichten!«

Mma Ramotswe machte sich eine Tasse Buschtee und ging früh zu Bett. In mehr als einer Hinsicht war es ein sehr unbefriedigender Tag gewesen, und Mr Patels wichtigtuerischer Anruf war der krönende Abschluss. So lag sie im Bett, der Buschtee auf dem Nachttischchen, und las die Zeitung, bevor ihr die Augenlider zufielen und sie langsam in den Schlaf sank.

Am folgenden Nachmittag traf sie verspätet auf dem Schulparkplatz ein. Sie befürchtete schon, Nandira wieder aus den Augen verloren zu haben, als sie das Mädchen mit einer Mitschülerin aus dem Schulgebäude kommen sah. Mma Ramotswe beobachtete die beiden, wie sie den Weg entlanggingen und am Schultor stehen blieben. Auf die verschwörerische Art, in der sich Teenager oft mit ihren Freunden unterhalten, schienen sie ins Gespräch vertieft und alles um sich herum zu vergessen. Mma Ramotswe war sicher, dass sie, wenn sie sie verstehen könnte, auf mehr als eine Frage die Antwort bekäme. Mädchen erzählten sich ungehemmt und vertraulich von ihren Freunden, und sie war überzeugt, dass dies das Thema der Unterhaltung zwischen Nandira und ihrer Freundin war.

Plötzlich hielt den Mädchen gegenüber ein blaues Auto an. Mma Ramotswe erstarrte und beobachtete, wie sich der Fahrer über den Beifahrersitz beugte und die Tür öffnete. Nandira stieg ein, und ihre Freundin nahm auf dem Rücksitz Platz. Mma Ramotswe startete den Motor ihres Lieferwagens und folgte in sicherem Abstand, jedoch jederzeit bereit, aufzuschließen, falls sie befürchten musste, sie aus den Augen zu verlieren. Den gestrigen Fehler würde sie nicht wiederholen.

Das blaue Auto ließ sich Zeit, und Mma Ramotswe musste sich nicht sonderlich anstrengen, Schritt zu halten. Sie fuhren am Sun Hotel vorbei und auf den Kreisverkehr am Stadium zu. Dort bogen sie in Richtung Innenstadt ab und fuhren am Krankenhaus und der anglikanischen Kathedrale vorbei, dem Einkaufszentrum entgegen. Also zu den Geschäften, dachte Mma Ramotswe. Shopping, weiter nichts. Oder? Sie hatte beobachtet, dass sich junge Leute nach der Schule gern im Botswana Buchzentrum und solchen Orten trafen. Sie nannten es »rumhängen« oder so ähnlich. Sie standen in der Gegend herum, plauderten und machten Blödsinn und taten alles, außer etwas zu kaufen. Vielleicht wollte Nandira hier mit diesem Jack rumhängen.

Das blaue Auto fuhr langsam auf einen Parkplatz vor dem Hotel President. Mma Ramotswe parkte ein paar Autos weiter und beobachtete, wie die beiden Mädchen in Begleitung einer älteren Frau – vermutlich der Mutter des anderen Mädchens – ausstiegen. Sie sagte etwas zu ihrer Tochter, die nickte. Dann trennte sie sich von den Mädchen und schritt auf den Eisenwarenladen zu.

Nandira und ihre Freundin gingen an den Stufen des Hotels vorbei und kletterten dann langsam zum Postamt hinauf. Mma Ramotswe folgte ihnen unauffällig und blieb an einem Kleiderständer mit bedruckten, afrikanischen Blusen stehen, die eine Frau auf dem Platz zum Kauf anbot.

»Kaufen Sie eine, Mma«, sagte die Frau. »Es sind sehr gute Blusen. Die Farben laufen nicht aus. Schauen Sie, meine ist schon zehn- oder zwanzigmal gewaschen worden, und die Farben sind nicht verblichen. Schauen Sie!«

Mma Ramotswe sah sich die Bluse der Frau an – die Farben waren tatsächlich wie neu –, aber aus den Augenwinkeln beobachtete sie die Mädchen. Sie guckten ins Schaufenster des Schuhgeschäfts und ließen sich viel Zeit.

»Sie haben sicher nicht meine Größe«, sagte Mma Ramotswe. »Ich brauche eine sehr weite Bluse.«

Die Händlerin ging die Kleiderstange durch und sah Mma Ramotswe wieder an.

»Sie haben recht«, sagte sie. »Sie sind zu dick für diese Blusen. Viel zu dick.«

Mma Ramotswe lächelte. »Aber es sind hübsche Blusen, Mma, und ich hoffe, dass Sie sie an eine nette zierliche Person verkaufen.«

Sie ging weiter. Die Mädchen waren mit dem Schuhgeschäft fertig und schlenderten jetzt der Buchhandlung entgegen. Mma Ramotswe hatte recht gehabt. Sie hatten tatsächlich vor, dort herumzuhängen.

Im Botswana Book Centre waren nur wenig Leute. Drei oder vier Männer blätterten Zeitschriften durch, und ein paar andere schauten sich Bücher an. Die Verkäufer lehnten an den Tresen und tratschten, und selbst die Fliegen schienen lethargisch.

Mma Ramotswe stellte fest, dass die Mädchen am anderen Ende des Ladens in der Setswana-Abteilung schmökerten. Und wozu? Nandira hatte wahrscheinlich Setswana in der Schule und würde sich sicher keine Schulbücher oder biblischen Kommentare kaufen, die es in dieser Abteilung vor allem gab. Nein, sie mussten auf jemanden warten.

Mma Ramotswe ging zielbewusst auf die afrikanische Abteilung zu und langte nach einem Buch. Es handelte von den Schlangen Südafrikas und war reichlich bebildert. Sie betrachtete das Foto einer kurzen braunen Schlange und fragte sich, ob ihr so eine schon einmal unter die Augen gekommen war. Ihr Cousin war vor Jahren, als sie noch Kinder waren, von einer ähnlichen Schlange gebissen worden, und es war ihm nichts passiert. War es diese Schlange gewesen? Sie las die Bildunterschrift. Es konnte durchaus diese Schlange gewesen sein, weil es hieß, dass sie nicht giftig und überhaupt nicht aggressiv sei. Aber sie hatte ihren Cousin angegriffen. Oder hatte er die Schlange angegriffen? Jungen ärgerten Schlangen. Sie bewarfen sie mit Steinen und schienen es einfach nicht über sich zu bringen, Schlangen in Ruhe zu lassen. Hatte Putoke die Schlange geärgert? Es war schon so lange her, und sie konnte sich nicht mehr genau erinnern.

Sie blickte zu den Mädchen hinüber. Dort standen sie und redeten wieder miteinander, und eine von ihnen lachte. Es konnte sich nur um Jungen drehen, dachte Mma Ramotswe. Na, lass sie lachen. Sie werden früh genug merken, dass alles, was mit Männern zu tun hat, nicht sonderlich lustig ist. Ein paar Jahre später gäbe es Tränen und nichts mehr zu lachen, dachte Mma Ramotswe grimmig.

Sie wandte sich wieder Südafrikas Schlangen zu. Also, das da war eine böse Schlange. Schau dir bloß mal den Kopf an! Du meine Güte! Und erst die gemeinen Augen! Mma Ramotswe schüttelte sich und las: »Das obere Bild stellt eine ausgewachsene männliche Schwarze Mamba mit einer Länge von 1,87 m dar. Wie aus der Karte zu ersehen ist, kommt diese Schlange in der ganzen Region vor, obwohl sie sich vorzugsweise in offenen Feldern aufhält.

Berichte von Angriffen durch Schwarze Mambas sind häufig übertrieben und Geschichten, in denen die Schlange Männer auf galoppierenden Pferden angegriffen und diese überholt haben soll, sind auf jeden Fall anzuzweifeln. Die Mamba kann sich über eine kurze Entfernung mit erheblicher Geschwindigkeit fortbewegen, jedoch nicht mit einem Pferd konkurrieren. Auch Geschichten vom augenblicklichen Eintritt des Todes entsprechen nicht unbedingt der Wahrheit, obwohl sich die Wirkung des Giftes beschleunigen kann, wenn das Bissopfer in Panik gerät, was natürlich häufig geschieht, wenn es bemerkt hat, dass es von einer Mamba gebissen wurde.

In einem aus zuverlässiger Quelle berichteten Fall wurde ein 26-jähriger Mann in guter körperlicher Verfassung am rechten Fußknöchel von einer Mamba gebissen, nachdem er versehentlich im Busch auf die Schlange getreten war. Ein Gegengift war nicht sofort verfügbar, aber das Opfer leitete möglicherweise einen Teil des Giftes erfolgreich ab, als es sich an der Bissstelle tiefe Schnitte zufügte (was natürlich heute nicht mehr als hilfreiche Maßnahme gilt). Anschließend ging der junge Mann vier Meilen zu Fuß durch den Busch, um Hilfe zu suchen, und wurde zwei Stunden später im Krankenhaus aufgenommen. Ein Gegengift wurde verabreicht, und das Opfer überlebte völlig unversehrt. Hätte es sich um den Biss einer Puffotter gehandelt, wäre in diesem Zeitraum ein erheblicher nekrotischer Schaden die Folge gewesen, und der Mann hätte möglicherweise das Bein eingebüßt ...«

Mma Ramotswe hielt inne. Das Bein. Er bräuchte eine Prothese. Mr Patel. Nandira. Sie blickte ruckartig auf. Das Schlangenbuch hatte sie so gefesselt, dass sie nicht auf die Mädchen geachtet hatte, und jetzt – wo waren sie jetzt? Weg. Sie waren weg.

Sie schob die Schlangen von Südafrika ins Regal zurück und lief auf den Platz hinaus. Jetzt waren mehr Leute unterwegs, da viele ihre Einkäufe erst am späten Nachmittag erledigten, wenn es nicht mehr so heiß war. Sie sah sich um. Ein paar Teenager standen in einiger Entfernung herum, aber es waren Jungen. Nein, ein Mädchen war auch dabei. Aber war es Nandira? Nein. Sie blickte in die andere Richtung. Ein Mann stellte sein Fahrrad unter einem Baum ab, und sie bemerkte, dass es eine Autoantenne hatte. Wieso das?

Sie ging in Richtung Hotel President. Vielleicht waren die Mädchen nur zum Auto zurückgegangen, um sich mit der Mutter zu treffen. Dann wäre alles in Ordnung. Aber als sie den Parkplatz erreicht hatte, sah sie den blauen Wagen wegfahren, und nur die Mutter saß drin. Die Mädchen waren also immer noch da – irgendwo auf dem Platz.

Mma Ramotswe ging zu den Stufen des Hotels zurück und überblickte die freie Fläche. Systematisch, der Empfehlung von Clovis Andersen folgend, ließ sie ihren Blick über den Platz schweifen, betrachtete jede Menschengruppe und jede Ansammlung von Käufern, die sich vor einem Schaufenster drängelten. Von den Mädchen keine Spur. Sie bemerkte wieder die Frau mit dem Blusenständer. Sie hatte ein Päckchen in der Hand und zog etwas heraus, das nach einem Mopani-Wurm aussah.

»Mopani-Würmer?«, fragte Mma Ramotswe.

Die Frau drehte sich um und guckte sie an.

»Ja.« Sie hielt ihr die Tüte hin, und Mma Ramotswe nahm einen der getrockneten Baumwürmer und steckte ihn sich in den Mund. Es war eine Delikatesse, der sie einfach nicht widerstehen konnte.

»Sie sehen sicher alles, was los ist, Mma«, sagte sie und schluckte den Wurm hinunter, »wenn Sie hier so stehen.«

Die Frau lachte. »Ich sehe alle. Alle.«

»Haben Sie zwei Mädchen aus der Buchhandlung kommen sehen?«, fragte Mma Ramotswe. »Ein indisches und ein afrikanisches? Das indische Mädchen ungefähr so groß?«

Die Händlerin holte noch einen Wurm aus der Tüte und ließ ihn in ihrem Mund verschwinden.

»Ich habe sie gesehen«, sagte sie. »Sie sind rüber ins Kino gegangen. Und dann weiter. Ich habe nicht gesehen, wohin.«

Mma Ramotswe lächelte. »Sie sollten Detektivin werden«, sagte sie.

»Wie Sie«, sagte die Frau.

Mma Ramotswe war verblüfft. Sie war ziemlich bekannt, aber sie hatte nicht erwartet, dass eine Straßenhändlerin wusste, wer sie war. Sie langte in ihre Handtasche und zog einen Zehn-Pula-Schein hervor, den sie der Frau in die Hand drückte.

»Danke«, sagte sie. »Das ist ein Honorar von mir. Und ich hoffe, dass Sie mir irgendwann wieder helfen können.«

Die Frau schien sich zu freuen.

»Ich kann Ihnen alles erzählen«, sagte sie. »Ich bin die Augen dieses Platzes. Heute Morgen zum Beispiel – wollen Sie wissen, wer dort drüben mit wem gesprochen hat? Wissen Sie's? Sie würden sich wundern, wenn ich es Ihnen sagte.«

»Ein andermal«, erwiderte Mma Ramotswe. »Wir hören voneinander.«

Sie würde kaum herausfinden, wo Nandira inzwischen steckte, aber es machte sehr viel Sinn, den eben erhaltenen Informationen nachzugehen. Also ging Mma Ramotswe ins Kino und erkundigte sich, wann die nächste Vorstellung begann, was wahrscheinlich auch die jungen Mädchen getan hatten. Dann ging sie zu ihrem kleinen weißen Lieferwagen zurück und fuhr nach Hause, um sich für ein frühes Abendessen und einen Kinobesuch fertig zu machen. Sie hatte den Titel des Films gesehen. Es war nichts, was sie sich unbedingt bis zum Ende anschauen musste, aber sie war seit mindestens einem Jahr nicht mehr im Kino gewesen und merkte, dass sie sich freute.

Bevor sie sich auf den Weg machte, rief Mr Patel an.

»Meine Tochter hat gesagt, dass sie eine Freundin wegen irgendwelcher Hausaufgaben sehen will«, sagte er verdrießlich. »Sie lügt mich wieder an.«

»Ja«, sagte Mma Ramotswe. »Ich fürchte, das tut sie. Aber ich weiß, wo sie hingeht, und ich werde ebenfalls dort sein.«

»Trifft sie sich etwa mit diesem Jack?«, brüllte Mr Patel. »Sie trifft sich mit diesem Jungen?«

»Wahrscheinlich«, sagte Mma Ramotswe. »Aber es ist sinnlos, dass Sie sich so aufregen. Sie hören morgen von mir.«

»Früh-früh, wenn ich bitten darf«, sagte Mr Patel. »Ich bin immer um sechs Uhr auf – auf die Minute.«

Im Kino waren wenig Leute. Mma Ramotswe suchte sich einen Platz in der vorletzten Reihe. Von dort hatte sie einen guten Blick auf die Tür, durch die jeder hereinkommen musste, und selbst wenn Nandira und Jack erst erschienen, wenn die Lichter bereits ausgegangen waren, würde Mma Ramotswe sie immer noch erkennen.

Mma Ramotswe erkannte einige der Kinobesucher. Ihr Fleischer kam kurz nach ihr, und er und seine Frau winkten ihr freundlich zu. Dann trafen einer der Lehrer aus der Schule ein und die Frau, die im Hotel President Aerobicstunden gab. Zum Schluss kam der katholische Bischof und aß in der ersten Reihe laut schmatzend Popcorn.

Nandira traf fünf Minuten vor Beginn des ersten Programmteils ein. Sie war allein und stand einen Augenblick an der Tür und sah sich um. Mma Ramotswe spürte, wie ihr Blick auf ihr ruhen blieb, und sah schnell nach unten, als ob sie den Fußboden inspizierte. Kurz danach blickte sie wieder hoch und stellte fest, dass das Mädchen sie immer noch anschaute. Mma Ramotswe senkte erneut den Blick und entdeckte eine weggeworfene Eintrittskarte, nach der sie sich bückte.

Nandira ging zielstrebig durch den Saal auf Mma Ramotswes Reihe zu und machte Anstalten, sich auf den Platz neben ihr zu setzen.

»Guten Abend, Mma«, sagte sie höflich. »Ist dieser Platz besetzt?«

Scheinbar überrascht blickte Mma Ramotswe auf.

»Es ist niemand da«, sagte sie. »Also ist er noch frei.« Nandira setzte sich.

»Ich freue mich auf diesen Film«, sagte sie freundlich. »Ich wollte ihn mir schon lange mal ansehen.«

»Gut«, sagte Mma Ramotswe. »Es ist schön, dass du dir einen Film anschauen kannst, den du schon immer sehen wolltest.«

Dann wurde es still. Das Mädchen sah sie an, und Mma Ramotswe fühlte sich gar nicht wohl in ihrer Haut. Was hätte Clovis Andersen unter solchen Umständen getan? Sicher hatte er zu einer Sache wie dieser etwas zu sagen, aber sie konnte sich nicht erinnern. In diesem Fall war es das Objekt, das sie bedrängte, und nicht umgekehrt.

»Ich habe Sie heute Nachmittag gesehen«, sagte Nandira. »Ich habe Sie vor der Schule gesehen.«

»Ah ja«, sagte Mma Ramotswe. »Ich musste auf jemanden warten.«

»Dann habe ich Sie in der Buchhandlung gesehen«, fuhr Nandira fort. »Sie schauten sich ein Buch an.«

»Stimmt«, sagte Mma Ramotswe. »Ich wollte mir ein Buch kaufen.«

»Dann haben Sie sich bei Mma Bapitse nach mir erkundigt«, sagte Nandira leise. »Das ist die Händlerin. Sie hat mir gesagt, dass Sie sich nach mir erkundigt hätten.«

Mma Ramotswe notierte sich im Kopf, sich in Zukunft mit Mma Bapitse vorzusehen.

»Weshalb folgen Sie mir?«, fragte Nandira, drehte sich zur Seite und sah Mma Ramotswe in die Augen.

Sie überlegte schnell. Es hatte keinen Sinn zu leugnen, und es wäre sicher gut, das Beste aus dieser schwierigen Situation zu machen. Also erzählte sie Nandira von den Befürchtungen ihres Vaters und dass er sich an sie gewandt hatte.

»Er will herausfinden, ob du dich mit Jungen triffst«, sagte sie. »Er macht sich Sorgen.«

Nandira sah erfreut aus.

»Es ist seine eigene Schuld, wenn er sich Sorgen macht, weil er denkt, dass ich mit Jungen ausgehe.«

»Und?«, fragte Mma Ramotswe. »Gehst du mit vielen aus?«

Nandira zögerte. Dann sagte sie leise: »Nein. Eigentlich nicht.«

»Aber was ist mit Jack?«, fragte Mma Ramotswe. »Wer ist das?«

Einen Augenblick schien es, als würde Nandira nicht antworten wollen. Wieder versuchte eine Erwachsene, in ihrem Privatleben herumzuschnüffeln, aber Mma Ramotswe hatte etwas Vertrauenerweckendes an sich. Vielleicht könnte sie ihr ja nützlich sein, vielleicht …

»Jack gibt es nicht«, sagte sie ruhig. »Ich habe ihn erfunden.«

»Warum?«

Nandira zuckte mit den Schultern. »Ich möchte, dass sie – meine Familie – denken, ich hätte einen Freund«, sagte sie. »Sie sollen denken, da ist einer, den ich mir selber ausgesucht habe, und nicht jemand, den *sie* richtig finden.« Pause. »Verstehen Sie das?«

Mma Ramotswe dachte einen Augenblick nach. Das arme, überbehütete Mädchen tat ihr leid, und sie konnte sich vorstellen, dass man unter solchen Umständen sehr wohl so tun könnte, als hätte man einen Freund.

»Ja«, sagte sie und legte ihre Hand auf Nandiras Arm. »Ich verstehe das.«

Nandira fummelte an ihrem Uhrenarmband herum.

»Werden Sie es ihm sagen?«

»Was bleibt mir anderes übrig?«, fragte Mma Ramotswe. »Ich kann doch nicht sagen, dass ich dich mit einem Jungen namens Jack gesehen habe, wenn er nicht existiert.«

Nandira seufzte. »Na ja, ich hab's wahrscheinlich nicht anders verdient. Es war ein albernes Spiel.« Sie schwieg. »Aber wenn er erfährt, dass nichts dahintersteckt – meinen Sie, er wird mir ein bisschen mehr Freiheit lassen? Glauben Sie, dass ich mein Leben leben darf, ohne ihm zu erzählen, wie ich jede einzelne Minute verbringe?«

»Ich könnte versuchen, ihn dazu zu überreden«, sagte Mma Ramotswe. »Ich weiß nicht, ob er auf mich hören wird. Aber ich könnte es versuchen.«

»Ach bitte«, sagte Nandira. »Bitte versuchen Sie's!«

Sie sahen sich den Film zusammen an, und er gefiel ihnen.

Dann fuhr Mma Ramotswe Nandira in ihrem weißen Lieferwagen zurück und ließ sie am Tor in der hohen weißen Mauer aussteigen. Das Mädchen stand da und sah dem davonfahrenden Wagen nach. Dann drehte es sich um und drückte auf den Klingelknopf.

»Patel hier. Was wollen Sie?«

»Freiheit«, murmelte Nandira. Dann lauter: »Ich bin's, Papa. Ich bin wieder da.«

Wie versprochen rief Mma Ramotswe früh am nächsten Morgen Mr Patel an. Sie erklärte ihm, dass sie die Angelegenheit lieber persönlich mit ihm besprechen wolle.

»Sie haben schlechte Nachrichten für mich«, sagte er. Seine Stimme wurde lauter. »Sie werden mir etwas Schlechtes-Schlechtes erzählen. O mein Gott! Was ist es?«

Mma Ramotswe versicherte ihm, dass die Nachricht nicht schlecht sei, aber er sah immer noch angespannt aus, als sie eine halbe Stunde später in sein Büro geführt wurde.

»Ich mache mir große Sorgen«, sagte er. »Sie werden die Sorgen eines Vaters nicht verstehen. Für eine Mutter ist es anders. Ein Vater macht sich ganz besondere Sorgen.«

Mma Ramotswe lächelte aufmunternd.

»Die Nachricht ist gut«, sagte sie. »Es gibt keinen Freund.«

»Und was ist mit dem Zettel?«, fragte er. »Was mit diesem Jack? Ist alles nur eine Einbildung?«

»Ja«, sagte Mma Ramotswe. »Ja, das ist es.«

Mr Patel guckte verblüfft. Er hob seinen Spazierstock

und klopfte mehrmals auf sein künstliches Bein. Dann öffnete er den Mund, um zu sprechen, aber er sagte nichts.

»Sehen Sie«, erklärte Mma Ramotswe. »Nandira hat für sich selbst einen Freundeskreis erfunden. Nur um in ihr Leben ein bisschen … Freiheit zu bringen, hat sie sich einen Freund ausgedacht. Am besten, Sie ignorieren das Ganze. Geben Sie ihr ein bisschen mehr Zeit, um ein eigenes Leben zu haben. Und verlangen Sie nicht, dass sie über jede Minute Rechenschaft ablegt. Es gibt keinen Freund, und möglicherweise wird es noch lange keinen geben.«

Mr Patel setzte den Stock auf dem Boden auf. Dann schloss er die Augen und schien tief in Gedanken versunken.

»Weshalb sollte ich?«, fragte er nach einer Weile. »Weshalb sollte ich diesen modernen Ideen nachgeben?«

Mma Ramotswe hatte eine Antwort parat. »Weil der eingebildete Freund sich sonst in einen echten verwandeln könnte. Deshalb.«

Mma Ramotswe beobachtete, wie er mit ihrem Ratschlag rang. Dann – ohne Vorwarnung – erhob er sich, tappte ein bisschen herum, bis er sein Gleichgewicht wiederhatte, und drehte sich zu ihr um.

»Sie sind eine sehr kluge Frau«, sagte er. »Und ich werde Ihren Rat befolgen. Ich werde Nandira in Ruhe lassen, und in zwei oder drei Jahren wird sie bestimmt unserer Meinung sein und mir erlauben, eine Ehe zu arran… ihr zu helfen, einen passenden Ehemann zu finden.«

»Durchaus möglich«, sagte Mma Ramotswe und seufzte erleichtert.

»Ja«, sagte Mr Patel freundlich. »Und ich werde Ihnen für alles zu danken haben!«

Mma Ramotswe dachte oft an Nandira, wenn sie am Grundstück der Patels mit seiner hohen weißen Mauer vorbeifuhr. Sie dachte, sie würde sie ab und zu sehen, jetzt, wo sie wusste, wie sie aussah, aber es geschah nie – erst ein Jahr später, als sie ihren Samstagmorgenkaffee auf der Veranda des Hotels einnahm und ihr jemand auf die Schulter tippte. Sie drehte sich um, und da stand Nandira mit einem jungen Mann. Er war schätzungsweise achtzehn Jahre alt und hatte einen angenehmen, offenen Gesichtsausdruck.

»Mma Ramotswe«, sagte Nandira freundlich. »Ich dachte mir gleich, dass Sie es sind.«

Mma Ramotswe schüttelte Nandira die Hand. Der junge Mann lächelte sie an.

»Das ist mein Freund«, sagte Nandira. »Ich glaube nicht, dass Sie sich kennen.«

Der junge Mann trat vor und streckte ihr die Hand entgegen. »Jack«, sagte er.

10

Mit ihrem winzigen weißen Lieferwagen fuhr Mma Ramotswe vor Sonnenaufgang die verschlafenen Straßen von Gaborone entlang, an der Kalahari-Brauerei und der Dry Lands Research Station vorbei und hinaus auf die Straße, die nach Norden führt. Ein Mann sprang aus den Büschen am Straßenrand und versuchte sie zum Anhalten zu bewegen, aber sie hatte keine Lust, im Dunkeln zu stoppen, man konnte nie wissen, wer zu dieser frühen Stunde mitgenommen werden wollte. Er verschwand wieder im Schatten, und im Rückspiegel sah sie, wie er vor Enttäuschung die Schultern hängen ließ. Gleich nach der Abzweigung nach Mochudi ging die Sonne auf und erhob sich über der weiten Ebene, die sich zum Flusslauf des Limpopo erstreckt. Plötzlich war die Sonne da und lächelte auf Afrika herab, ein gleitender rotgoldener Ball, der langsam in die Höhe rutschte, mühelos vom Horizont nach oben schwebte und die letzten Nebelschleier zerriss.

Die Dornenbäume standen klar umrissen im scharfen Licht des Morgens, Vögel saßen auf ihnen – Wiedehopfe, Louries und winzige Vögel, deren Namen Mma Ramotswe nicht kannte. Hier und dort standen Rinder am Zaun, der Meile um Meile neben der Straße verlief. Sie hoben die Köpfe und schauten oder gingen gemächlich weiter und zupften an den trockenen Grasbüscheln, die sich beharrlich an die hart gewordene Erde klammerten.

Es war trockenes Land. Nur ein kurzes Stück weiter westlich lag die Kalahari, ein ockerfarbenes Hinterland, das sich unvorstellbar weit bis zur sirrenden Leere der Namib erstreckte. Wenn sie mit ihrem winzigen weißen Lieferwagen auf eine der Spuren, die von der Hauptstraße abzweigten, führe, würden die Räder ihres Wagens nach spätestens dreißig, vierzig Meilen im Sand versinken und hoffnungslos durchdrehen. Die Vegetation würde langsam spärlicher, wüstenartiger werden. Die Dornenbäume würden sich lichten, und da wären Hügelketten aus dünner Erde, durch die der allgegenwärtige Sand an die Oberfläche drang und sie mit Zinnen versah. Es gäbe kahle Flecken und verstreute graue Felsen und keine Spur von menschlicher Aktivität. Mit dieser großen inneren, braunen, harten Trockenheit zu leben war das Schicksal der Botswana, und dies war es, was sie vorsichtig und wachsam mit ihrer Landwirtschaft umgehen ließ.

Wenn du raus in die Kalahari gehst, kannst du in der Nacht die Löwen hören. Denn es gab noch Löwen in dieser endlosen Landschaft, und sie machten sich mit hustendem Grunzen und Knurren in der Dunkelheit bemerkbar. Sie war als junge Frau einmal dort gewesen, als sie mit einer Freundin ein fernes Viehgehege besuchte. Es war weit in der Kalahari gewesen, dort, wo es nur Tiere gab, und sie hatte die Einsamkeit eines menschenleeren Ortes gespürt. Dies war Botswana destilliert – die Essenz ihres Landes.

Es war Regenzeit gewesen und das Land grün überzogen. Der Regen konnte es schnell verwandeln und hatte es getan. Jetzt war der Boden mit Schösslingen süßen neuen Grases, mit Namaqualand-Blümchen, den Ranken der Tsama-Melonen und Aloen mit Stängelblumen in Rot und Gelb bedeckt.

Sie hatten nachts ein Feuer gemacht, gleich vor den grob zusammengebauten Hütten, die beim Gehege als Unterstand dienten, aber das Licht des Feuers wirkte so winzig unter dem großen leeren Nachthimmel mit seinen wegtauchenden Sternbildern. Sie war nah an ihre Freundin gerückt, die ihr gesagt hatte, dass sie sich nicht zu fürchten brauche, weil Löwen sich vom Feuer fernhielten, auch die übernatürlichen Wesen, die *tokoloshes* und dergleichen.

Sie erwachte in den frühen Morgenstunden, und das Feuer war heruntergebrannt. Durch die Spalten zwischen den Zweigen, aus denen die Wände der Hütte gemacht waren, konnte sie das Bernsteingelb der Glut sehen. Irgendwo, weit weg, war ein Knurren zu hören, aber sie hatte keine Angst und ging aus der Hütte und stand unterm Himmel und atmete die trockene, klare Luft ein. Und sie dachte: Ich bin nur ein winziger Mensch in Afrika, aber hier ist Platz für mich und für alle, um sich auf die Erde setzen zu können, sie zu berühren und sie mein Eigen zu nennen. Sie wartete auf einen neuen Gedanken, aber keiner kam, und so kroch sie in die Hütte und in die Wärme der Decken auf ihrer Schlafmatte zurück.

Als sie jetzt mit ihrem kleinen weißen Lieferwagen die Meilen abfuhr, nahm sie sich vor, irgendwann in die Kalahari, auf jene leeren Flächen, in jenes weite Grasland zurückzukehren, das einem immer und immer wieder das Herz brach.

11

Es war drei Tage nach dem zufriedenstellenden Abschluss des Falles Patel. Mma Ramotswe hatte eine Rechnung über zweitausend Pula, zuzüglich Spesen, ausgestellt, die zu ihrer Verwunderung umgehend beglichen wurde. Sie konnte kaum glauben, dass solch eine große Summe anstandslos bezahlt wurde, und die offensichtliche Freude, mit der Mr Patel die Rechnung beglich, löste bei ihr sogar Schuldgefühle aus.

Merkwürdig, dachte sie, wie manche Leute über ein hoch entwickeltes Schuldbewusstsein verfügten, während andere überhaupt keines hatten. Manche Leute quälten sich wegen eines kleinen Irrtums, andere ließen ihre eigenen Gemeinheiten – Verrat oder Unehrlichkeit – völlig kalt. Mma Pekwane gehörte zur ersten Kategorie, Note Mokoti zur zweiten.

Als sie in der No. 1 Ladies' Detective Agency erschien, hatte Mma Pekwane ziemlich besorgt gewirkt. Mma Ramotswe hatte ihr eine Tasse starken Buschtee serviert, eine besondere Wohltat für nervöse Kunden, und gewartet, bis Mma Pekwane reden konnte. Sie macht sich Sorgen wegen eines Mannes, dachte Mma Ramotswe – eindeutig. Und der Grund? Schlechtes männliches Benehmen, natürlich. Aber wobei genau?

»Ich fürchte, dass mein Mann etwas Schreckliches angestellt hat«, sagte Mma Pekwane endlich.

Mma Ramotswe nickte. Schlechtes männliches Benehmen – sie hatte es ja gewusst.

»Männer tun furchtbare Dinge«, sagte sie. »Alle Frauen machen sich Sorgen wegen ihrer Männer – da sind Sie nicht allein.«

Mma Pekwane seufzte. »Aber mein Mann hat etwas ganz Schreckliches gemacht«, sagte sie. »Etwas ganz besonders Schreckliches.«

Mma Ramotswe erstarrte. Wenn Rra Pekwane jemanden umgebracht hatte, musste seine Frau die Polizei einschalten. Nicht im Traum würde sie daran denken, einen Mörder zu decken.

»Was ist das für eine schreckliche Sache?«, fragte sie.

Mma Pekwane senkte die Stimme. »Er fährt ein gestohlenes Auto.«

Mma Ramotswe war erleichtert. Autodiebstahl war weit verbreitet und es gab bestimmt viele Frauen, die mit den gestohlenen Autos ihrer Männer in der Stadt herumfuhren. Mma Ramotswe würde so etwas allerdings nicht tun und Mma Pekwane offenbar auch nicht.

»Hat er Ihnen gesagt, dass es gestohlen ist?«, fragte Mma Ramotswe. »Sind Sie sicher?«

Mma Pekwane schüttelte den Kopf. »Er hat gesagt, dass ein Mann es ihm geschenkt hätte. Er hat gesagt, der Mann hätte zwei Mercedes gehabt und nur einen gebraucht.«

Mma Ramotswe lachte. »Glauben Männer wirklich, dass sie uns so leicht an der Nase herumführen können?«, fragte sie. »Halten sie uns für Dummköpfe?«

»Ich glaube, ja«, sagte Mma Pekwane.

Mma Ramotswe nahm ihren Stift und machte auf dem

Löschblatt ein paar Striche. Die Kritzeleien betrachtend, stellte sie fest, dass sie ein Auto gezeichnet hatte.

Sie blickte Mma Pekwane ins Gesicht. »Wollen Sie, dass ich Ihnen sage, was Sie tun sollen?«, fragte sie. »Ist es das, was Sie von mir wollen?«

Mma Pekwane sah sie nachdenklich an. »Nein«, erwiderte sie. »Das will ich nicht. Ich weiß bereits, was ich tun will.«

»Und was wäre das?«

»Ich will das Auto zurückgeben ... ich will es dem Besitzer zurückgeben.«

Mma Ramotswe setzte sich gerade hin. »Sie wollen also zur Polizei gehen? Und Ihren Mann anzeigen? Wollen Sie das tatsächlich?«

»Nein – das nicht. Ich will nur, dass der Besitzer sein Auto wiederbekommt, und zwar ohne dass die Polizei etwas davon erfährt. Ich will, dass Gott erfährt, dass das Auto wieder da ist, wo es hingehört.«

Mma Ramotswe schaute ihre Kundin an. Es war, wie sie zugeben musste, ein vollkommen vernünftiger Wunsch. Wenn das Auto an seinen Besitzer zurückginge, wäre Mma Pekwanes Gewissen wieder rein, und sie hätte immer noch ihren Mann. Nach reiflicher Überlegung kam Mma Ramotswe zu dem Schluss, dass das eine sehr gute Lösung für eine schwierige Situation wäre.

»Aber warum kommen Sie dann zu mir?«, fragte Mma Ramotswe. »Wie kann ich Ihnen dabei helfen?«

Mma Pekwane antwortete, ohne zu zögern.

»Sie sollen herausfinden, wem das Auto gehört«, sagte sie. »Und dann möchte ich, dass Sie es meinem Ehemann stehlen und dem rechtmäßigen Besitzer zurückgeben. Weiter will ich überhaupt nichts von Ihnen.«

Später, als sie abends mit ihrem kleinen weißen Lieferwagen nach Hause fuhr, bereute Mma Ramotswe bereits, dass sie sich bereit erklärt hatte, Mma Pekwane zu helfen. Aber jetzt war sie dazu verpflichtet. Eine einfache Sache war es jedenfalls nicht – außer sie ginge zur Polizei, was sie natürlich nicht machen konnte. Rra Pekwane verdiente es vielleicht, ausgeliefert zu werden, aber ihre Kundin wollte das nicht, und ihre Loyalität gegenüber ihren Kunden zählte mehr. Es musste eine andere Lösung gefunden werden.

Nach ihrem Abendessen, das aus Hühnerfleisch und Kürbis bestand, rief Mma Ramotswe Mr J. L. B. Matekoni an.

»Woher kommen gestohlene Mercedes?«, fragte sie.

»Sie kommen über die Grenze«, sagte Mr J. L. B. Matekoni. »Sie werden in Südafrika gestohlen, hier rübergebracht, umgespritzt, die Motorennummer wird abgefeilt, und dann werden sie hier billig verkauft oder nach Sambia raufgeschickt. Ich weiß übrigens, wer das macht. Wir alle wissen es.«

»Das brauche ich nicht zu erfahren«, sagte Mma Ramotswe. »Was ich wissen muss, ist, wie sie sich nach all dem noch identifizieren lassen.«

Mr J. L. B. Matekoni legte eine kleine Pause ein. Dann sagte er: »Man muss wissen, wo man nachschaut. Meistens ist irgendwo noch eine andere Seriennummer – am Chassis oder unter der Motorhaube. Man findet sie meistens, wenn man sich auskennt.«

»Sie kennen sich aus«, sagte Mma Ramotswe. »Können Sie mir helfen?«

Mr J. L. B. Matekoni seufzte. Er mochte keine gestohlenen Autos und wollte am besten nichts damit zu tun haben. Aber dies war eine Anfrage von Mma Ramotswe, und darauf gab es nur eine Antwort.

»Sagen Sie mir, wo und wann.«

Wie mit Mma Pekwane abgemacht, betraten sie den Garten am folgenden Abend. Mma Pekwane hatte versprochen, dass die Hunde zur vereinbarten Zeit im Haus wären und ihr Mann mit einem besonders guten Essen beschäftigt, das sie ihm kochen wollte. Nichts würde also Mr J. L. B. Matekoni davon abhalten, unter den im Hof stehenden Mercedes zu kriechen und mit seiner Taschenlampe die Karosserie abzusuchen. Mma Ramotswe schlug vor, selbst unter das Auto zu kriechen, aber Mr J. L. B. Matekoni bezweifelte ernsthaft, dass sie unter den Wagen passte, und lehnte ihr Angebot ab. Zehn Minuten später hatte er eine Seriennummer auf ein Stück Papier geschrieben, und die beiden schlichen sich vom Hof und zum kleinen weißen Lieferwagen, der in einiger Entfernung auf der Straße stand.

»Sind Sie sicher, dass das alles ist, was ich brauche?«, fragte Mma Ramotswe. »Wissen die Leute dann Bescheid?«

»Ja«, sagte Mr J. L. B. Matekoni, »das reicht.«

Sie brachte ihn bis an sein Gartentor, und er verabschiedete sich winkend in der Dunkelheit. Bald würde sie sich bei ihm revanchieren können.

Am Wochenende fuhr Mma Ramotswe ihren winzigen weißen Lieferwagen über die Grenze nach Mafikeng und ging sofort zum Eisenbahncafé. Sie kaufte sich den *Johannesburg Star*, setzte sich an einen Tisch am Fenster und las das Neueste. Alle Nachrichten waren schlecht, befand sie und legte die Zeitung beiseite. Dann vertrieb sie sich die Zeit, indem sie die anderen Besucher betrachtete.

»Mma Ramotswe!«

Sie blickte auf. Ja, da war er, immer noch der gleiche alte Billy Pilani, jetzt natürlich älter, aber sonst der Gleiche. Sie sah ihn vor sich – in der staatlichen Schule von Mochudi – an seinem Pult vor sich hin träumend.

Sie lud ihn zu einer Tasse Kaffee und einem großen Krapfen ein und erklärte ihm, was sie brauchte.

»Ich möchte, dass du herausfindest, wem dieses Auto gehört«, sagte sie und reichte ihm den Zettel, auf dem die Seriennummer in Mr J. L. B. Matekonis Handschrift stand. »Und wenn du es herausgefunden hast, sag dem Besitzer oder der Versicherung oder wem auch immer, dass sie nach Gaborone kommen können und ihr Auto an einem bestimmten Platz wiederfinden werden. Sie brauchen nur südafrikanische Kennzeichen mit der Originalnummer mitzubringen. Dann können sie das Auto heimfahren.«

Billy Pilani sah überrascht aus.

»Alles umsonst?«, fragte er. »Nichts zu bezahlen?«

»Nichts«, sagte Mma Ramotswe. »Es geht nur darum, Eigentum an den rechtmäßigen Besitzer zurückzugeben. Das ist alles. Das findest du doch richtig, Billy, oder?«

»Natürlich«, sagte Billy Pilani schnell. »Natürlich.«

»Und Billy – bitte vergiss bei der ganzen Sache, dass du Polizist bist. Eine Festnahme ist für dich nicht drin.«

»Nicht mal eine kleine?«, fragte Billy enttäuscht.

»Auch keine kleine.«

Am folgenden Tag rief Billy Pilani an.

»Ich habe alles aus unserer Liste gestohlener Fahrzeuge herausgefunden«, sagte er. »Ich habe mit der Versicherung gesprochen, die bereits für den Diebstahl gezahlt hat. Sie wären sehr froh, wenn sie das Auto zurückbekämen. Und sie können einen ihrer Leute über die Grenze schicken, um das Auto abzuholen.«

»Gut«, sagte Mma Ramotswe. »Sie sollen am nächsten Dienstag um sieben Uhr früh mit den Nummernschildern im Einkaufszentrum *African Mall* in Gaborone sein.«

Alles wurde besprochen, und am Dienstag früh um fünf schlich sich Mma Ramotswe in den Hof der Pekwanes und fand die Schlüssel des Mercedes auf dem Boden unter dem Schlafzimmerfenster, wo Mma Pekwane ihn in der Nacht hingeworfen hatte. Mma Pekwane hatte Mma Ramotswe versichert, dass ihr Mann einen tiefen Schlaf hätte und immer erst aufwachte, wenn Radio Botswana ihn um sechs mit Kuhglockengebimmel weckte.

Er hörte nicht, dass sie den Motor anließ und das Auto auf die Straße fuhr, und tatsächlich entdeckte er erst kurz vor acht, dass sein Mercedes gestohlen worden war.

»Ruf die Polizei!«, brüllte Mma Pekwane. »Schnell – ruf die Polizei!«

Aber ihr Mann zögerte.

»Vielleicht später«, sagte er. »In der Zwischenzeit suche ich es lieber selber.«

Sie schaute ihm in die Augen und sah, wie er zusammenzuckte. Er ist schuldig, dachte sie, ich hatte also recht. Natürlich kann er nicht zur Polizei gehen und sagen, dass sein gestohlenes Auto gestohlen worden ist.

Später suchte sie Mma Ramotswe auf und dankte ihr.

»Sie haben mir sehr geholfen«, sagte sie. »Jetzt kann ich nachts wieder schlafen und muss mich für meinen Mann nicht mehr schuldig fühlen.«

»Das freut mich sehr«, sagte Mma Ramotswe. »Und vielleicht hat er dabei auch noch etwas gelernt. Eine sehr interessante Lektion.«

»Und die wäre?«

»Dass der Blitz an der gleichen Stelle immer zweimal einschlägt«, sagte Mma Ramotswe. »Auch wenn die Leute das Gegenteil behaupten.«

12

Mma Ramotswes Haus war 1968 gebaut worden, als sich die Stadt langsam um die Geschäfte und die Regierungsgebäude herum ausdehnte. Es stand auf einem Eckgrundstück, was sich nicht immer als vorteilhaft erwies, weil die Leute manchmal an der Ecke standen und in ihren Garten spuckten oder den Abfall über ihren Zaun schmissen. Am Anfang schrie sie die Leute vom Fenster aus an, oder sie machte Krach mit dem Mülleimerdeckel, aber das schien diese Leute überhaupt nicht zu stören, sie lachten nur. So gab sie es auf, und der junge Mann, der sich alle drei Tage um ihren Garten kümmerte, hob den Abfall einfach auf und warf ihn weg. Das war das einzige Problem mit dem Haus. Auf den Rest war Mma Ramotswe ungeheuer stolz und dachte jeden Tag, was für ein Glück sie beim Kauf gehabt hatte, denn kurz danach schossen die Hauspreise so sehr in die Höhe, dass sich ehrliche Menschen solche Häuser nicht mehr leisten konnten.

Der Garten war groß, fast zwei Drittel Morgen, und voller Bäume und Büsche. Die Bäume waren nichts Besonderes – meist Dornenbäume –, aber sie spendeten Schatten und gingen nicht ein, wenn der Regen ausblieb. Es gab auch eine Menge lila Bougainvilleen, die von den Vorbesitzern mit Begeisterung gepflanzt worden waren und damals, als Mma Ramotswe einzog, fast den ganzen

Garten in Beschlag genommen hatten. Sie musste die Pflanzen zurückschneiden, um Platz für ihre *pawpaws*, eine Art Melonen, und ihre Kürbisse zu schaffen.

An der Vorderseite des Hauses war eine Veranda, ihr Lieblingsplatz – dort saß sie morgens gern, wenn die Sonne aufging, oder abends bevor die Moskitos lästig wurden. Sie hatte sie erweitert, indem sie Schatten spendende Netze auf roh gehauenen Pfählen als Markise anbrachte. Diese hielt eine Menge Sonnenstrahlen ab und ließ die Pflanzen in dem grünen Licht besonders gut wachsen. Sie hatte eine Elefantenohrpflanze und Farne, die sie täglich goss und die sich als saftig grünes Fleckchen von der braunen Erde abhoben.

Hinter der Veranda war das Wohnzimmer mit seinem großen Fenster, der größte Raum des Hauses. Da war ein offener Kamin, zu groß für das Zimmer, aber der ganze Stolz von Mma Ramotswe. Auf den Kaminsims hatte sie ihr gutes Porzellan gestellt, ihre Teetasse mit dem Bild von Königin Elisabeth II. und ihren Andenkenteller mit Sir Seretse Khama, dem Präsidenten, dem Häuptling der Bangwato, dem Staatsmann. Er lächelte sie vom Teller herunter an, und es war, als segnete er sie – als wisse er Bescheid. Genau wie die Queen, denn auch sie liebte Botswana und zeigte Verständnis.

Aber den Ehrenplatz nahm das Foto ihres Daddys ein, das kurz vor seinem sechzigsten Geburtstag gemacht worden war. Er trug den Anzug, den er in Bulawayo gekauft hatte, als er seinen Cousin besuchte, und er lächelte, obwohl er damals schon Schmerzen hatte. Mma Ramotswe war eine Realistin, die ganz in der Gegenwart lebte, aber einen Traum gestattete sie sich doch, nämlich die Vorstellung, dass ihr Daddy durch die Tür käme und sie wieder anlächelte und sagte: »Meine Precious! Das hast du gut gemacht – ich bin stolz auf dich!« Und sie stellte sich vor, dass sie ihn mit ihrem winzigen weißen Lieferwagen in Gaborone herumfuhr und ihm die Fortschritte zeigte, und sie lächelte bei dem Gedanken, wie stolz er wäre. Aber sie konnte sich diese Gedanken nicht allzu oft erlauben, denn sie endeten in Tränen über alles Vergangene und über all die Liebe, die sie in sich hatte.

Die Küche sah freundlich aus. Der Zementboden, versiegelt und mit roter Fußbodenfarbe gestrichen, wurde von ihrer Hausangestellten Rose, die schon fünf Jahre bei ihr war, stets auf Hochglanz gehalten. Rose hatte vier Kinder von verschiedenen Männern, die bei ihrer Mutter in Tlokweng lebten. Sie arbeitete für Mma Ramotswe, strickte für eine Strickkooperative und zog ihre Kinder mit dem wenigen Geld, das sie hatte, groß. Der älteste Junge war jetzt Tischler und gab seiner Mutter von seinem Lohn ab, aber die Kleinen brauchten ständig neue Schuhe und Hosen, und eines der Kinder hatte Atemprobleme und brauchte ein Inhalationsgerät. Aber Rose sang trotzdem, und wenn morgens Liedfetzen aus der Küche zu ihr ins Zimmer schwebten, wusste Mma Ramotswe, dass Rose eingetroffen war.

13

Was war Glück? Mma Ramotswe war ziemlich glücklich. Mit ihrem Detektivbüro und ihrem Haus am Zebra Drive hatte sie mehr als die meisten – und sie war sich dessen bewusst. Es war ihr auch bewusst, wie sich die Dinge verändert hatten. Als sie mit Note Mokoti verheiratet gewesen war, hatte sie ein tiefes überwältigendes Elendsgefühl verspürt, das ihr wie ein schwarzer Hund ständig gefolgt war. Dieses Gefühl war verschwunden.

Wenn sie auf ihren Vater gehört hätte, wenn sie auf den Mann ihrer Cousine gehört hätte, hätte sie Note nie geheiratet, und die unglücklichen Jahre hätte es nie gegeben. Aber es hatte sie gegeben, weil sie eigensinnig war, wie es jeder im Alter von zwanzig Jahren ist; wenn wir einfach nicht sehen können, auch wenn wir noch so davon überzeugt sind. Die Welt ist voller Zwanzigjähriger, die blind sind, dachte sie.

Obed Ramotswe hatte Note nie gemocht und es ihr offen gesagt. Aber sie hatte mit Weinen darauf reagiert und gesagt, dass er der Einzige wäre, den sie jemals fände, und dass er sie glücklich machen würde.

»Er wird dich nicht glücklich machen«, sagte Obed. »Dieser Mann wird dich schlagen. Er wird dich auf jede mögliche Art ausnutzen. Er denkt nur an sich und an das, was er will. Das durchschaue ich, weil ich im Bergwerk war, und dort lernt man alle möglichen Menschen kennen. Ich bin vielen solchen Männern begegnet.«

Sie hatte den Kopf geschüttelt und war aus dem Zimmer gerannt, und er hatte hinter ihr hergerufen. Es war ein dünner, schmerzvoller Schrei gewesen. Sie konnte ihn immer noch hören, und er schnitt ihr tief ins Herz. Sie hatte diesem Mann, dem guten, vertrauensvollen Mann, der sie mehr als jeder andere liebte und schützen wollte, wehgetan. Wenn man die Vergangenheit doch nur rückgängig machen könnte, die Fehler vermeiden und sich anders entscheiden ...

»Wenn wir umkehren könnten«, sagte Mr J. L. B. Matekoni und goss Tee in Mma Ramotswes Becher. »Das habe ich mir oft überlegt. Wenn wir umkehren könnten und wüssten, was wir jetzt wissen ...« Er schüttelte verwundert den Kopf. »Meine Güte! Ich würde mein Leben anders leben!«

Mma Ramotswe nippte an ihrem Tee. Sie saß im Büro von *Tlokweng Road Speedy Motors* unter dem Kalender von Mr J. L. B. Matekonis Ersatzteillieferanten und vertrödelte die Zeit mit ihrem Freund, wie sie es manchmal tat, wenn in ihrem Büro nichts los war. Das kam schon mal vor. Manchmal wollten die Leute einfach nichts herausfinden. Niemand war verschollen, niemand betrog seine Frau, niemand beging eine Unterschlagung. Zu solchen Zeiten konnte eine Privatdetektivin genauso gut ein »Geschlossen«-Schild an die Bürotür hängen und Melonen pflanzen gehen. Nicht, dass sie wirklich vorgehabt hätte, Melonen zu pflanzen. Mit einer gemütlichen Tasse Tee und einem Einkaufsbummel in der *African Mall* ließ sich der Nachmittag bestens verbringen. Anschließend konnte sie in die Buchhandlung gehen und nachsehen, was für interessante Zeitschriften eingetroffen waren. Sie liebte Zeitschriften. Sie mochte ihren Geruch und die bunten Bilder. Sie liebte Magazine für Innenarchitektur, die zeigten, wie Leute in fernen Ländern wohnten. Sie hatten so viel in ihren Häusern und so wunderschöne Dinge noch dazu. Gemälde, kostbare Vorhänge, Stöße von Samtkissen, auf denen eine dicke Person wunderbar sitzen könnte, seltsame Lampen …

Mr J. L. B. Matekoni erwärmte sich immer mehr für sein Thema. »Ich habe in meinem Leben Hunderte von Fehlern gemacht«, sagte er und zog die Stirn kraus. »Hunderte und Aberhunderte.«

Sie sah ihn überrascht an. Sie hatte geglaubt, dass in seinem Leben alles recht gut gelaufen wäre. Er hatte seine Mechanikerlehre absolviert, sein Geld gespart und dann eine eigene Werkstatt gekauft. Er hatte ein Haus gebaut, eine Frau geheiratet (die leider gestorben war) und war Ortsvorstand der Demokratischen Partei Botswanas geworden. Er kannte (oberflächlich) mehrere Pfarrer und wurde zu einer der jährlichen Gartenpartys des Parlaments eingeladen. Alles schien rosig zu sein.

»Ich kann nicht sehen, wo Sie Fehler gemacht hätten«, sagte sie. »Im Gegensatz zu mir.«

Mr J. L. B. Matekoni sah überrascht aus.

»Ich kann mir nicht vorstellen, dass *Sie* Fehler machen«, sagte er. »Dafür sind Sie viel zu klug. Sie würden sich alle Möglichkeiten durch den Kopf gehen lassen und die richtige dann auswählen. Jedes Mal.«

Mma Ramotswe schnaufte verächtlich.

»Ich habe Note geheiratet«, sagte sie.

Mr J. L. B. Matekoni machte ein nachdenkliches Gesicht.

»Ja«, sagte er. »Das war ein schlimmer Fehler.«

Sie waren einen Augenblick still. Dann erhob er sich. Er war ein großer Mann und musste aufpassen, dass er sich nicht den Kopf anstieß, wenn er gerade stand. Jetzt – mit dem Kalender hinter sich und dem Fliegenfänger von der Decke baumelnd – räusperte er sich und sprach.

»Ich möchte, dass Sie mich heiraten«, sagte er. »Das wäre kein Fehler.«

Mma Ramotswe gelang es, ihre Überraschung zu verbergen. Sie zuckte nicht zusammen und ließ auch den Teebecher nicht fallen, sie öffnete nicht den Mund und gab auch keinen Laut von sich. Stattdessen lächelte sie und schaute ihren Freund an.

»Sie sind ein guter, freundlicher Mann«, sagte sie. »Sie sind wie mein Daddy … ein bisschen. Aber ich kann nicht wieder heiraten. Nie mehr. Ich bin glücklich, so wie ich bin. Ich habe das Büro und das Haus. Mein Leben ist ausgefüllt.«

Mr J. L. B. Matekoni setzte sich. Er sah erschüttert aus, und Mma Ramotswe streckte die Hand aus, um seine zu berühren. Er zog sie instinktiv zurück, wie ein gebrannter Mann, der das Feuer scheut.

»Es tut mir leid«, sagte sie. »Sie sollen aber wissen, dass ich einen Mann wie Sie nehmen würde, wenn ich heiraten wollte – was aber nicht der Fall ist. Ich würde Sie wählen – da bin ich mir ganz sicher.«

Mr J. L. B. Matekoni nahm ihren Becher und schenkte Tee nach. Er war jetzt still – nicht aus Zorn oder Groll, sondern weil er für diese Liebeserklärung seine ganze Energie verbraucht hatte und vorübergehend keine Worte mehr fand.

14

Alice Busang war nervös, als sie sich bei Mma Ramotswe Rat holte, aber die gemütliche übergewichtige Person, die hinter dem Schreibtisch saß, nahm ihr schnell die Befangenheit. Es war fast so, als würde man mit einem Doktor oder Priester reden. Nichts, was man bei solchen Gesprächen sagte, konnte schockieren.

»Ich habe meinen Mann im Verdacht«, sagte sie. »Ich glaube, er hat was mit anderen Frauen.«

Mma Ramotswe nickte. Ihrer Erfahrung nach hatten alle Männer was mit anderen Frauen. Die einzigen Ausnahmen waren Pfarrer und Schulvorsteher.

»Haben Sie ihn dabei gesehen?«, fragte sie.

Alice Busang schüttelte den Kopf. »Ich passe auf, aber ich sehe ihn nie mit anderen Frauen. Ich glaube, er ist zu raffiniert.«

Mma Ramotswe notierte sich das auf einem Stück Papier.

»Geht er in Bars?«

»Ja.«

»Dort treffen sie die Frauen. Solche, die sich in Bars herumtreiben und auf die Ehemänner anderer Frauen warten. Die Stadt ist voll von solchen Weibern.«

Sie sah Alice an, und eine Woge gegenseitigen Verständnisses schwappte zwischen ihnen hin und her. Alle Frauen in Botswana waren Opfer der männlichen

Schwäche. Es gab heute praktisch keine Männer mehr, die eine Frau heirateten und sich mit ihr gemeinsam um die Kinder kümmern wollten. Solche Männer schienen ein Ding der Vergangenheit zu sein.

»Wollen Sie, dass ich ihn beschatte?«, fragte sie. »Soll ich herausfinden, ob er es mit anderen Frauen treibt?«

Alice Busang nickte. »Ja«, sagte sie. »Ich will Beweise. Nur für mich allein. Ich will Beweise, damit mir klar wird, was für eine Sorte Mann ich geheiratet habe.«

Mma Ramotswe war zu beschäftigt, um sich gleich um den Fall Busang zu kümmern. Erst in der folgenden Woche kam sie dazu. Am Mittwoch postierte sie sich in ihrem kleinen weißen Lieferwagen vor dem Büro im *Diamond Sorting Building*, in dem Kremlin Busang beschäftigt war. Alice Busang hatte ihr ein Foto von ihm mitgegeben, und sie streifte das Bild auf ihrem Knie mit einem Blick. Er war ein gut aussehender Mann mit breiten Schultern und einem strahlenden Lächeln. Ein Frauenheld, nach seinem Äußeren zu urteilen, und Mma Ramotswe fragte sich, warum Alice Busang ihn geheiratet hatte, wenn sie einen treuen Ehemann wollte. Es war Hoffnung natürlich – die naive Hoffnung, dass er nicht wie andere Männer wäre. Aber man brauchte ihn sich nur anzusehen und wusste, dass sie sich getäuscht hatte.

Mma Ramotswe folgte seinem alten blauen Auto durch den Verkehr bis zur *Go Go Handsome Man's Bar* am Busbahnhof. Während er in die Kneipe schlenderte, blieb Mma Ramotswe in ihrem Wagen sitzen und legte ein bisschen mehr Lippenstift und einen Tupfer Creme auf die Wangen auf. Ein paar Minuten später würde sie hineingehen und sich ernsthaft in die Arbeit stürzen.

In der *Go Go Handsome Man's Bar* war nicht viel los. Es waren nur ein oder zwei weibliche Wesen da, die sie sofort als leichte Mädchen erkannte. Sie starrten sie an, aber Mma Ramotswe ignorierte sie und setzte sich an die Bar, nur zwei Hocker von Kremlin Busang entfernt.

Sie bestellte ein Bier und blickte sich um, als nähme sie ihre Umgebung zum ersten Mal richtig wahr.

»Du warst wohl noch nie hier, Schwester?«, fragte Kremlin Busang. »Es ist ein gutes Lokal.«

Sie sah ihn an. »Ich gehe nur bei besonderen Gelegenheiten aus«, sagte sie. »Wie heute.«

Kremlin Busang lächelte. »Dein Geburtstag?«

»Ja«, sagte sie. »Ich lade dich zum Feiern ein.«

Sie bezahlte ihm ein Bier, und er setzte sich auf den Hocker neben sie. Sie sah, dass er genauso gut aussah wie auf dem Foto. Seine Kleidung war geschmackvoll. Sie tranken ihr Bier zusammen, und dann bestellte sie ihm noch eins. Er fing an, ihr von seiner Arbeit zu erzählen.

»Ich sortiere Diamanten«, sagte er. »Ein schwieriger Job, weißt du. Man braucht gute Augen.«

»Ich mag Diamanten«, sagte sie. »Ich mag Diamanten sehr.«

»Wir haben Glück, dass wir so viele Diamanten im Land haben«, sagte er. »Ich kann dir sagen! Diese Diamanten!«

Sie bewegte ihr linkes Bein und berührte vorsichtig seins. Er bemerkte es – sie sah, wie er hinunterguckte –, aber er zog sein Bein nicht zurück.

»Bist du verheiratet?«, fragte sie ihn leise.

Er zögerte keine Sekunde. »Nein. Ich habe nie geheiratet. Es ist besser, ledig zu sein. Freiheit, verstehst du?«

Sie nickte. »Ich bin auch gerne frei«, sagte sie. »Da kann man selber entscheiden, wie man seine Freizeit verbringen will.«

»Genau«, sagte er. »Absolut richtig.«

Sie leerte ihr Glas.

»Ich muss gehen«, sagte sie. Und nach kurzer Pause: »Vielleicht würdest du gern auf einen Drink zu mir kommen? Ich habe Bier.«

Er lächelte. »Ja, das ist eine gute Idee. Ich hatte sowieso nichts vor.«

Er folgte ihr in seinem Wagen, und zusammen betraten sie ihr Haus. Sie machte Musik an und reichte ihm ein Bier, und er trank die Hälfte in einem Zug. Er legte den Arm um ihre Taille und behauptete, dass er gute dicke Frauen möge. Das ganze Getue um dünne Frauen sei Unsinn und für Afrika völlig verkehrt.

»Was Männer wirklich wollen, sind dicke Frauen wie du«, sagte er.

Sie kicherte. Er war charmant, das musste sie zugeben, aber dies war Arbeit, und sie durfte sich nicht wie eine Amateurin benehmen. Sie durfte nicht vergessen, Beweise heranzuschaffen, und das würde gar nicht so einfach sein.

»Komm und setz dich zu mir«, sagte sie. »Du musst doch müde sein, wenn du den ganzen Tag Diamanten sortierst.«

Sie hatte ihre Ausreden parat, und er akzeptierte sie widerspruchslos. Sie müsse früh am Morgen bei der

Arbeit sein, und er könne nicht bleiben. Aber es wäre doch schade, solch einen schönen Abend zu beenden und kein Andenken zu haben.

»Ich möchte ein Foto von uns machen – nur für mich. Damit ich es anschauen und mich an den heutigen Abend erinnern kann.«

Er lächelte sie an und zwickte sie sanft.

»Eine gute Idee.«

Also stellte sie ihre Kamera mit dem Selbstauslöser ein und sprang zum Sofa zurück, um sich neben ihn zu setzen. Er zwickte sie noch einmal, legte seinen Arm um sie und küsste sie leidenschaftlich, als es blitzte.

»Wir können es in der Zeitung veröffentlichen lassen, wenn du willst«, sagte er. »Mr Schön mit seiner Freundin Miss Dickerchen.«

Sie lachte. »Du bist wirklich ein Schwerenöter, Kremlin. Ein Frauenheld. Ich wusste es gleich, als ich dich sah.«

»Einer muss sich schließlich um die Damen kümmern«, sagte er.

Alice Busang kam am Freitag ins Büro, wo Mma Ramotswe sie schon erwartete.

»Ich fürchte, ich muss Ihnen sagen, dass Ihr Mann untreu ist«, sagte sie. »Ich habe den Beweis.«

Alice schloss die Augen. Sie war darauf gefasst gewesen, aber sie hatte es nicht gewollt. Sie würde ihn umbringen. Aber nein, ich liebe ihn ja noch. Ich hasse ihn. Nein, ich liebe ihn.

Mma Ramotswe reichte ihr das Foto. »Hier ist der Beweis«, sagte sie.

Alice Busang starrte das Bild an. Das konnte doch nicht sein ... Doch, sie war es! Die Detektivin!

»Sie ...«, stotterte sie. »Sie waren mit meinem Mann zusammen?«

»Er war mit mir zusammen«, sagte Mma Ramotswe. »Sie wollten Beweise, nicht wahr? Ich habe den besten Beweis, den Sie sich erhoffen konnten.«

Alice Busang ließ das Foto fallen.

»Aber Sie ... Sie sind mit meinem Mann gegangen! Sie ...«

Mma Ramotswe runzelte die Stirn. »Sie hatten mich gebeten, ihm eine Falle zu stellen, oder etwa nicht?«

Alice Busangs Augen wurden schmal. »Du Hexe!«, kreischte sie. »Du fette Hexe! Du hast mir meinen Kremlin weggenommen – meinen Ehemann gestohlen! Diebin!«

Mma Ramotswe sah ihre Kundin bestürzt an. Bei diesem Fall würde sie wohl auf ihr Honorar verzichten müssen ...

15

Immer noch Beleidigungen brüllend, wurde Alice Busang aus dem Büro hinauskomplimentiert.

»Du fette Schlampe! Bildest dir ein, eine Detektivin zu sein! Dabei bist du nur hinter den Männern her – genau wie die Weiber in der Bar! Lasst euch nichts vormachen, Leute! Diese Frau ist keine Detektivin! *Männerklaubüro Nr. 1* – das ist es, was es ist!«

Nachdem der Lärm verhallt war, blickten Mma Ramotswe und Mma Makutsi sich an. Da konnte man doch nur lachen, oder? Die Frau hatte doch längst gewusst, was ihr Ehemann trieb, und Beweise verlangt. Und als sie die kriegte, gab sie der Überbringerin die Schuld.

»Kümmern Sie sich ums Büro, während ich in die Autowerkstatt gehe«, sagte Mma Ramotswe. »Das muss ich Mr J. L. B. Matekoni erzählen.«

Er war in seinem kleinen Büro mit der Glasfront und bastelte an einer Verteilerkappe herum.

»Überall kommt heutzutage Sand rein«, schimpfte er. »Schauen Sie sich das an!«

Er zog ein Körnchen Kieselerde aus einem Metallrohr und zeigte es triumphierend seinem Gast.

»Dieses kleine Ding brachte einen großen Lastwagen zum Stehen«, sagte er. »Dieses winzige Sandkorn.«

»Weil's keinen Nagel gab, ging das Hufeisen verloren«, sagte Mma Ramotswe und erinnerte sich an einen weit zurückliegenden Nachmittag in der staatlichen Schule von Mochudi, wo der Lehrer ihnen den Spruch aufsagte: »Weil's kein Hufeisen gab ...« Sie schwieg. Es fiel ihr nicht ein, wie es weiterging.

»Stürzte das Pferd«, half Mr J. L. B. Matekoni aus. »Das habe ich auch mal gelernt.«

Er legte die Verteilerkappe auf den Tisch und füllte den Wasserkessel. Es war ein heißer Nachmittag, und eine Tasse Tee würde ihnen guttun.

Sie erzählte ihm von Alice Busang und wie sie auf das Beweisstück von Kremlins Untreue reagiert hatte.

»Sie hätten ihn sehen sollen«, sagte sie. »Ein richtiger Frauenheld. Zeug ins Haar geschmiert. Dunkle Brille. Schicke Schuhe. Er hatte keine Ahnung, wie komisch er aussah. Mir sind Männer mit gewöhnlichen Schuhen und ehrlichen Hosen viel lieber.«

Mr J. L. B. Matekoni streifte seine Schuhe mit einem nervösen Blick – schäbige alte Wildlederstiefel voller Fettflecken – und seine Hosen – waren sie ehrlich?

»Ich konnte nicht mal ein Honorar verlangen«, fuhr Mma Ramotswe fort. »Nicht nach diesem Auftritt.«

Mr J. L. B. Matekoni nickte. Irgendwas schien ihn zu beschäftigen. Er hatte die Verteilerkappe liegen lassen und starrte aus dem Fenster.

»Sie machen sich Sorgen?« Ob ihm die Zurückweisung seines Antrags doch näher gegangen war, als sie sich vorgestellt hatte? Er gehörte nicht zu den Leuten, die nachtragend waren, aber nahm er's ihr doch übel? Sie wollte seine Freundschaft nicht verlieren – er war ihr bester Freund in der Stadt, und ohne seine tröstliche

Gegenwart wäre ihr Leben erheblich ärmer. Warum machten Liebe und Sex das Leben nur so kompliziert? Wie viel einfacher wäre es, wenn wir uns darüber keine Gedanken machen müssten. In ihrem Leben spielte Sex inzwischen keine Rolle mehr, was sie als große Erleichterung empfand. Es konnte ihr egal sein, wie sie aussah und was die Leute von ihr dachten. Wie schrecklich musste es sein, ein Mann zu sein und ständig nur an Sex zu denken, wie es von Männern behauptet wurde. In einer ihrer Zeitschriften hatte sie gelesen, dass der Durchschnittsmann über sechzigmal am Tag an Sex dachte! Sie konnte es nicht glauben, aber Studien behaupteten das. Der durchschnittliche, seiner täglichen Arbeit nachgehende Mann hatte also ständig solche Gedanken, dachte ans Stoßen und Schieben, wie es die Männer taten, während er mit einer ganz anderen Sache beschäftigt war! Dachten Anwälte dran, während sie an ihren Schreibtischen saßen und über ihren Fällen brüteten? Dachten Piloten dran, während sie ihre Flugzeuge flogen? Es war einfach nicht zu glauben.

Und Mr J. L. B. Matekoni mit seiner Unschuldsmiene und seinem harmlosen Gesicht – dachte er daran, während er Verteilerkappen untersuchte oder Batterien aus Motoren hievte? Sie sah ihn an. Wie konnte man's wissen? Fing ein Mann dann an, lüstern zu schauen oder seinen Mund zu öffnen und seine rosa Zunge zu zeigen oder … Nein. Das war unmöglich. »Woran denken Sie, Mr J. L. B. Matekoni?« Die Frage war ihr einfach herausgerutscht, und sie bereute sie sofort. Es war, als ob er ihr eingestehen sollte, dass er an Sex dachte.

Er stand auf und schloss die Tür, die einen Spaltbreit

offen gestanden hatte. Aber es war niemand da, der lauschen könnte. Die beiden Mechaniker waren am anderen Ende der Werkstatt, tranken ihren Nachmittagstee und … dachten vermutlich an Sex.

»Wenn Sie nicht zu mir gekommen wären, wäre ich zu Ihnen gekommen«, sagte Mr J.L.B. Matekoni. »Ich habe nämlich etwas gefunden.«

Sie war erleichtert – er war ihr also nicht böse, weil sie ihn abgewiesen hatte. Sie schaute ihn erwartungsvoll an.

»Es hat einen Unfall gegeben«, sagte Mr J.L.B. Matekoni. »Kein schlimmer. Niemand wurde verletzt. Ein bisschen durchgerüttelt vielleicht, aber nicht verletzt. Es war an der alten Kreuzung passiert. Ein Lastwagen, der aus dem Kreisverkehr herausfuhr, stoppte nicht. Er stieß mit einem Auto zusammen, das aus dem Dorf kam. Das Auto wurde in den Graben abgedrängt und bekam eine ziemlich große Delle. Dem Lastwagen ging ein Scheinwerfer kaputt, und der Kühler wurde ein wenig beschädigt. Das ist alles.«

»Und?«

Mr J.L.B. Matekoni setzte sich und starrte seine Hände an. »Ich wurde gerufen, um das Auto aus dem Graben zu ziehen. Ich fuhr mit dem Abschleppwagen hin. Dann brachten wir es hierher und ließen es da hinten stehen. Ich zeige es Ihnen später.«

Er machte eine kurze Pause, bevor er weiterredete. Die Geschichte schien simpel genug, aber ihn eine Menge Kraft zu kosten.

»Ich sah mir den Schaden an. Es war ein Job für die Blechschlosserei, und ich hätte meinem Schlosser leicht die Arbeit übergeben können. Aber zuerst musste ich die Elektrik prüfen. Die neuen teuren Autos haben so verdammt viele Drähte, dass ein bisschen Klopfen hier und da alles kaputt machen kann. Wenn die Drähte gequetscht sind, kann man die Türen nicht mehr abschließen. Oder die Einbruchsicherung friert alles fest. Es ist reichlich kompliziert, wie die beiden Jungs dort draußen, die auf meine Kosten Tee trinken, erst jetzt herausfinden.

Jedenfalls musste ich an eine Sicherungsdose unter dem Armaturenbrett ran und öffnete dabei aus Versehen das Handschuhfach. Ich schaute hinein – ich weiß nicht, warum –, aber irgendwas zwang mich dazu. Und ich fand etwas. Einen kleinen Beutel.«

Mma Ramotswes Gedanken rasten voraus. Er war auf verbotene Diamanten gestoßen. Das war's!

»Diamanten?«

»Nein«, sagte Mr J. L. B. Matekoni. »Schlimmer.«

Sie sah sich den kleinen Beutel an, den Mr J. L. B. Matekoni aus seinem Safe genommen und auf den Tisch gelegt hatte. Er war aus Tierhaut gemacht – eine Art Säckchen – und ähnelte den Beuteln, die die Basarwa mit Bruchstücken von Straußeneiern verzierten und zum Aufbewahren von Kräutern und Pasten für ihre Pfeile benutzten.

»Ich mache ihn auf«, sagte er. »Ich will nicht, dass Sie ihn anfassen.«

Sie sah zu, wie er die Schnur löste, die den Beutel verschlossen hielt. Dabei verzog er angeekelt das Gesicht, als ob er mit etwas widerlich Riechendem hantierte.

Und es roch wirklich ekelhaft – es war ein trockener, fauliger Geruch –, als er die drei kleinen Gegenstände aus dem Beutel nahm. Jetzt hatte sie begriffen – er brauchte nichts weiter zu sagen. Jetzt begriff sie, warum er so zerstreut und beunruhigt gewirkt hatte. Mr J. L. B. Matekoni hatte *muti* gefunden, Medizin, die für schwarze Magie benutzt wurde.

Sie blieb still, als die Gegenstände auf dem Tisch ausgebreitet lagen. Was konnte man über die jämmerlichen Reste auch sagen, über den Knochen, das Stück Haut, das zugestöpselte Holzfläschchen und seinen entsetzlichen Inhalt?

Mr J. L. B. Matekoni, dem es zuwider war, die Dinge zu berühren, stocherte mit einem Bleistift darin herum.

»Schauen Sie«, sagte er nur. »Das ist es, was ich gefunden habe.«

Mma Ramotswe erhob sich von ihrem Stuhl und ging zur Tür. Sie spürte, wie sich ihr Magen hob, wie es passiert, wenn man ekelerregenden Gerüchen ausgesetzt ist – ein toter Esel im Graben, der überwältigende Gestank von verdorbenem Fleisch.

Das Gefühl ging vorüber, und sie drehte sich um.

»Ich nehme den Knochen mit und prüfe ihn«, sagte sie. »Vielleicht täuschen wir uns. Er könnte von einem Tier sein. Einem Reh. Oder einem Hasen.«

Mr J. L. B. Matekoni schüttelte den Kopf. »Bestimmt nicht«, erwiderte er. »Ich weiß, was sie sagen werden.«

»Egal«, sagte Mma Ramotswe. »Stecken Sie ihn in einen Umschlag, und ich nehme ihn mit.«

Mr J. L. B. Matekoni machte den Mund auf, um zu widersprechen, änderte dann aber seine Meinung. Er wollte sie warnen, ihr sagen, dass es gefährlich war, mit solchen Sachen herumzuspielen. Dies würde aber bedeuten, dass man an ihre Macht glaubte, und er glaubte nicht daran. Oder doch?

Sie steckte den Umschlag in ihre Tasche und lächelte.

»Jetzt kann mir nichts passieren«, sagte sie. »Ich bin geschützt.«

Mr J. L. B. Matekoni versuchte, über ihren Witz zu lachen, brachte es aber nicht fertig. Solche Worte forderten das Schicksal heraus, und er hoffte, dass sie das nie bereuen müsste.

»Eines möchte ich aber doch noch gerne wissen«, sagte Mma Ramotswe, als sie aus dem Büro ging. »Das Auto – wem gehört es?«

Mr J. L. B. Matekoni warf einen kurzen Blick auf die beiden Mechaniker. Sie waren außer Hörweite, aber er senkte trotzdem seine Stimme.

»Charlie Gotso«, sagte er. »Ihm. Dem.«

Mma Ramotswes Augen wurden groß.

»Gotso? Dem Berühmten?«

Mr J. L. B. Matekoni nickte. Jeder kannte Charlie Gotso. Er war einer der einflussreichsten Männer im Land. Er hatte das Ohr von … nun, auf ihn hörte so gut wie jeder, der zählte. Ihm blieb keine Tür im Land verschlossen, ihm wurde jeder Gefallen getan. Wenn Charlie Gotso einen aufforderte, etwas für ihn zu tun, dann tat er es. Wenn nicht, konnte das Leben recht schwierig werden. Wie es passierte, konnte niemand so genau sagen. Die Erteilung einer Genehmigung für irgendwelche Geschäfte verzögerte sich unerwartet. Oder man stellte fest, dass auf dem Weg zur Arbeit plötzlich Radarfallen auftauchten. Oder deine Angestellten wurden unruhig und wechselten den Arbeitgeber. Man konnte nie genau sagen, was es war – so liefen die Dinge nicht in Botswana –, aber die Wirkung war immer sehr deutlich zu spüren.

»Du meine Güte …«, sagte Mma Ramotswe.

»Genau«, sagte Mr J. L. B. Matekoni. »Ach du meine Güte …«

16

Am Anfang, was in Gaborone vor dreißig Jahren bedeutet, gab es nur wenig Fabriken. Als Prinzessin Marina im Jahr 1966 zusah, wie der Union Jack niedergeholt wurde und das Protektorat Betschwanaland aufhörte zu existieren, gab es gar keine. Mma Ramotswe war damals ein achtjähriges Mädchen gewesen, und es war ihr nur vage bewusst, dass etwas Besonderes passierte und dass das gekommen war, was die Leute Freiheit nannten. Aber am folgenden Tag fühlte sie sich nicht anders, und sie fragte sich, was an dieser Freiheit eigentlich dran war. Inzwischen wusste sie es natürlich, und ihr Herz war mit Stolz erfüllt, wenn sie daran dachte, was sie in dreißig kurzen Jahren erreicht hatten. Botswana war gediehen und zu dem bei Weitem bestregierten Staat in Afrika geworden.

Gaborone war gewachsen und hatte sich dermaßen verändert, dass die Stadt nicht wiederzuerkennen war. Als sie als kleines Mädchen zum ersten Mal dort war, hatten nur ein paar Häuserreihen um das Einkaufszentrum und die Verwaltungsgebäude herumgestanden. Natürlich war alles viel größer als Mochudi gewesen und viel eindrucksvoller durch die Regierungsbauten und das Haus von Seretse Khama. Aber wenn man die Stadt mit Fotos von Johannesburg oder Bulawayo verglich, war sie doch noch recht klein gewesen. Und es gab keine Fabriken – überhaupt keine. Das hatte sich mittlerweile geändert.

Mma Ramotswe kannte ein, zwei Betriebsleiter und einen Fabrikbesitzer. Der Fabrikbesitzer, ein Motswana, der aus Südafrika gekommen war, um die Freiheit zu genießen, die ihm auf der anderen Seite versagt wurde, hatte seine Schraubenfabrik mit ganz wenig Kapital, ein paar schrottreifen Maschinen und einem Mitarbeiterstab gegründet, der aus seinem Schwager, ihm selbst und einem geistig behinderten Jungen bestand, den er, unter einem Baum sitzend, gefunden hatte und der sich als durchaus fähig erwiesen hatte, Schrauben zu sortieren. Das Geschäft florierte vor allem deshalb, weil die Idee, die dahintersteckte, so simpel war. Die Fabrik stellte nur eine Sorte Schrauben her, und zwar solche, die für die Befestigung von verzinktem Dachblech an Dachbalken nötig waren. Es war ein einfaches Verfahren, das nur eine Maschine benötigte – eine Maschine, die nie ausfiel und selten gewartet werden musste.

Hector Lepodises Fabrik wuchs rapide, und als Mma Ramotswe ihn kennenlernte, beschäftigte er bereits dreißig Leute und stellte Schrauben her, die bis hoch oben im nördlichen Malawi Dächer an ihren Balken festhielten. Zunächst waren alle seine Mitarbeiter Verwandte gewesen, bis auf den geistig behinderten Jungen, der schließlich zum Teejungen befördert wurde. Als sich das Unternehmen vergrößerte, konnte der Bedarf irgendwann nicht mehr durch Verwandte gedeckt werden, und Hector begann, Fremde einzustellen. Er behielt jedoch sein paternalistisches Arbeitgeberverhalten bei – für Beerdigungen wurde immer großzügig freigegeben, und für die ernsthaft Erkrankten gab es volle Lohnfortzahlung – und dafür waren seine Arbeiter ihm gewöhnlicherweise treu ergeben. Doch bei dreißig Angestellten, von denen nur zwölf Verwandte waren, konnte es nicht verwundern, dass auch mal einer seine Güte auszunutzen versuchte – und hier trat Mma Ramotswe auf den Plan.

»Frag mich nicht, warum«, sagte Hector, als er auf der Veranda des Hotel President Kaffee mit Mma Ramotswe trank, »aber diesem Mann habe ich nie getraut. Er ist erst vor sechs Monaten zu mir gekommen – und jetzt das!«

»Wo hat er früher gearbeitet?«, fragte Mma Ramotswe. »Was hat man über ihn gesagt?«

Hector zuckte mit den Schultern. »Er hatte Referenzen von einer Fabrik über der Grenze. Ich schrieb hin, aber sie bemühten sich nicht, zu antworten. Manche nehmen uns einfach nicht ernst, weißt du? Sie behandeln uns wie eines ihrer elenden *Bantustans*. Und du weißt ja, wie die Südafrikaner sind.«

Mma Ramotswe nickte. Sie wusste es. Natürlich waren nicht alle schlecht. Aber viele von ihnen waren schrecklich, was irgendwie die besseren Charakterzüge der Netten in den Schatten stellte. Es war sehr traurig.

»Er kam also erst vor sechs Monaten zu mir«, fuhr Hector fort, »und machte sich gut an den Maschinen. Deshalb setzte ich ihn an die neue, die ich von dem Holländer gekauft hatte. Er kam gut damit zurecht, und ich erhöhte seinen Lohn um monatlich 50 Pula. Dann war er plötzlich weg. Und das war's auch schon.«

»Gibt es irgendeinen Grund dafür?«, fragte Mma Ramotswe.

Hector runzelte die Stirn. »Nicht, dass ich wüsste. Er nahm an einem Freitag seinen Lohn entgegen und kam einfach nicht mehr zurück. Das war vor ungefähr zwei Monaten. Als Nächstes hörte ich über einen Anwalt in Mahalapye von ihm. Der schrieb mir, dass sein Klient, Mr Solomon Moretsi, mich für den Verlust eines Fingers aufgrund eines Betriebsunfalls in meiner Fabrik auf viertausend Pula Schadenersatz verklagen wolle.«

Mma Ramotswe schenkte sich und ihm noch eine Tasse Kaffee ein, während sie diese Entwicklung verdaute. »Hat es denn so einen Unfall gegeben?«

»Wir notieren alle Vorfälle im Werk in einem Buch«, sagte Hector. »Wenn jemand verletzt wird, müssen die Einzelheiten hineingeschrieben werden. Ich guckte mir das Datum an, das der Anwalt erwähnte, und da war tatsächlich etwas passiert. Moretsi hatte notiert, dass er sich einen Finger der rechten Hand verletzt hätte. Er schrieb, er habe den Finger verbunden, und alles schien in Ordnung zu sein. Ich erkundigte mich bei seinen Kollegen, und einer erzählte, dass Moretsi gesagt hätte, er würde für eine Weile seine Maschine verlassen, um den Finger zu verbinden, in den er sich geschnitten hätte. Sie hatten angenommen, dass es keine tiefe Wunde war, und niemand hatte sich weiter darum gekümmert.«

»Dann ist er gegangen?«

»Ja«, sagte Hector. »Das war ein paar Tage vorher passiert.« Mma Ramotswe sah ihren Freund an. Wie sie wusste, war er ein ehrlicher Mann und ein guter Chef. Wenn ein Mitarbeiter verletzt worden wäre, hätte er sein Bestes für ihn getan.

Hector nahm einen Schluck Kaffee. »Ich traue diesem Mann nicht«, sagte er. »Ich habe ihm nie getraut. Ich glaube einfach nicht, dass er in meiner Fabrik einen Finger verloren hat. Vielleicht woanders, aber das hat nichts mit mir zu tun.«

Mma Ramotswe lächelte. »Soll ich den Finger für dich finden? Hast du mich deshalb hergebeten?«

Hector lachte. »Ja. Außerdem macht es mir Freude, hier mit dir zu sitzen, und ich wollte dich mal wieder bitten, mich zu heiraten. Aber ich weiß ja, die Antwort wird immer gleich ausfallen.«

Mma Ramotswe streckte die Hand aus und tätschelte ihrem Freund den Arm. Wieder einer, der sie heiraten wollte ...

»Heiraten ist gut und schön«, sagte sie. »Aber hier als Detektivin die Nummer eins zu sein ist kein leichtes Leben. Ich könnte nicht zu Hause hocken und kochen – das weißt du.«

Hector schüttelte den Kopf. »Ich habe dir immer einen Koch versprochen. Zwei Köche, wenn du willst. Du könntest immer noch Detektivin sein.«

Jetzt schüttelte Mma Ramotswe den Kopf. »Nein«, sagte sie. »Du kannst mich immer wieder fragen, Hector Lepodise, aber ich fürchte, die Antwort wird immer Nein sein. Ich mag dich als Freund, aber ich will keinen Mann. Von Ehemännern habe ich für alle Zeiten genug.«

Mma Ramotswe ging die Unterlagen in Hectors Büro durch. Es war ein stickiger und ungemütlicher Raum, voll dem Lärm der Fabrik ausgesetzt und mit nicht einmal genug Platz für die beiden Aktenschränke und die zwei Schreibtische. Auf beiden Schreibtischen lagen

Papiere herum – Quittungen, Rechnungen, technische Kataloge. »Wenn ich doch nur eine Frau hätte«, sagte Hector. »Dann wäre in dem Büro nicht so ein Durcheinander. Man hätte Platz, um sich zu setzen, und ich hätte Blumen auf meinem Schreibtisch. Mit einer Frau wäre alles ganz anders ...« Mma Ramotswe lächelte über seine Bemerkung, sagte aber nichts. Sie nahm das fleckige Schulheft in die Hand, das er ihr hingelegt hatte, und blätterte es durch. Es war das Buch, in dem die Vorfälle in der Fabrik festgehalten wurden, und da war auch der Eintrag, der Moretsis Verletzung betraf, wobei die Wörter kaum lesbar in Blockschrift geschrieben waren:

MORETSI HAT SICH IN DEN FINGER GESCHNITTEN.
FINGER NR. 2 VOM DAUMEN GEZÄHLT. MASCHINE
HAT ES GETAN. RECHTE HAND. VERBAND VOM
SELBIGEN ANGEBRACHT. GEZEICHNET:
SOLOMON MORETSI. ZEUGE: JESUS CHRISTUS.

Sie las den Eintrag noch einmal und nahm sich dann den Brief des Anwalts vor. Die Daten stimmten überein. »Mein Klient sagt, dass der Unfall am 10. Mai dieses Jahres passierte. Am nächsten Tag ging er ins Princess Marina Hospital. Die Wunde wurde verbunden, aber Osteomyelitis setzte ein. In der folgenden Woche musste operiert und der verletzte Finger am proximalen Endgelenk amputiert werden (siehe beigefügter Krankenhausbericht). Mein Klient behauptet, dass dieser Unfall allein auf Ihre Fahrlässigkeit zurückzuführen ist, indem Sie es versäumt haben, laufende Maschinenteile, die in Ihrem Werk bedient werden, ausreichend zu sichern, und er hat mich beauftragt, in seinem Namen auf Schadenersatz zu klagen. Es wäre eindeutig im Interesse aller Beteiligten, wenn diese Sache prompt geklärt würde, und mein Klient hat mich dahingehend informiert, dass die Summe von viertausend Pula anstelle eines vom Gericht zuerkannten Schadenersatzes akzeptierbar wäre.«

Mma Ramotswe las den Rest des Briefes, der ihrer Meinung nach nur noch Banalitäten enthielt, die der Anwalt an seiner Uni gelernt hatte. Diese Leute waren unmöglich – ein paar Jahre Vorlesungen an der Universität von Botswana, und schon gaben sie sich als Experten für alles aus. Was wussten sie vom Leben? Sie plapperten nur die stereotypen Phrasen ihres Berufsstandes nach und blieben so lange hartnäckig, bis irgendjemand irgendwo zahlte. In den meisten Fällen gewannen sie rein durch ihre Zermürbungstaktik, sie selbst schrieben es jedoch ihrem fachlichen Können zu. Wenige von ihnen könnten in ihrem, Mma Ramotswes, Beruf bestehen, der Takt und Scharfsinn erforderte.

Sie sah sich die Kopie des medizinischen Berichts an. Er war kurz und enthielt genau das, was der Anwalt nur in etwas anderen Worten wiedergegeben hatte. Das Datum stimmte, der Briefbogen mit Kopfdruck sah authentisch aus, und am Schluss stand die Unterschrift des Arztes. Es war ein Name, den sie kannte. Mma Ramotswe blickte von den Unterlagen auf und sah, dass Hector sie erwartungsvoll anstarrte.

»Es scheint alles seine Richtigkeit zu haben«, sagte sie.

»Er schnitt sich in den Finger, der sich entzündete. Was sagen deine Versicherungsleute dazu?«

Hector seufzte. »Sie sagen, ich soll zahlen. Sie sagen, dass sie den Schaden bezahlen und dass es langfristig gesehen billiger wäre. Wenn man erst damit anfängt, Rechtsanwälte dafür zu bezahlen, dass sie die Klage bestreiten, könnten die Kosten sehr rasch die Schadenssumme übersteigen. Offenbar zahlt die Versicherung ohne Widerspruch bis zu 10000 Pula, was ich aber niemandem erzählen soll. Sie wollen nicht, dass die Leute denken, sie seien leicht zu betrügen.«

»Solltest du nicht besser tun, was sie sagen?«, fragte Mma Ramotswe. Es schien ihr wenig sinnvoll, den Unfall abzustreiten. Dieser Mann hatte offensichtlich einen Finger verloren und verdiente eine Entschädigung. Warum sollte Hector deshalb so ein Theater machen, vor allem, wenn er nicht einmal selbst zahlen musste?

Hector ahnte, was sie dachte: »Mach ich nicht«, sagte er. »Ich weigere mich. Warum sollte ich jemandem Geld geben, der mich übers Ohr hauen will? Wenn ich ihm dieses Mal was zahle, geht er das nächste Mal zu einem anderen. Die viertausend Pula gebe ich lieber jemandem, der sie verdient.«

Er zeigte auf die Tür, die in die Fabrikhalle führte.

»Dort drin ist eine Frau«, sagte er. »Eine Frau mit zehn Kindern. Ja, zehn. Und sie ist eine gute Arbeiterin. Überleg mal, was sie mit viertausend Pula machen könnte.«

»Aber sie hat keinen Finger verloren«, warf Mma Ramotswe ein. »Er braucht das Geld vielleicht, wenn er nicht mehr so gut arbeiten kann.«

»Pah! Das ist ein Ganove, dieser Mann. Ich konnte ihn nicht rausschmeißen, weil ich ihm nichts vorzuwerfen hatte. Aber ich wusste, dass er nichts taugt. Und ein paar andere mochten ihn auch nicht. Der Junge, der den Tee macht, der mit dem Loch im Gehirn, merkt so was immer sofort. Er wollte ihm keinen Tee bringen. Er sagte, der Mann ist ein Hund und kann keinen Tee trinken. Siehst du, er wusste, was los war. Solche Leute haben einen Riecher dafür.«

»Aber es ist ein großer Unterschied zwischen einem Verdacht und der Fähigkeit, etwas nachweisen zu können«, sagte Mma Ramotswe. »Du könntest nicht vor dem Hohen Gerichtshof von Lobatse stehen und sagen, dass mit dem Mann was nicht stimmt. Der Richter würde dich nur auslachen. Das tun die Richter nämlich, wenn Leute solche Sachen sagen. Sie lachen nur.«

Hector war still geworden.

»Ich würde einfach zahlen«, sagte Mma Ramotswe ruhig. »Tu, was die Versicherungsleute empfehlen. Sonst sitzt du am Ende auf einer Rechnung, die viertausend Pula weit übersteigt.«

Hector schüttelte den Kopf. »Ich zahle nicht für etwas, das ich nicht getan habe«, sagte er zähneknirschend. »Ich möchte, dass du rausfindest, was dieser Kerl vorhat. Wenn du aber nach einer Woche sagst, dass ich im Unrecht bin, werde ich, ohne mit der Wimper zu zucken, zahlen. Okay?«

Mma Ramotswe nickte. Sie konnte verstehen, dass er unter diesen Umständen nicht zahlen wollte, und ihr Honorar für eine Woche Arbeit wäre nicht hoch. Er war ein reicher Mann, und warum sollte er sein Geld nicht für die Verfolgung eines Prinzips ausgeben. Und wenn Moretsi log, dann würde einem Betrüger noch dazu das

Handwerk gelegt werden. Also versprach sie, den Fall zu übernehmen, und fuhr mit ihrem kleinen weißen Lieferwagen davon. Wenn man nur nachweisen könnte, dass der fehlende Finger nichts mit Hectors Fabrik zu tun hatte! Sie hatte absolut keine Ahnung, wie sie vorgehen sollte. Ein hoffnungsloser Fall, wie's schien. Als Mma Ramotswe dann im Schlafzimmer ihres Hauses am Zebra Drive lag, konnte sie nicht einschlafen. Sie stand auf, zog ihre rosa Pantoffeln an, die sie immer trug, seit sie einmal bei einem nächtlichen Gang durchs Haus von einem Skorpion gestochen worden war, und machte sich eine Kanne Buschtee.

Nachts war das Haus so anders. Alles stand natürlich an seinem Platz, aber die Möbel sahen irgendwie eckiger aus und die Bilder an der Wand eindimensionaler. Jemand hatte einmal gesagt, dass wir in der Nacht alle Fremde seien, selbst uns gegenüber – und da schien tatsächlich was dran zu sein. Alle vertrauten Gegenstände sahen so aus, als ob sie jemand anderem gehörten, jemandem, der Mma Ramotswe hieß und nicht ganz die Person war, die in rosa Pantoffeln durchs Haus schlich. Selbst das Foto ihres Daddys in seinem glänzenden Anzug sah verändert aus. Es zeigte natürlich eine Person namens Daddy Ramotswe, aber nicht den Daddy, den sie gekannt hatte, den Daddy, der alles für sie geopfert hatte und dessen letzter Wunsch gewesen war, sie mit einem erfolgreichen Geschäft versorgt zu wissen. Wie stolz wäre er, wenn er sie jetzt so sehen könnte – die Besitzerin der *No. 1 Ladies' Detective Agency*, die jeder kannte, der in der Stadt was zu sagen hatte, selbst Staatssekretäre und Minister. Und wie wichtig hätte er sich gefühlt, hätte er sehen können, wie sie am Vormittag, als sie das Hotel President verließ, mit dem Hochkommissar von Malawi fast zusammenstieß und dieser sagte: »Guten Morgen, Mma Ramotswe, beinahe hätten Sie mich umgerannt, aber von wem würde ich mich lieber umrennen lassen als von Ihnen, meine Liebe?« Von einem Hochkommissar erkannt zu werden – von solchen Leuten mit Namen begrüßt zu werden! Nicht, dass sie sich von ihnen beeindrucken ließ, auch nicht von Hochkommissaren. Aber ihr Daddy wäre beeindruckt gewesen, und sie bedauerte, dass er nicht mehr sehen konnte, wie erfolgreich sie seine Pläne in die Tat umgesetzt hatte.

Sie machte sich ihren Tee und setzte sich damit in ihren bequemsten Sessel. Es war eine heiße Nacht, und in der ganzen Stadt jaulten die Hunde in der Dunkelheit um die Wette. Es war kein Geräusch, das einem noch sonderlich auffiel. Sie waren immer da, diese heulenden Hunde, und verteidigten ihre Höfe gegen alle möglichen Schatten und Winde. Dumme Viecher!

Sie dachte an Hector. Ein dickköpfiger Mann – berühmt dafür –, aber sie respektierte ihn. Warum sollte er zahlen? Was hatte er gesagt? Wenn ich ihm dieses Mal was zahle, geht er das nächste Mal zu einem andern. Sie dachte einen Augenblick nach. Dann setzte sie den Teebecher ab. Plötzlich war ihr eine Idee gekommen, so plötzlich wie alle ihre guten Ideen. Vielleicht war Hector ja bereits der andere. Vielleicht hatte dieser Moretsi ja schon anderswo Geld verlangt. Vielleicht war Hector gar nicht der Erste?

Danach schlief sie leichter ein, und sie erwachte am nächsten Morgen mit der Gewissheit, dass ein paar

Nachfragen und vielleicht eine Reise nach Mahalapye genügen würden, um Moretsis unrechtmäßige Ansprüche abzuschmettern. Sie frühstückte eilig und fuhr dann direkt ins Büro. Der Winter ging langsam zu Ende, was bedeutete, dass die Lufttemperatur gerade richtig und der Himmel strahlend hellblau und wolkenlos war. Ein feiner Holzrauch lag in der Luft – ein Geruch, der an ihrem Herzen riss, weil er sie an den Morgen am Feuer in Mochudi erinnerte. Wenn sie lange genug gearbeitet hatte, würde sie sich dort zur Ruhe setzen. Sie würde sich ein Haus kaufen oder vielleicht eines bauen und ein paar ihrer Cousins bitten, mit ihr zusammenzuleben. Sie würden Melonen anbauen und vielleicht sogar einen kleinen Laden im Dorf kaufen. Und jeden Morgen könnte sie dann vor ihrem Haus sitzen, am Holzrauch schnuppern und sich darauf freuen, den Tag plaudernd mit ihren Freunden zu verbringen. Wie leid ihr die Weißen taten, die immer herumsausten und sich Sorgen über Dinge machten, die sowieso eintreten würden. Was nutzte einem all das Geld, wenn man niemals stillsitzen und sein Vieh beim Grasen beobachten konnte? Nichts, ihrer Meinung nach. Gar nichts. Aber sie wussten es nicht. Hin und wieder traf man einen Weißen, der verstand, wie die Dinge wirklich waren. Aber von diesen Leuten gab es nur wenige, und die anderen Weißen betrachteten sie mit Misstrauen.

Die Frau, die ihr Büro sauber machte, war schon da. Mma Ramotswe erkundigte sich nach ihrer Familie, und die Frau erzählte ihr das Neueste. Einer ihrer Söhne war Gefängniswärter, der andere ließ sich im Hotel Sun als Koch ausbilden. Es ging beiden gut, und

Mma Ramotswe interessierte sich für ihre Erfolge, aber an diesem Morgen unterbrach sie die Putzfrau, so höflich es ging, und machte sich an die Arbeit.

Die Auskünfte, die sie benötigte, fand sie im Branchenverzeichnis. Es gab zehn Versicherungsgesellschaften, die in Gaborone ein Büro hatten, vier davon waren klein und wahrscheinlich ziemlich spezialisiert, von den anderen sechs hatte sie gehört, für vier von ihnen bereits gearbeitet. Sie notierte sich ihre Namen und Telefonnummern und machte sich ans Werk.

Zuerst rief sie die *Botswana Eagle Company* an. Sie waren bereit zu helfen, konnten ihr aber mit keinerlei Auskünften dienen. Genauso wenig die *Mutual Life Company of Southern Africa* oder die *Southern Star Insurance Company*. Aber von der vierten Versicherungsgesellschaft, *Kalahari Accident and Indemnity*, die um eine Stunde Zeit für Nachforschungen in ihren Unterlagen bat, erfuhr sie, was sie wissen musste.

»Unter diesem Namen haben wir einen Versicherungsanspruch gefunden«, sagte die Frau am anderen Ende der Leitung. »Vor zwei Jahren erhielten wir eine Forderung von einer Werkstatt in der Stadt. Einer der Tankwarte behauptete, beim Einhängen der Zapfpistole in die Halterung seinen Finger verletzt zu haben. Er büßte einen Finger ein, und die Werkstatt stellte einen Versicherungsanspruch unter ihrer Haftpflichtpolice.«

Mma Ramotswes Herz machte einen Satz. »Viertausend Pula?«, fragte sie.

»Fast auf den Punkt genau«, sagte die Sachbearbeiterin. »Wir haben uns auf dreitausendachthundert geeinigt.«

»Rechte Hand?«, bohrte Mma Ramotswe weiter. »Zweiter Finger, vom Daumen aus gezählt?«

Die Angestellte wühlte in Papieren herum.

»Ja«, sagte sie. »Hier ist ein medizinisches Gutachten. Da steht etwas von … Ich bin nicht sicher, wie man das ausspricht … Osteomy…«

»…elitis«, soufflierte Mma Ramotswe. »Amputation des Fingers am proximalen Endgelenk erforderlich?«

»Ja«, sagte die Frau. »Genau.«

Mma Ramotswe musste nur noch ein oder zwei Einzelheiten in Erfahrung bringen, bevor sie sich bei der Sachbearbeiterin bedankte und auflegte. Einige Augenblicke saß sie still da und genoss die Befriedigung, den Betrug so schnell aufgedeckt zu haben. Aber es gab noch einige Ungereimtheiten zu klären, und dafür müsste sie nach Mahalapye fahren. Wenn möglich, wollte sie sich mit Moretsi treffen, außerdem freute sie sich auf ein Gespräch mit seinem Anwalt. Das wäre sicherlich ein Vergnügen, das die zweistündige Fahrt auf der fürchterlichen Francistown Road mehr oder weniger rechtfertigen würde.

Der Anwalt erwies sich als durchaus bereit, sie am Nachmittag zu empfangen. Er nahm an, dass sie für die Schadensregulierung von Hector engagiert worden war, und dachte sich, dass es eine Kleinigkeit wäre, sie so weit einzuschüchtern, dass sie auf seine Bedingungen einginge. Vielleicht könnte er die Forderung sogar noch etwas höher schrauben. Er könnte behaupten, dass bei der Schadensberechnung neue Faktoren aufgetaucht wären, die es notwendig machten, mehr als viertausend Pula zu verlangen. Er würde das Wort Quantum benutzen, was vermutlich lateinisch war, und er würde sich möglicherweise sogar auf eine kürzliche Entscheidung des Berufungsgerichts oder die Revisionsabteilung in Bloemfontein berufen. Das würde jeden einschüchtern, vor allem eine Frau. Und ja, er sei sicher, dass Mr Moretsi dabei wäre. Er war natürlich ein viel beschäftigter Mann ... Nein, eigentlich doch nicht, wegen seiner Verletzung konnte er ja nicht arbeiten, der Arme. Aber er würde dafür sorgen, dass er anwesend wäre.

Mma Ramotswe lachte beim Auflegen des Hörers leise in sich hinein. Der Anwalt würde seinen Klienten vermutlich aus irgendeiner Kneipe holen, wo er wahrscheinlich die viertausend Pula, die ihm zugesprochen werden würden, vorzeitig feierte. Nun, ihm stand eine unangenehme Überraschung bevor, und sie, Mma Ramotswe, würde als Botin der Nemesis auftreten. Sie ließ das Büro in der Obhut ihrer Sekretärin und machte sich mit ihrem kleinen weißen Lieferwagen auf den Weg nach Mahalapye. Jetzt, um die Mittagszeit, war es recht heiß, und in wenigen Monaten wäre es unmöglich, um diese Zeit unterwegs zu sein. Sie passierte die *Dry Lands Research Station* und die Straße, die nach Mochudi abzweigte. Dann fuhr sie an den Bergen östlich von Mochudi vorbei und hinunter in das breite Tal, das dahinter lag. Rings um sie herum war nichts – nur endloser Busch, der sich bis zu den Grenzen der Kalahari auf der einen Seite und zu den Ebenen des Limpopo auf der anderen erstreckte. Leerer Busch mit nichts als ein paar Rindern hier und da und vereinzelten knarrenden Windmühlen, die für die durstigen Tiere einen feinen

Wasserstrahl hochbrachten. Nichts, nichts, das war es, was ihr Land so reichlich hatte – Leere.

Sie war eine halbe Stunde von Mahalapye entfernt, als die Schlange über die Straße flitzte. Sie bemerkte sie erst, als sie schon halb über der Straße war – ein grüner Pfeil auf dem schwarzen Teer. Und dann war sie auch schon mit ihrem Wagen über der Schlange, und die Schlange war unter dem Wagen. Sie hielt die Luft an und bremste und blickte dabei in den Rückspiegel. Wo war sie? Hatte sie es noch über die Straße geschafft? Nein. Sie hatte die Schlange unter das Auto verschwinden sehen und war sicher, das dumpfe Geräusch eines Aufpralls gehört zu haben. Mma Ramotswe brachte den Wagen am Straßenrand zum Stehen und schaute wieder in den Rückspiegel. Von einer Schlange keine Spur. Sie blickte aufs Lenkrad und trommelte leicht mit den Fingern darauf herum. Vielleicht war sie zu schnell und deshalb nicht mehr zu sehen gewesen. Schlangen konnten sich mit erstaunlichem Tempo bewegen. Aber sie hatte doch gleich zurückgeblickt, und die Schlange war viel zu groß gewesen, um einfach so zu verschwinden. Nein, sie musste im Auto sein, irgendwo in der Karosserie oder vielleicht unter ihrem Sitz. Immer wieder hatte sie gehört, dass so etwas passierte. Leute nahmen Schlangen als Beifahrer mit und bemerkten es erst, wenn sie zubissen. Sie hatte von Leuten gehört, die am Lenkrad beim Fahren starben, von Schlangen gebissen, die sich in den Rohren und dem Gestänge unterm Auto verfingen.

Mma Ramotswe hatte plötzlich das starke Bedürfnis, den Wagen zu verlassen. Sie öffnete die Tür, zuerst vorsichtig, dann mit einem kräftigen Stoß, und sprang heraus. Japsend stand sie neben dem Fahrzeug. Sie war sich jetzt sicher, dass sich die Schlange unter dem Auto befand, aber wie wurde man sie wieder los? Und was für eine war es überhaupt? Soweit sich Mma Ramotswe erinnerte, war die Schlange grün gewesen, also immerhin keine Mamba. Die Leute redeten zwar über grüne Mambas, die aber nur an wenigen Orten und ganz bestimmt nicht in Botswana lebten. Das waren Schlangen, die meist in Bäumen lebten und spärliche Dornenbüsche nicht mochten. Wahrscheinlicher war, dass es sich um eine Kobra handelte, weil sie groß war. Mma Ramotswe stand ganz still da. Die Schlange beobachtete sie wahrscheinlich gerade und würde sie angreifen, falls sie sich nähern sollte. Oder sie hatte sich ins Fahrerhaus geschlichen und machte es sich in diesem Augenblick unter ihrem Sitz bequem. Sie beugte sich vor und versuchte, unter den Wagen zu schauen, aber ohne sich auf Hände und Knie zu stützen, kam sie nicht tief genug hinunter. Dann könnte sie aber vielleicht nicht schnell genug aufspringen, falls es der Schlange einfiele, sich zu bewegen. Sie richtete sich auf und dachte an Hector. Für solche Sachen waren Ehemänner eben doch gut. Hätte sie ihn vor langer Zeit erhört, würde sie nicht allein nach Mahalapye fahren. Sie hätte einen Mann bei sich, und der würde unter das Auto kriechen und die Schlange aus ihrem Versteck scheuchen.

Die Straße war ruhig, aber hin und wieder fuhr ein Auto oder Lastwagen vorbei, und gerade eben sah sie, dass ein Auto aus Mahalapye kam. Das Fahrzeug wurde langsamer, als es sich näherte, und blieb stehen. Auf dem Fahrersitz saß ein Mann und neben ihm ein Junge.

»Haben Sie Schwierigkeiten, Mma?«, rief er ihr höflich zu. »Eine Panne?«

Mma Ramotswe ging über die Straße und sprach durch das offene Fenster mit ihm. Sie erklärte ihm die Sache mit der Schlange, und er schaltete den Motor aus und stieg aus, wobei er dem Jungen sagte, er solle sich nicht vom Platze rühren. »Die Schlangen kriechen drunter«, sagte er, »das kann gefährlich werden. Es war richtig, dass Sie angehalten haben.«

Der Mann näherte sich vorsichtig dem Wagen. Dann langte er durch die offene Tür nach dem Hebel, der die Motorhaube öffnete und zog heftig daran. Zufrieden, dass es funktionierte, ging er langsam nach vorn und hob sehr behutsam die Motorhaube. Mma Ramotswe stellte sich neben ihn und guckte über seine Schulter, bereit, beim Anblick der Schlange sofort die Flucht zu ergreifen.

Der Mann erstarrte.

»Keine abrupte Bewegung«, sagte er leise. »Dort ist sie – schauen Sie!«

Mma Ramotswe guckte in den Motorraum. Sekundenlang konnte sie nichts Ungewöhnliches entdecken, dann bewegte sich die Schlange ein wenig, und Mma Ramotswe sah sie. Sie hatte recht gehabt: Es war eine Kobra, die sich um den Motor gewickelt hatte. Ihr Kopf ruckte langsam nach rechts und links, als ob sie etwas suche.

Der Mann stand still da. Dann berührte er Mma Ramotswe am Arm.

»Gehen Sie ganz langsam zur Tür zurück«, sagte er. »Steigen Sie ein und lassen Sie den Motor an. Haben

Sie verstanden?« Mma Ramotswe nickte. So langsam sie konnte, rutschte sie auf den Fahrersitz, streckte die Hand aus und drehte den Schlüssel.

Wie immer startete der Motor auf Anhieb. Der kleine weiße Lieferwagen hatte sie noch nie im Stich gelassen.

»Aufs Gas treten«, schrie der Mann. »Motor hochjagen!«

Mma Ramotswe tat, wie ihr befohlen wurde, und der Motor brüllte heiser. Von vorn kam wieder ein dumpfes Geräusch. Dann signalisierte ihr der Mann, den Motor wieder abzuschalten. Mma Ramotswe tat es und wartete, bis er ihr sagte, dass sie jetzt gefahrlos aussteigen könne.

»Kommen Sie raus«, rief er ihr zu. »Das war das Ende der Kobra.«

Mma Ramotswe stieg aus und ging nach vorn. Sie schaute auf den Motor und sah die Kobra still daliegen, in zwei Teile zerschnitten.

»Sie hatte sich durch die Lüfterflügel gewunden«, sagte der Mann und machte ein angeekeltes Gesicht. »Keine schöne Art zu sterben, selbst für eine Schlange. Aber sie hätte ins Fahrerhaus kriechen und Sie beißen können. Das hätten wir erledigt. Und Sie leben noch.«

Mma Ramotswe dankte ihm und fuhr los. Die Kobra ließen sie am Straßenrand liegen. Selbst wenn in der nächsten halben Stunde nichts mehr passierte, war es schon eine ereignisreiche Fahrt gewesen. Aber nichts passierte mehr.

»Also«, sagte Mr Jameson Mopotswane, der Anwalt in Mahalapye, und lehnte sich in seinem wenig einnehmenden, neben einer Fleischerei gelegenen Büro zurück. »Mein Klient wird sich ein wenig verspäten, da er erst vor Kurzem benachrichtigt wurde. Aber Sie und ich können ja inzwischen schon mal die Einzelheiten besprechen.«

Mma Ramotswe kostete den Augenblick aus. Auch sie lehnte sich auf ihrem Stuhl zurück und blickte sich in dem spärlich möblierten Zimmer um.

»Die Geschäfte gehen wohl neuerdings nicht so gut?«, sagte sie und setzte hinzu: »Hier oben.«

Jameson Mopotswane richtete sich verärgert auf.

»Sie gehen nicht schlecht«, sagte er. »Ich habe sogar sehr viel zu tun. Ich komme um sieben ins Büro, wissen Sie, und rackere mich bis sechs Uhr ab.«

»Jeden Tag?«, fragte Mma Ramotswe mit Unschuldsmiene.

»Ja«, sagte er. »Jeden Tag, einschließlich samstags. Manchmal auch sonntags.«

»Da müssen Sie wirklich viel zu tun haben«, sagte Mma Ramotswe.

Der Anwalt war wieder versöhnt und lächelte, aber Mma Ramotswe fuhr fort: »Ja, da müssen Sie ganz schön zu tun haben, sich all die Lügen, die Ihnen Ihre Klienten erzählen, anzuhören und zu versuchen, sie von der gelegentlichen Wahrheit zu unterscheiden.«

Jameson Mopotswane legte seinen Kugelschreiber auf den Schreibtisch und starrte sie an. Wer war diese aufdringliche Person, und welches Recht hatte sie, so über seine Klienten zu reden? Wenn sie so ein Spiel spielen wollte, bitte sehr, es wäre ihm egal, ob er sich mit ihr einigte. Sein Honorar war gesichert, auch wenn er die

Sache vor Gericht bringen müsste, was die Schadenersatzzahlungen für seinen Klienten verzögerte.

»Meine Klienten lügen nicht«, sagte er langsam. »Jedenfalls nicht mehr als alle anderen. Und Sie haben kein Recht zu behaupten, dass sie Lügner sind, wenn ich das mal sagen darf.«

Mma Ramotswe hob eine Augenbraue.

»Ach nein?«, sagte sie herausfordernd. »Nehmen wir doch gleich mal Ihren Mr Moretsi als Beispiel. Wie viele Finger hat er?«

Jameson Mopotswane sah sie verächtlich an.

»Wie billig, sich über Leidende lustig zu machen«, meinte er verächtlich. »Sie wissen sehr wohl, dass er neun hat oder neuneinhalb, wenn Sie Haarspaltereien betreiben wollen.«

»Sehr interessant«, sagte Mma Ramotswe. »Und wenn das der Fall ist – wie konnte er dann vor etwa drei Jahren bei der *Kalahari Accident and Indemnity* für den Verlust eines Fingers bei einem Unfall an einer Tankstelle Schadenersatz fordern? Können Sie mir das mal bitte erklären?«

Der Anwalt saß still da.

»Vor drei Jahren?«, kam es schwach. »Ein Finger?«

»Ja«, sagte Mma Ramotswe. »Er verlangte viertausend – was für ein Zufall – und akzeptierte 3800. Die Gesellschaft hat mir die Aktennummer gegeben, wenn Sie die Sache nachprüfen wollen. Die sind immer sehr hilfsbereit, wenn es darum geht, einen Versicherungsbetrug aufzudecken. Erstaunlich hilfsbereit.«

Jameson Mopotswane sagte nichts, und plötzlich tat er Mma Ramotswe leid. Sie mochte keine Anwälte, aber er versuchte schließlich nur wie jeder andere seinen Lebensunterhalt zu verdienen. Vielleicht war sie zu streng mit ihm. Vielleicht unterstützte er alte Eltern – was wusste sie schon?

»Zeigen Sie mir das ärztliche Gutachten«, sagte sie fast schon freundlich. »Ich würde es gern sehen.«

Der Anwalt langte nach einer Akte auf seinem Schreibtisch und zog den Bericht heraus.

»Hier«, sagte er. »Es schien alles ganz echt zu sein.«

Mma Ramotswe schaute sich den Briefkopf an.

»Da haben wir's«, sagte sie. »Ich hatte recht. Schauen Sie sich das Datum an. Es ist weiß übermalt und ein neues Datum drüber getippt worden. Unserem Freund ist einmal ein Finger entfernt worden, vielleicht sogar nach einem Unfall. Dann hat er sich aber ein Fläschchen Korrekturflüssigkeit besorgt, das Datum geändert und einen neuen Unfall herbeigezaubert – einfach so.«

Der Anwalt nahm den Bogen und hielt ihn unnötigerweise ans Licht. Die Korrekturflüssigkeit war auf den ersten Blick zu erkennen.

»Ich bin überrascht, dass es Ihnen nicht sofort aufgefallen ist«, sagte Mma Ramotswe. »Man braucht kein Gerichtslabor, um zu sehen, was er gemacht hat.«

In diesem für den Anwalt beschämenden Augenblick tauchte Moretsi auf. Er betrat das Büro und streckte Mma Ramotswe die rechte Hand entgegen. Sie schaute drauf und sah den Fingerstummel. Sie verzichtete darauf, ihm die Hand zu schütteln.

»Setzen Sie sich«, sagte Jameson Mopotswane kalt.

Moretsi sah überrascht aus, folgte aber der Aufforderung.

»Sie sind also die Dame, die mich bezahlen ...«

Der Anwalt schnitt ihm das Wort ab.

»Sie will gar nichts bezahlen«, sagte er. »Diese Dame ist die ganze Strecke von Gaborone gefahren, um zu fragen, warum Sie in einem fort Schadenersatz für verlorene Finger fordern.«

Mma Ramotswe beobachtete Moretsis Miene, während der Anwalt sprach. Selbst wenn es den Beweis auf dem Krankenbericht – das geänderte Datum – nicht gegeben hätte, wäre sie von seiner Schuld augenblicklich überzeugt gewesen. So geknickt, wie er dreinblickte! Die Menschen klappten immer zusammen, wenn sie mit der Wahrheit konfrontiert wurden. Nur sehr, sehr wenige beharrten trotzig auf ihren Aussagen.

»In einem fort ...?«, kam es schwach.

»Ja«, sagte Mma Ramotswe. »Sie behaupten, glaube ich, drei Finger verloren zu haben. Aber wenn ich mir Ihre Hand heute betrachte, sehe ich, dass auf wunderbare Weise zwei neue nachgewachsen sind. Phantastisch! Vielleicht haben Sie ein neues Mittel entdeckt, das Finger nachwachsen lässt, nachdem sie abgehackt worden sind?«

»Drei?«, fragte der Anwalt verblüfft.

Mma Ramotswe sah Moretsi an.

»Also«, sagte sie. »Einmal *Kalahari Accident*. Dann ... Könnten Sie meinem Gedächtnis ein wenig nachhelfen? Ich hab's mir irgendwo notiert.«

Moretsi blickte Hilfe suchend zu seinem Anwalt, sah aber nur Wut.

»*Star Insurance*«, sagte er leise.

»Ah!«, machte Mma Ramotswe. »Vielen Dank!«

Der Anwalt nahm das medizinische Gutachten und wedelte seinem Klienten damit vorm Gesicht herum.

»Und Sie dachten, Sie könnten mich damit täuschen? Mit dieser ... stümperhaften Korrektur? Sie dachten, Sie kämen damit durch?«

Moretsi sagte nichts. Mma Ramotswe auch nicht. Sie war nicht überrascht über diese plötzliche Kehrtwendung. Diese Leute waren einfach aalglatt, auch wenn sie sich einen akademischen Titel hinter den Namen schrieben. »Jedenfalls«, sagte Jameson Mopotswane, »ist das das Ende Ihrer Tricks. Sie werden ein Betrugsverfahren am Hals haben und sich einen anderen für die Verteidigung suchen müssen. Mich kriegen Sie jedenfalls nicht, mein Freund.« Moretsi sah Mma Ramotswe an, die ihm direkt ins Gesicht schaute.

»Warum haben Sie es getan?«, fragte sie. »Sagen Sie mir nur, warum Sie geglaubt haben, damit durchzukommen.«

Moretsi holte ein Taschentuch hervor und putzte sich die Nase.

»Ich kümmere mich um meine Eltern«, sagte er. »Und ich habe eine Schwester, die eine Krankheit hat, die heute alle tötet. Sie wissen, was ich meine. Sie hat Kinder. Ich muss sie unterstützen.«

Mma Ramotswe sah ihm in die Augen. Sie hatte sich immer auf ihre Fähigkeit verlassen können zu erkennen, ob jemand die Wahrheit sagte, und sie wusste, dass Moretsi nicht log. Sie überlegte schnell. Es war sinnlos, diesen Mann ins Gefängnis zu stecken. Was wäre damit erreicht? Es würde das Leiden anderer nur vermehren – das Leiden der Eltern und der armen Schwester. Sie wusste, wovon er redete.

»Also gut«, sagte sie. »Ich werde der Polizei nichts davon sagen – und mein Kunde auch nicht. Dafür müssen Sie mir aber versprechen, dass es keine verlorenen Finger mehr gibt. Haben Sie mich verstanden?«

Moretsi nickte eifrig.

»Sie sind eine gute Christin«, sagte er. »Gott wird es Ihnen im Himmel leicht machen.«

»Das hoffe ich«, sagte Mma Ramotswe. »Ich kann aber auch ganz gemein werden. Und wenn Sie's bei den Versicherungsleuten wieder mit Tricks versuchen, werden Sie merken, dass ich sehr unangenehm werden kann.«

»Ich verstehe«, sagte Moretsi. »Ich verstehe.«

»Sehen Sie«, sagte Mma Ramotswe und streifte den aufmerksamen Anwalt mit einem Blick, »es gibt Leute in diesem Land, Männer, die Frauen für weich halten und glauben, dass man mit ihnen machen kann, was man will. Nun, mit mir nicht. Falls es Sie interessiert – ich habe eine Kobra getötet, eine große, heute Nachmittag auf dem Weg hierher.«

»Oh?«, machte Jameson Mopotswane. »Was haben Sie getan?«

»Ich habe sie zerschnitten«, sagte Mma Ramotswe. »In zwei Teile.«

17

All das war eine prima Ablenkung. Es war befrie-
digend, einen derartigen Fall so schnell und zur
völligen Zufriedenheit des Kunden zum Abschluss zu
bringen, aber man sollte nicht vergessen, dass in der
Schreibtischschublade ein kleiner brauner Umschlag
lag, dessen Inhalt sich nicht ignorieren ließ.

Weil Mma Ramotswe nicht wollte, dass Mma Makutsi
den Beutel sah, nahm sie ihn heimlich heraus. Sie meinte
ihr vertrauen zu können, aber diese Sache war viel ge-
heimer als alles andere, was sie bisher zusammen erledigt hatten. Es war gefährlich.

Sie verließ das Büro und sagte Mma Makutsi, dass
sie zur Bank ginge. Mehrere Schecks waren hereinge-
kommen und mussten eingelöst werden. Aber sie ging
nicht zur Bank, jedenfalls nicht gleich. Stattdessen fuhr
sie zum Princess Marina Hospital und folgte den Schil-
dern, auf denen PATHOLOGIE stand. Eine Krankenschwester hielt sie auf.

»Sind Sie hier, um eine Leiche zu identifizieren,
Mma?«

Mma Ramotswe schüttelte den Kopf. »Ich möchte
Dr. Gulubane sprechen. Er erwartet mich nicht, aber er
wird mich empfangen. Ich bin seine Nachbarin.«

Die Schwester sah sie misstrauisch an, sagte aber, sie
solle warten, während sie den Arzt holen ginge. Wenige

Minuten später kam sie zurück und sagte, der Doktor würde bald bei ihr sein.

»Sie sollten die Ärzte im Krankenhaus nicht stören«, sagte sie herablassend. »Sie sind sehr beschäftigt.«

Mma Ramotswe sah die Schwester an. Wie alt sie wohl war? Neunzehn, zwanzig? Früher hätte ein neunzehnjähriges Mädchen nicht so mit einer Fünfunddreißigjährigen geredet – als ob sie ein Kind wäre, das etwas Dummes verlangte. Aber inzwischen war alles anders. Emporkömmlinge zeigten keinen Respekt gegenüber Leuten, die älter – und dicker – waren als sie. Sollte sie ihr sagen, dass sie Privatdetektivin war? Nein, es hatte keinen Sinn, sich mit einer solchen Person einzulassen. Am besten, man ignorierte sie.

Doktor Gulubane erschien. Er trug eine grüne Schürze – der Himmel wusste, mit was für einer scheußlichen Sache er gerade beschäftigt war – und schien sich über die Störung aufrichtig zu freuen.

»Kommen Sie mit in mein Büro«, sagte er. »Dort können wir reden.«

Mma Ramotswe folgte ihm den Gang entlang bis zu einem kleinen Raum, in dem sich ein völlig leerer Tisch, ein Telefon und ein abgenutzter grauer Aktenschrank befanden. Es sah aus wie das Büro eines kleinen Beamten, wenn man von den medizinischen Büchern auf einem Regal absah.

»Wie Sie wissen«, begann Mma Ramotswe, »bin ich neuerdings als Privatdetektivin tätig.«

Doktor Gulubane strahlte. Er war erstaunlich fröhlich für einen Mann seines Berufsstands.

»Sie werden mich nicht dazu bringen, über meine Patienten zu reden«, sagte er. »Auch wenn alle bereits tot sind.«

Sie lachte. »Deshalb bin ich nicht gekommen. Ich möchte nur, dass Sie etwas für mich identifizieren. Ich habe es bei mir.« Sie zog den Umschlag hervor und kippte den Inhalt auf den Schreibtisch.

Doktor Gulubane hörte schlagartig auf zu lächeln und nahm den Knochen in die Hand. Dann rückte er seine Brille zurecht.

»Dritter Mittelhandknochen«, murmelte er. »Kind. Acht. Neun. So ungefähr.«

Mma Ramotswe konnte ihren Atem hören.

»Von einem Menschen?«

»Natürlich«, sagte Dr. Gulubane. »Wie ich schon sagte, der Knochen stammt von einem Kind. Von einem Erwachsenen wäre er größer. Man sieht es sofort. Ein Kind von etwa acht, neun Jahren. Vielleicht etwas älter.«

Der Arzt legte den Knochen auf den Tisch und sah Mma Ramotswe an.

»Wo haben Sie das her?«

Mma Ramotswe zuckte mit den Achseln. »Jemand hat es mir gezeigt. Und Sie bringen mich auch nicht dazu, etwas über meine Kunden auszuplaudern.«

Dr. Gulubane setzte eine angewiderte Miene auf.

»Diese Sachen sollten nicht so herumgereicht werden«, sagte er. »Die Menschen haben keine Achtung.«

Mma Ramotswe nickte zustimmend. »Können Sie mir noch mehr verraten? Können Sie mir sagen, wann … wann das Kind starb?«

Dr. Gulubane öffnete eine Schublade und holte ein Vergrößerungsglas heraus, mit dem er den Knochen näher untersuchte, wobei er diesen auf der Handfläche drehte.

»Allzu lange ist es nicht her«, sagte er. »Hier oben ist noch etwas Gewebe. Es sieht nicht völlig ausgetrocknet aus. Vielleicht ein paar Monate, vielleicht weniger. Man kann das nicht sicher sagen.«

Mma Ramotswe schauderte. Es war eine Sache, mit einem Knochen zu hantieren – menschliches Gewebe anzufassen war etwas ganz anderes.

»Und noch was«, sagte Dr. Gulubane. »Woher wissen Sie eigentlich, dass das Kind, um dessen Knochen es sich handelt, tot ist? Ich dachte, Sie wären Detektivin! Menschen büßen Gliedmaßen ein und können trotzdem weiterleben! Haben Sie daran gedacht, Frau Detektivin? Ich wette, Sie haben nicht daran gedacht.«

Beim Abendessen in ihrem Haus gab sie die Informationen an Mr J.L.B. Matekoni weiter. Er war ihrer Einladung gern gefolgt, und Mma Ramotswe hatte eine große Portion Eintopf und eine Mischung aus Reis und Melone zubereitet. Als sie mit ihrer Mahlzeit halb zu Ende waren, erzählte sie ihm von ihrem Besuch bei Dr. Gulubane. Mr J.L.B. Matekoni hörte auf zu essen.

»Ein Kind?« Es klang entsetzt.

»Das hat Dr. Gulubane behauptet. Das Alter konnte er nicht mit Sicherheit angeben. Er meinte aber, etwa acht oder neun Jahre.«

Mr J.L.B. Matekoni wand sich. Es wäre besser gewesen, er hätte den Beutel nicht gefunden. Solche Dinge passierten – alle wussten es –, aber niemand wollte in so eine Geschichte verwickelt werden. Man handelte sich doch nur Ärger ein – vor allem, wenn Charlie Gotso die Hände im Spiel hatte.

»Was machen wir nun?«, fragte Mma Ramotswe.

Mr J. L. B. Matekoni schloss die Augen und schluckte.

»Wir können zur Polizei gehen«, sagte er. »Und wenn wir das tun, erfährt Charlie Gotso, dass ich den Beutel gefunden habe. Das ist dann mein Ende – oder so gut wie mein Ende.«

Mma Ramotswe stimmte ihm zu. Die Polizei war nur eingeschränkt an der Aufklärung von Verbrechen interessiert, und für bestimmte Verbrechen interessierte sie sich überhaupt nicht. Zu den Letzteren gehörte die Verstrickung der mächtigsten Personen des Landes in schwarze Magie.

»Ich finde nicht, dass wir zur Polizei gehen sollten«, sagte Mma Ramotswe.

»Also vergessen wir das Ganze?« Mr J. L. B. Matekoni guckte Mma Ramotswe mit flehender Miene an.

»Nein, das können wir nicht machen«, sagte sie. »Solche Dinge werden schon viel zu lange ignoriert, nicht wahr? Das können wir nicht machen.«

Mr J. L. B. Matekoni senkte den Blick. Sein Appetit schien ihn verlassen zu haben, und der Eintopf erstarrte auf seinem Teller.

»Als Erstes müssen wir dafür sorgen, dass Charlie Gotsos Windschutzscheibe zerbricht. Dann rufen Sie ihn an und sagen ihm, dass Diebe sein Auto aufgebrochen hätten, als es in Ihrer Werkstatt stand. Sie erzählen ihm, dass offenbar nichts gestohlen wurde, Sie aber bereit wären, die Kosten für eine neue Windschutzscheibe zu übernehmen. Dann warten Sie.«

»Worauf?«

»Ob er zurückkommt und Ihnen sagt, dass was fehlt. Wenn das passiert, erklären Sie ihm, dass Sie sich persönlich darum kümmern werden, die gestohlene Sache, was immer es sei, wieder aufzutreiben. Sie sagen ihm, dass Sie jemanden kennen, eine Privatdetektivin, die sich beim Auffinden gestohlenen Eigentums bestens bewährt hat. Das bin natürlich ich.«

Mr J. L. B. Matekonis Kinnlade fiel herunter. Man ging nicht einfach zu Charlie Gotso. Man brauchte Mittelsmänner, um ihn aufsuchen zu können.

»Und dann?«

»Dann bringe ich den Beutel zu ihm zurück, und den Rest überlassen Sie mir. Ich bekomme den Namen des Medizinmanns heraus, und dann … nun, dann überlegen wir uns, wie's weitergeht.«

Das klang simpel, und so ließ er sich überzeugen, dass es funktionieren würde. Das war das Wunderbare an der Zuversicht – sie war ansteckend.

Mr J. L. B. Matekonis Appetit kehrte zurück. Er aß seinen Eintopf auf, nahm sich eine zweite Portion und trank eine große Tasse Tee, bevor Mma Ramotswe ihn zu seinem Auto begleitete und Gute Nacht sagte.

Sie stand in der Einfahrt und beobachtete, wie die Rücklichter seines Wagens verschwanden. Durch die Dunkelheit konnte sie die Lichter in Dr. Gulubanes Haus sehen. Die Vorhänge in seinem Wohnzimmer waren zurückgezogen, und der Arzt stand am offenen Fenster und schaute in die Nacht hinaus. Er konnte sie nicht sehen, weil sie im Dunkeln stand und er im Licht, aber es war fast so, als schaue er zu ihr herüber.

18

Einer der jungen Mechaniker tippte Mr J. L. B. Matekoni auf die Schulter und hinterließ einen fettigen Fingerabdruck. Das tat er immer, dieser junge Mann, und ärgerte damit Mr J. L. B. Matekoni maßlos.

»Wenn Sie meine Aufmerksamkeit erregen wollen«, so hatte er bei mehr als einer Gelegenheit gesagt, »können Sie mich immer ansprechen. Ich habe einen Namen. Ich bin Mr J. L. B. Matekoni und reagiere darauf. Sie brauchen mich nicht mit Ihren Schmutzfingern anzufassen.«

Der junge Mann hatte sich entschuldigt, aber ihm schon am folgenden Tag wieder auf die Schulter getippt, und Mr J. L. B. Matekoni hatte begriffen, dass er auf verlorenem Posten stand.

»Ein Mann möchte Sie sprechen, Rra«, sagte der Mechaniker. »Er wartet im Büro.«

Mr J. L. B. Matekoni legte seinen Schraubenschlüssel beiseite und wischte sich die Hände an einem Tuch ab. Er war mit einer besonders komplizierten Sache beschäftigt – der Feineinstellung des Motors von Mrs Grace Mapondwe, die für ihren sportlichen Fahrstil bekannt war. Es war sein ganzer Stolz, dass die Leute wussten, dass Mrs Mapondwes Motorengedröhn auf seine Bemühungen zurückzuführen war. Kostenlose Werbung könnte man dazu sagen. Leider hatte sie ihren Wagen ruiniert, und es wurde immer schwieriger für ihn, dem zunehmend trägen Motor Leben zu entlocken.

Der Besucher saß im Büro, auf Mr J. L. B. Matekonis Stuhl. Er hatte einen Reifenprospekt in die Hände genommen und blätterte ihn durch, als Mr J. L. B. Matekoni den Raum betrat. Jetzt warf er ihn salopp auf den Schreibtisch und stand auf. Mr J. L. B. Matekoni musterte ihn eilig. Er trug Kaki wie ein Soldat und einen teuren Gürtel aus Schlangenhaut. Außerdem trug er eine kostbare Armbanduhr mit mehreren Zifferblättern und auffallendem zweiten Zeiger. Es war eine von den Uhren, die von Leuten getragen wurden, die die Sekunden für wahnsinnig wichtig halten, dachte Mr J. L. B. Matekoni.

»Mr Gotso hat mich geschickt«, sagte er. »Sie hatten ihn heute früh angerufen.«

Mr J. L. B. Matekoni nickte. Es war einfach gewesen, die Windschutzscheibe zu zertrümmern und die Glassplitter im Auto zu verteilen. Es war einfach gewesen, bei Mr Gotso anzurufen und zu berichten, dass der Wagen aufgebrochen worden sei. Aber was jetzt kam, war schwieriger. Jetzt musste er jemandem ins Gesicht lügen. Es war Mma Ramotswes Schuld, dachte er. Ich bin ein einfacher Mechaniker. Ich habe nicht darum gebeten, in diese lächerlichen Detektivspiele verwickelt zu werden. Ich bin einfach zu schwach.

Was auch stimmte, wenn es um Mma Ramotswe ging: Sie konnte einfach alles von ihm verlangen, und er würde alles für sie tun. Mr J. L. B. Matekoni hatte sogar eine Phantasievorstellung – niemals gebeichtet und schuldbewusst genossen –, in der er Mma Ramotswe zu Hilfe eilte. Sie waren in der Kalahari zusammen, und

Mma Ramotswe wurde von einem Löwen bedroht. Er schrie, um die Aufmerksamkeit des Löwen auf sich zu lenken, und das Tier drehte sich um und fletschte die Zähne. Dadurch konnte sie fliehen, während er den Löwen mit einem Jagdmesser erledigte. Eine unschuldige Phantasie, könnte man meinen, bis auf eines: Mma Ramotswe hatte nichts an.

Er hätte sie gern vor einem Löwen gerettet, nackt oder sonst irgendwie, aber diese Sache war etwas anderes. Er hatte bei der Polizei sogar eine falsche Aussage machen müssen, wovor er wirklich Angst gehabt hatte, auch wenn sie nicht einmal vorbeigekommen war. Er war jetzt ein Verbrecher, nahm er an, und alles nur, weil er schwach war. Er hätte Nein sagen sollen. Er hätte Mma Ramotswe sagen sollen, dass es nicht ihre Aufgabe sei, sich als Kreuzritterin hervorzutun.

»Mr Gotso ist sehr verärgert«, sagte der Besucher. »Sie haben das Auto schon zehn Tage. Und jetzt rufen Sie uns an und sagen, dass es jemand aufgebrochen hat. Wo ist Ihr Wachpersonal? Das will Mr Gotso wissen: Wo ist Ihr Wachpersonal?«

Mr J. L. B. Matekoni spürte, wie ihm ein Schweißbächlein über den Rücken lief. Es war schrecklich.

»Es tut mir sehr leid, Rra. Die Blechschlosser haben lange dran gearbeitet. Dann musste ich ein neues Teil besorgen. Die teuren Autos – man kann nicht einfach irgendwas einbauen …«

Mr Gotsos Mann schaute auf seine Uhr.

»Okay, okay. Ich weiß, wie langsam die Leute sind. Zeigen Sie mir nur den Wagen!«

Mr J. L. B. Matekoni führte den Mann aus dem Büro.

Er wirkte jetzt nicht mehr so einschüchternd. War es wirklich so einfach, jemandem den Wind aus den Segeln zu nehmen?

Sie standen vor dem Auto. Die neue Windschutzscheibe hatte er bereits wieder eingebaut, den Rest der alten zerbrochenen aber an eine Mauer gelehnt. Er hatte vorsichtshalber auch ein paar Glassplitter auf dem Fahrersitz gelassen.

Der Besucher öffnete die Tür und spähte hinein.

»Ich habe die Windschutzscheibe kostenlos eingebaut«, sagte Mr J. L. B. Matekoni. »Ich werde auch einen erheblichen Preisnachlass gewähren.«

Der andere sagte nichts. Er beugte sich über den Sitz und öffnete das Handschuhfach. Mr J. L. B. Matekoni sah schweigend zu.

Der Mann tauchte wieder auf und wischte seine Hand an der Hose ab. Er hatte sich an einem Glassplitter geschnitten.

»Im Handschuhfach fehlt was. Wissen Sie was darüber?«

Mr J. L. B. Matekoni schüttelte den Kopf. Dreimal.

Der Mann hielt die Hand an den Mund und sog an dem Schnitt.

»Mr Gotso hatte vergessen, dass er was drin hatte. Es ist ihm erst wieder eingefallen, als Sie sagten, dass das Auto aufgebrochen worden sei. Er wird sich nicht freuen, wenn er hört, dass das Ding verschwunden ist.«

Mr J. L. B. Matekoni reichte dem Mann einen Lappen.

»Es tut mir leid, dass Sie sich geschnitten haben. Glas kommt überall rein, wenn die Windschutzscheibe kaputtgeht. Überall.«

Der Mann schnaubte verächtlich. »Mir ist egal, was mir passiert ist. Aber es ist nicht egal, dass jemand was gestohlen hat, das Mr Gotso gehört.«

Mr J. L. B. Matekoni kratzte sich am Kopf.

»Die Polizei ist nutzlos. Sie ist nicht gekommen. Aber ich kenne jemanden, der sich drum kümmern kann.«

»Ach ja? Und der wäre?«

»Wir haben seit Neuestem eine Detektivin. Sie hat ihr Büro in der Nähe des Kgale Hill. Haben Sie's gesehen?«

»Vielleicht. Vielleicht auch nicht.«

Mr J. L. B. Maketoni lächelte. »Das ist eine erstaunliche Frau! Sie weiß immer, was los ist. Wenn ich sie frage, wird sie rausfinden können, wer das gemacht hat. Vielleicht kriegt sie das Gestohlene sogar wieder zurück. Was war es denn überhaupt?«

»Eigentum. Was Kleines, das Mr Charlie Gotso gehört.«

»Ich verstehe.«

Der Mann nahm den Lappen von seiner Wunde und schmiss ihn auf den Boden.

»Dann fragen Sie doch die Frau«, sagte er widerwillig. »Sie soll Mr Gotso das Ding zurückholen.«

»Mach ich«, sagte Mr J. L. B. Matekoni. »Ich werde heute Abend mir ihr reden, und ich bin sicher, dass sie was rauskriegt. Inzwischen wird das Auto fertig, und Mr Gotso kann es jederzeit abholen. Ich werde noch die letzten Glassplitter entfernen.«

»Das will ich hoffen«, sagte der Besucher. »Mr Gotso schneidet sich nicht gern in die Hand.«

Mr Gotso schneidet sich nicht gern in die Hand! Du bist ein kleiner Junge, dachte Mr J. L. B. Matekoni.

Du bist wie ein grausamer kleiner Junge. Deine Sorte kenne ich nur zu gut! Ich erinnere mich an dich – oder an jemanden, der dir sehr ähnelt. Auf dem Spielplatz der staatlichen Schule von Mochudi hat er die anderen Jungen schikaniert, Sachen zerbrochen und sich als zäher Bursche aufgespielt. Selbst wenn der Lehrer ihn verprügelte, hat er getan, als ob er zu tapfer wäre, um zu weinen.

Und dieser Charlie Gotso mit seinem teuren Auto und seinen finsteren Machenschaften – das ist auch so ein Junge. Nur ein kleiner Junge!

Er hatte sich fest vorgenommen, Mma Ramotswe nicht so leicht davonkommen zu lassen. Sie schien zu glauben, dass er immer alles tat, was sie von ihm verlangte, und fragte ihn selten, ob er überhaupt Lust hatte, sich an ihren Plänen zu beteiligen. Und natürlich war er wieder mal viel zu nachgiebig gewesen, als er sich zur Mithilfe bereit erklärt hatte. Das war das Problem – sie glaubte, alles durchsetzen zu können, weil er sich nie gegen sie auflehnte. Aber dieses Mal würde er es ihr zeigen! Er würde dem ganzen Detektivquatsch ein Ende machen!

Immer noch grollend, verließ er die Werkstatt. Im Kopf probte er, was er ihr in ihrem Büro sagen würde.

»Mma Ramotswe, Sie haben mich zum Lügen gezwungen. Sie haben mich in eine lächerliche und gefährliche Sache hineingezogen, die uns überhaupt nichts angeht. Ich bin Mechaniker. Ich repariere Autos – ich kann keine Leben reparieren.«

Der letzte Satz war wirklich beeindruckend und gefiel ihm deshalb besonders. Ja – das war der Unterschied zwischen ihr und ihm. Sie reparierte Leben – wie es so viele Frauen taten –, während er Maschinen reparierte. Das würde er ihr sagen, und sie müsste diese Wahrheit akzeptieren. Er wollte ihre Freundschaft nicht zerstören, aber er konnte bei diesen Schwindeleien und Täuschungen nicht weiter mitmachen. Er hatte nie gelogen – niemals –, selbst angesichts der größten Versuchungen nicht, und nun fand er sich auf einmal in ein ganzes Netz von Betrügereien verstrickt, in das sogar die Polizei und einer der mächtigsten Männer Botswanas verwickelt waren!

Sie traf ihn an der Tür der No. 1 Ladies' Detective Agency. Als er mit seinem Werkstattauto vorfuhr, schüttelte sie gerade Teeblätter aus ihrer Kanne auf den Hof.

»Und?«, sagte sie. »Verlief alles wie geplant?«

»Mma Ramotswe, ich finde wirklich …«

»Ist er selber gekommen, oder hat er einen seiner Männer vorbeigeschickt?«

»Einen von seinen Männern. Aber, hören Sie zu, Sie reparieren Leben und ich nur …«

»Und haben Sie ihm gesagt, dass ich das Ding wiederbeschaffen kann? Hat es ihn interessiert?«

»Ich repariere Maschinen. Ich kann nicht … Sehen Sie, ich habe nie gelogen. Ich habe vorher nie gelogen, auch nicht als kleiner Junge. Meine Zunge wurde steif, wenn ich zu lügen versuchte. Es ging nicht.«

Mma Ramotswe drehte die Teekanne noch einmal um.

»Dieses Mal hat es sehr gut geklappt. Lügen sind völlig in Ordnung, wenn man für einen guten Zweck lügt. Ist es etwa kein guter Zweck, wenn man herausfinden will, wer ein unschuldiges Kind getötet hat? Sind Lügen schlimmer als Mord, Mr J. L. B. Matekoni? Glauben Sie das?«

»Mord ist schlimmer. Aber ...«

»Na, sehen Sie! Sie haben es nicht richtig durchdacht, nicht wahr? Jetzt wissen Sie es besser.«

Sie sah ihn an und lächelte, und er dachte: Habe ich ein Glück! Sie lächelt mich an. Niemand liebt mich auf dieser Welt, aber hier ist jemand, der mich mag und mich anlächelt. Und sie hat recht, was Mord betrifft. Mord ist viel schlimmer als Lügen.

»Kommen Sie auf einen Tee herein«, sagte Mma Ramotswe. »Mma Makutsi hat den Kessel aufgesetzt, und wir können Tee trinken und uns überlegen, was als Nächstes zu tun ist.«

19

Mr Charlie Gotso sah Mma Ramotswe an. Er respektierte dicke Frauen und hatte vor fünf Jahren sogar eine geheiratet. Die hatte sich allerdings als lästige, kleinkarierte Frau entpuppt, die er schließlich auf eine Farm in der Nähe von Lobatse verfrachtet hatte – ohne Telefon und mit einer Straße, die bei nasser Witterung unpassierbar wurde. Sie hatte sich nämlich hartnäckig und schrill über seine anderen Frauen beschwert. Was erwartete sie eigentlich? Glaubte sie ernsthaft, dass er, Mr Charlie Gotso, sich wie ein Regierungsbeamter auf eine einzige beschränkte? Mit seinem Geld und seinem Einfluss? Und einem BA dazu? Das kam davon, wenn man eine Ungebildete zur Frau nahm, die nichts von den Kreisen verstand, in denen er sich bewegte. Er war in Nairobi gewesen und in Lusaka. Er wusste, was die Leute an solchen Orten dachten. Eine intelligente Frau, eine Frau mit einem BA, hätte besser Bescheid gewusst. Andererseits hatte die Dicke in Lobatse ihm bereits fünf Kinder geboren, und diese Tatsache musste man anerkennen. Wenn sie nur nicht so viel an ihm rumnörgeln würde.

»Sie sind die Frau von Matekoni?«

Mma Ramotswe gefiel seine Stimme nicht. Sie war rau wie Sandpapier, und er verschluckte faul die letzten Silben, als ob es ihm zu viel wäre, sich deutlich auszudrücken. Es hatte mit Verachtung zu tun, meinte sie. Wenn man so viel Macht hatte wie er – warum sollte man sich dann die Mühe machen, sich niedriger Gestellten verständlich zu machen? Solange sie begriffen, was man wollte. Allein darauf kam's an.

»Mr J. L. B. Matekoni hat mich gebeten, ihm zu helfen, Rra. Ich bin Privatdetektivin.«

Mr Gotso starrte sie an. Ein spöttisches Lächeln umspielte seine Lippen.

»Ich habe Ihr Büro gesehen. Ich habe beim Vorbeifahren das Schild gesehen. Ein Privatdetektivbüro für Damen oder so was Ähnliches.«

»Nicht nur für Damen, Rra«, sagte Mma Ramotswe. »Wir sind Detektivinnen, arbeiten aber auch für Männer. Für Mr Patel zum Beispiel. Er hat sich von uns beraten lassen.«

Das Lächeln wurde breiter. »Sie glauben, dass Sie Männern was sagen können?«

Mma Ramotswe antwortete ruhig: »Manchmal. Es kommt darauf an. Manchmal sind Männer zu stolz, um zuzuhören. Dieser Sorte Mann können wir natürlich nichts sagen.«

Er kniff die Augen zusammen. Die Bemerkung war zweideutig. Entweder bezeichnete sie ihn als stolz, oder sie sprach von anderen Männern. Solche gab's natürlich ...

»Wie dem auch sei«, sagte Mr Gotso. »Sie wissen, dass mir aus meinem Auto etwas abhandengekommen ist. Matekoni sagt, Sie wüssten vielleicht, wer es genommen hat, und könnten es wiederbeschaffen.«

Mma Ramotswe nickte. »Das habe ich bereits getan«, sagte sie. »Ich habe herausgefunden, wer Ihr Auto aufgebrochen hat. Es waren Jungen. Nur ein paar Jungen.«

Mr Gotso hob eine Augenbraue. »Ihre Namen? Sagen Sie mir, wer es war.«

»Das kann ich nicht«, sagte Mma Ramotswe.

»Ich möchte ihnen eine Abreibung verpassen. Sie sagen mir, wer es war!«

Mma Ramotswe sah Mr Gotso an und hielt seinem Blick stand. Sekundenlang blieb es still. Dann sagte sie: »Ich habe ihnen mein Wort gegeben, niemandem ihre Namen zu verraten, wenn sie mir zurückgeben, was sie gestohlen haben.« Sie sah sich in seinem Büro um. Es befand sich in einer reizlosen Seitenstraße gleich hinter dem Einkaufszentrum. Am Haus war ein großes blaues Schild angebracht: *Gotso Holding Enterprises*. Das Zimmer war einfach möbliert, und wenn die Fotos nicht an der Wand gewesen wären, hätte man es kaum für das Büro eines wichtigen Mannes gehalten. Aber die Aufnahmen verrieten es: Mr Gotso mit Moeshoeshoe, König der Basotho, Mr Gotso mit Hastings Banda, Mr Gotso mit Sobhuza II. Dies war ein Mann, dessen Einfluss weit über die Landesgrenzen hinausging.

»Sie haben es in meinem Namen versprochen?«

»Ja. Es war die einzige Möglichkeit, den Gegenstand zurückzubekommen.«

Mr Gotso schien einen Augenblick nachzudenken. Mma Ramotswe betrachtete eines der Bilder genauer. Mr Gotso übergab einen Scheck für irgendeinen guten Zweck, und alle Anwesenden lächelten. »Großer Scheck für wohltätige Zwecke überreicht« lautete die Bildunterschrift des Zeitungsausschnitts.

»Na schön«, sagte er. »Mehr konnten Sie wahrscheinlich nicht tun. Und wo ist jetzt der Gegenstand?«

Mma Ramotswe langte in ihre Handtasche und holte das kleine Ledersäckchen heraus.

»Das hier haben sie mir gegeben.«

Sie legte es auf den Tisch, und er streckte die Hand danach aus.

»Es ist natürlich nicht meins. Es gehört einem meiner Leute, und ich habe es für ihn aufbewahrt. Ich habe keine Ahnung, was es ist.«

»*Muti*, Rra. Medizin von einem Zauberer.«

Mr Gotsos Blick wurde eiskalt.

»Oh, ja? Ein kleiner Glücksbringer für Abergläubige?«

Mma Ramotswe schüttelte den Kopf.

»Nein, das glaube ich nicht. Ich halte es für ein Mittel mit starker Wirkung. Wahrscheinlich war es ziemlich teuer.«

»Starker ...?« Sein Kopf blieb beim Sprechen völlig still. Nur seine Lippen bewegten sich, als ihm die unvollständige Frage entschlüpfte.

»Ja, es ist gut, ich hätte so etwas selber gern. Aber ich weiß nicht, wo ich es herbekommen kann.«

Mr Gotso bewegte sich leicht, und sein Blick glitt über Mma Ramotswes Figur.

»Vielleicht kann ich Ihnen helfen, Mma.«

Sie überlegte schnell und erwiderte dann: »Ich würde mich freuen, wenn Sie mir helfen könnten. Dann könnte ich vielleicht auch etwas für Sie tun.«

Er hatte nach einer Zigarette aus einem Kästchen auf seinem Tisch gegriffen und zündete sie an. Dabei blieb sein Kopf wieder völlig starr.

»Inwiefern könnten Sie etwas für mich tun, Mma? Halten Sie mich für einen einsamen Mann?«

»Sie sind nicht einsam. Wie ich gehört habe, sind Sie ein Mann mit vielen Freundinnen. Sie brauchen keine neue.«

»Das kann ich sicher selbst am besten beurteilen.«

»Nein, ich glaube, Sie sind ein Mann, der Informationen haben möchte. Die brauchen Sie, um Ihre Macht zu behalten. Sie brauchen auch *muti*, nicht wahr?«

Er nahm die Zigarette aus seinem Mund und legte sie auf einem großen Glasaschenbecher ab.

»Mit solchen Aussagen sollten Sie vorsichtig sein«, sagte er. Die Wörter wurden jetzt sauber artikuliert. Er konnte also deutlich sprechen, wenn er wollte. »Leute, die anderen schwarze Magie vorwerfen, könnten dies bedauern. Wirklich sehr bedauern.«

»Aber ich werfe Ihnen gar nichts vor. Ich habe Ihnen doch gesagt, dass ich es selbst benutze, nicht wahr? Nein, ich meinte, dass Sie ein Mann sind, der wissen muss, was in der Stadt geschieht. Man kann leicht etwas verpassen, wenn die Ohren mit Wachs verstopft sind.«

Er nahm die Zigarette wieder zwischen die Finger und zog daran.

»Sie können mir etwas sagen?«

Mma Ramotswe nickte. »Ich höre sehr interessante Sachen in meinem Beruf. Zum Beispiel kann ich Ihnen etwas über den Mann erzählen, der im Einkaufszentrum ein Geschäft neben dem Ihrem eröffnen möchte. Kennen Sie ihn? Wollen Sie hören, was er getan hat, bevor er nach Gaborone kam? Vermutlich hätte er es gar nicht gern, wenn die Leute davon erfahren.«

Mr Gotso öffnete den Mund und pickte einen Tabakkrümel aus seinen Zähnen.

»Sie sind eine sehr interessante Frau, Mma Ramotswe. Ich glaube, ich verstehe Sie sehr gut. Ich werde Ihnen den Namen des Medizinmannes nennen, wenn Sie mir diese nützlichen Informationen geben. Ist das okay so?«

Mma Ramotswe schnalzte beifällig mit der Zunge. »Das ist sehr gut. Ich könnte von dem Mann etwas bekommen, das mir hilft, an noch bessere Informationen heranzukommen. Und wenn ich noch etwas Interessantes höre, lasse ich es Sie gerne wissen.«

»Sie sind eine sehr gute Frau«, sagte Mr Gotso und nahm einen Zettel in die Hand. »Ich werde eine Skizze machen. Der Mann lebt draußen im Busch, nicht weit von Molepolole entfernt. Es ist schwierig, ihn zu finden, aber auf der Zeichnung sehen Sie, wie Sie hinkommen. Ich muss Sie allerdings warnen – billig ist er nicht. Aber wenn Sie sagen, dass Sie eine Freundin von Mr Charlie Gotso sind, verlangt er zwanzig Prozent weniger. Nicht schlecht, oder?«

20

Jetzt wusste sie Bescheid. Sie hatte eine Zeichnung, mit der sie einen Mörder finden konnte. Und sie würde ihn finden! Aber auch ihre Detektei musste weiterlaufen, und weitere Fälle waren zu bearbeiten, zum Beispiel einer, der eine andere Art von Medizinmann und ein Krankenhaus betraf.

Mma Ramotswe verabscheute Krankenhäuser. Sie konnte ihren Geruch nicht ausstehen, und ihr schauderte beim Anblick von Patienten, die auf Bänken in der Sonne saßen und stillschweigend vor sich hin litten. Offen gestanden deprimierten sie die rosa Pyjamas, die alle Tb-Patienten bei der Aufnahme erhielten. Krankenhäuser waren für sie ein *memento mori* aus Backstein und Mörtel, eine unangenehme Erinnerung an das unausweichliche Ende, das uns allen blüht, ihrer Meinung nach aber am besten ignoriert wurde, indem man sich den Aufgaben des Lebens stellte.

Ärzte waren eine ganz andere Sache, und auf Mma Ramotswe hatten sie seit jeher großen Eindruck gemacht. Ganz besonders bewunderte sie, wie sie den Privatbereich anderer respektierten; sie fand, dass man einem Arzt tröstlich etwas anvertrauen konnte und dieser das Geheimnis wie ein Priester mit ins Grab nahm. Anwälte, meist überhebliche Menschen, waren da ganz anders und stets bereit, auf Kosten eines Klienten eine

Story zum Besten zu geben. Und nicht zu vergessen, die meisten Steuerberater, die genauso indiskret darüber sprachen, wer was verdiente. Bei Ärzten hingegen konnte man sich noch so sehr bemühen, Informationen aus ihnen herauszulocken – sie blieben verschlossen.

Und so musste es auch sein, meinte Mma Ramotswe. Es wäre mir gar nicht recht, wenn jemand wüsste … Aber was würde ihr denn so peinlich sein? Sie dachte angestrengt nach. Ihr Gewicht war kaum eine vertrauliche Angelegenheit. Außerdem war sie stolz darauf, eine traditionell gebaute afrikanische Dame und keines von diesen schrecklichen, bohnenstangenartigen Wesen zu sein, die man überall in der Werbung sah. Ihre Hühneraugen vielleicht? Die waren allgemein sichtbar, wenn sie Sandalen trug. Eigentlich gab es nichts, was sie verstecken müsste.

Verstopfung war wieder was anderes. Es wäre schrecklich, wenn die ganze Welt von solchen Problemen erfuhr. Leute, die an Verstopfung litten – und sie wusste, es waren viele –, taten ihr fürchterlich leid. Wahrscheinlich waren es sogar so viele, dass sie eine politische Partei gründen und möglicherweise sogar an die Regierung kommen könnten. Aber was täte so eine Partei, wenn sie an der Macht wäre? Nichts, vermutlich. Sie würde Gesetze verabschieden wollen, aber ohne Erfolg.

Mma Ramotswe unterbrach ihre Träumereien und wandte sich den zu erledigenden Geschäften zu. Ihr alter Freund, Dr. Maketsi, hatte sie aus dem Krankenhaus angerufen und gefragt, ob er sie abends in ihrem Büro aufsuchen dürfe. Sie hatte sich natürlich sofort einverstanden erklärt. Sie und Dr. Maketsi stammten aus Mochudi, und obwohl er zehn Jahre älter war als sie, fühlte sie sich ihm sehr nahe. Sie sagte deshalb ihren Zöpfchenflechttermin in der Stadt ab und blieb stattdessen am Schreibtisch sitzen. Bis Dr. Maketsis vertraute Stimme »Hallo, hallo!« rief und er das Büro betrat, arbeitete sie langweiligen Papierkram auf.

Für eine Weile tauschten sie Familientratsch aus, tranken Buschtee und beredeten, wie Mochudi sich seit der Zeit, als sie dort gelebt hatten, verändert hatte. Sie erkundigte sich nach seiner Tante, einer pensionierten Lehrerin, von der sich immer noch das halbe Dorf Ratschläge holte. Sie sei noch voller Energie, sagte er, und würde jetzt sogar bedrängt, für einen Sitz im Parlament zu kandidieren – was ihr durchaus zuzutrauen wäre.

»Wir brauchen mehr Frauen in der Öffentlichkeit«, sagte Dr. Maketsi. »Frauen sind praktische Menschen. Im Gegensatz zu uns Männern.«

Mma Ramotswe gab ihm eilig recht. »Wenn mehr Frauen an der Macht wären, würden keine Kriege ausbrechen«, sagte sie. »Frauen wollen mit all den Kämpfen nichts zu tun haben. Wir sehen den Krieg so, wie er ist – kaputte Körper und weinende Mütter.«

Dr. Maketsi dachte einen Augenblick nach. Er dachte an Mrs Ghandi, bei der es Krieg gab, und Mrs Golda Meir, bei der es auch einen Krieg gab, und dann war da noch …

»Meistens«, räumte er ein. »Frauen sind meistens sanft, sie können aber auch zäh sein, wenn es drauf ankommt.«

Dr. Maketsi wollte jetzt schnell das Thema wechseln, da er befürchtete, sie würde sich als Nächstes nach seinen Kochkünsten erkundigen – und er wünschte sich keine Wiederholung des Gesprächs, das er mit einer jungen Frau geführt hatte, die ein Jahr in den USA gewesen war. Provozierend, als ob der Altersunterschied zwischen ihnen keinerlei Rolle spielte, hatte sie zu ihm gesagt: »Wenn Sie essen, müssen Sie auch kochen. So einfach ist das.« Diese Ideen stammten aus Amerika und waren theoretisch vielleicht nicht schlecht, aber hatten sie die Amerikaner etwa glücklicher gemacht? Sicherlich musste es Grenzen bei all dem Fortschritt, all diesen aufrüttelnden Veränderungen geben? Er hatte erst kürzlich von Männern gehört, die von ihren Frauen gezwungen wurden, die Windeln ihrer Babys zu wechseln. Es schüttelte ihn bei dem Gedanken. So weit war Afrika noch nicht. Einige Aspekte der alten afrikanischen Ordnung waren angemessen und bequem – wenn man ein Mann war, was auf Dr. Maketsi natürlich zutraf.

»Das sind wichtige Themen«, sagte er gut gelaunt.

»Aber über Kürbisse reden lässt sie noch nicht wachsen.« Seine Schwiegermutter sagte das häufig, und obwohl er ihr in fast allem widersprach, musste er feststellen, dass er ihre Worte nur allzu oft wiederholte.

Mma Ramotswe lachte. »Warum sind Sie zu mir gekommen?«, fragte sie. »Soll ich vielleicht eine neue Frau für Sie finden?«

Dr. Maketsi schnalzte in gespielter Empörung mit der Zunge. »Ich bin wegen eines echten Problems hier«, sagte er. »Nicht wegen einer kleinen Ehefrauensache.«

Mma Ramotswe hörte dem Doktor zu, der sein Problem als sehr delikat bezeichnete, und sie versicherte ihm, dass sie genauso viel wie er von Verschwiegenheit hielt.

»Nicht einmal meine Sekretärin wird erfahren, was Sie mir erzählen«, sagte sie.

»Gut«, sagte Dr. Maketsi. »Wenn ich mich nämlich irre und wenn jemand davon hört, werde ich mich – und das ganze Krankenhaus – schrecklich blamieren. Ich will nicht, dass der Minister mich zu sich bestellt.«

»Ich verstehe«, sagte Mma Ramotswe. Ihre Neugier war geweckt, und sie wollte unbedingt wissen, was für ein spannendes Geheimnis ihren Freund beunruhigte. Sie war in letzter Zeit mit reichlich profanen Fällen betraut worden, zum Beispiel einem, den sie als äußerst erniedrigend empfand. Dabei ging es um die Suche nach dem Hund eines reichen Mannes. Ein Hund! So tief sollte die einzige Detektivin des Landes nicht sinken müssen, und es wäre auch nicht passiert, wenn sie das Honorar nicht so dringend gebraucht hätte. Der kleine weiße Lieferwagen hatte ein unheilvoll ratterndes Motorengeräusch entwickelt, und Mr J. L. B. Matekoni hatte ihr schonend beigebracht, dass teure Reparaturen nötig wären. Und was für ein schrecklicher, übel riechender Hund es gewesen war! Als sie das Tier schließlich fand, das von jugendlichem Diebesgesindel an einer Schnur durch die Gegend gezerrt wurde, belohnte es seine Befreierin mit einem Biss ins Fußgelenk.

»Ich mache mir Sorgen um einen unserer jungen Ärzte«, sagte Dr. Maketsi. »Er heißt Dr. Komoti und ist Nigerianer.«

»Ich verstehe.«

»Ich weiß, dass einige Leute misstrauisch gegenüber Nigerianern sind«, sagte Dr. Maketsi.

»Ja, solche Leute gibt es wohl«, sagte Mma Ramotswe,

die den Blick des Arztes auffing und dann schnell, fast schuldbewusst zur Seite blickte.

Dr. Maketsi trank den Rest seines Buschtees aus und stellte den Becher auf den Tisch.

»Lassen Sie mich von unserem Dr. Komoti erzählen«, sagte er. »Und ich beginne mit dem Tag, als er zum Einstellungsgespräch erschien. Es war meine Aufgabe, ihn zu befragen, obwohl ich zugeben muss, dass es sich eher um eine Formalität handelte. Wir litten damals sehr unter Personalmangel und benötigten dringend Hilfe auf der Unfallstation. Wir können wirklich nicht zu wählerisch sein, wissen Sie. Er schien jedenfalls über den richtigen Lebenslauf zu verfügen und konnte mehrere Referenzen vorweisen. Er hatte ein paar Jahre in Nairobi gearbeitet, und so rief ich das angegebene Krankenhaus an, und mir wurde bestätigt, dass er völlig in Ordnung sei. Ich stellte ihn also ein.

Vor etwa sechs Monaten fing er an. Auf der Unfallstation gab's eine Menge zu tun, Sie wissen sicher, wie es dort zugeht. Autounfälle, Schlägereien, der übliche Betrieb freitagnachts. Natürlich besteht ein Großteil der Arbeit nur aus dem Säubern von Wunden, Stillen von Blutungen und den gelegentlichen Wiederbelebungsversuchen – solchen Sachen eben. Alles schien gut zu laufen, aber nach ungefähr drei Wochen bat mich der Chefarzt um ein Gespräch. Er sagte, der neue Doktor sei wohl ein wenig aus der Übung, und einiges, was er täte, wäre recht ungewöhnlich. Zum Beispiel hätte er einige Wunden so schlecht zusammengeflickt, dass sie ein zweites Mal hätten genäht werden müssen.

Aber manchmal war er richtig gut. Vor zwei Wochen

beispielsweise war eine Frau mit einem Spannungs-pneumothorax zu uns gekommen. Das ist eine ziemlich ernste Angelegenheit. Luft dringt in den Raum um die Lunge ein und lässt sie wie einen platzenden Luftballon kollabieren. Wenn das geschieht, muss man so schnell wie möglich die Luft ableiten, damit sich die Lunge wieder ausdehnen kann.

Das ist ein heikler Job für einen unerfahrenen Arzt. Man muss wissen, wo die Drainage anzubringen ist. Wenn es nicht richtig gemacht wird, kann man das Herz durchstechen oder sonstige Schäden anrichten. Wenn es nicht schnell genug geht, kann der Patient sterben. Vor ein paar Jahren habe ich dabei selbst fast einen Patienten verloren. Das hat mir damals einen furchtbaren Schrecken eingejagt.

Dr. Komoti erwies sich aber als recht geschickt und rettete zweifellos der Frau das Leben. Der Facharzt stieß am Ende des Verfahrens dazu, und Dr. Komoti ließ ihn das Ganze beenden. Er war beeindruckt und erwähnte es mir gegenüber, auch wenn derselbe Arzt – Dr. Komoti – am Tag zuvor eine offensichtlich vergrößerte Milz nicht erkennen konnte.«

»Er ist also nicht immer gleich gut?«

»Genauso ist es«, sagte Dr. Maketsi. »An einem Tag ist er gut, und am nächsten bringt er einen Patienten fast um.«

Mma Ramotswe dachte einen Augenblick nach. Ihr fiel eine Zeitungsmeldung im *Star* ein. »Ich habe vor Kurzem über einen Schwindler gelesen, der sich in Johannesburg als Chirurg ausgab«, sagte sie. »Er praktizierte fast zehn Jahre, und niemand wusste, dass er keine Qualifikationen hatte. Dann fiel irgendeinem zufällig was auf, und er wurde entlarvt.«

»Allerhand«, sagte Dr. Maketso. »So was passiert immer mal wieder, und solche Leute bleiben lange Zeit unbehelligt – manchmal jahrelang.«

»Haben Sie seine Qualifikationen geprüft?«, fragte Mma Ramotswe. »Es ist ja heutzutage ein Kinderspiel, Dokumente mit Fotokopierern und Laserdruckern zu fälschen. So was kann jeder. Vielleicht ist er gar kein Arzt. Er kann Pförtner oder so was in einem Krankenhaus gewesen sein.«

Dr. Maketsi schüttelte den Kopf. »Wir haben alles geprüft«, sagte er. »Wir haben bei der Universität in Nigeria nachgeforscht – das war ein Kampf, kann ich Ihnen sagen –, und wir haben uns mit der Ärztekammer in Großbritannien in Verbindung gesetzt, wo er zwei Jahre als Registrator tätig war. Wir haben uns sogar ein Foto aus Nairobi schicken lassen. Es ist derselbe Mann. Ich bin also ziemlich sicher, dass er genau das ist, was er sagt.«

»Könnten Sie ihn nicht einfach testen?«, fragte Mma Ramotswe. »Könnten Sie nicht versuchen herauszubekommen, wie viel er von Medizin versteht, indem Sie ihm ein paar knifflige Fragen stellen?«

Dr. Maketsi lächelte. »Das habe ich auch schon getan. Ich habe die Gelegenheit wahrgenommen, ein oder zwei schwierige Fälle mit ihm zu besprechen. Das erste Mal hielt er sich tapfer und gab mir eine gute Antwort. Er wusste eindeutig, wovon er redete. Aber beim zweiten Mal schien er mir auszuweichen. Er sagte, er wolle darüber nachdenken. Das ärgerte mich, und deshalb erwähnte ich den ersten Fall noch mal. Es brachte ihn völlig aus dem Konzept, und er murmelte nur etwas Unverständliches. Es war, als habe er vergessen, was er mir drei Tage zuvor gesagt hatte.«

Mma Ramotswe blickte zur Decke. Sie wusste, was das bedeutete. Ihr armer Daddy war am Ende vergesslich geworden und konnte sich manchmal kaum noch an sie erinnern. Bei alten Menschen war es verständlich, aber nicht bei einem jungen Arzt. Es sei denn, eine Krankheit hätte sein Gedächtnis beeinträchtigt.

»Geistig ist alles mit ihm in Ordnung«, sagte Dr. Maketsi, als hätte er ihre Frage geahnt. »Soweit ich es beurteilen kann. Dies ist kein Fall von präseniler Demenz oder dergleichen. Was ich befürchte, sind Drogen. Vielleicht ist er drogenabhängig und in der Hälfte der Zeit, in der er Patienten behandelt, nicht ganz da.«

Dr. Maketsi schwieg. Er hatte seine Bombe platzen lassen und lehnte sich jetzt zurück, als ob ihm die Bedeutung des Gesagten die Stimme geraubt hätte. Es war fast so schlimm, als wenn er einem unqualifizierten Arzt die Ausübung seines Berufes erlaubt hätte. Wenn der Minister erfuhr, dass ein Arzt unter dem Einfluss von Drogen Patienten behandelte, konnte er die Qualität der Aufsicht im Krankenhaus infrage stellen.

Er malte sich die Unterredung aus. »Nun, Dr. Maketsi, konnten Sie an der Art, wie dieser Mann sich verhielt, nicht erkennen, dass er unter Drogen stand? Leute wie Sie werden so was doch sehen? Wenn einer wie ich auf der Straße erkennen kann, dass jemand *dagga* geraucht hat, sollte es einem Arzt wie Ihnen doch erst recht auffallen. Oder bin ich so töricht anzunehmen, dass Sie und Ihresgleichen wahrnehmungsfähiger sind, als es tatsächlich der Fall ist ...?«

»Ich kann verstehen, warum Sie sich Sorgen machen«, sagte Mma Ramotswe. »Aber ich bin nicht sicher, ob ich Ihnen helfen kann – ich kenne mich in der Drogenszene nicht aus. Das ist eigentlich eine Sache der Polizei.«

Dr. Maketsi winkte ab. »Kommen Sie mir bloß nicht mit der Polizei«, sagte er. »Die können doch ihren Mund nicht halten. Wenn ich zur Polizei ginge, würde der Fall gleich als Drogensache behandelt. Dr. Komotis Haus würde durchsucht, und jemand würde darüber reden. Im Nu würde es sich in der Stadt herumsprechen, dass er drogenabhängig ist.« Er machte eine Pause und hoffte, dass Mma Ramotswe die Feinheiten seines Dilemmas begriff. »Und wenn er es nicht ist? Was, wenn ich mich irre? Dann hätte ich grundlos seinen Ruf ruiniert. Er mag hin und wieder zwar unfähig sein, das ist aber noch lange kein Grund, ihn zu vernichten.«

»Aber wenn wir herausfinden, dass er Drogen nimmt«, sagte Mma Ramotswe, »– und ich bin mir nicht sicher, wie das gehen soll –, was dann? Würden Sie ihn entlassen?«

Dr. Maketsi schüttelte heftig den Kopf. »Wir denken anders über Drogen. Es ist keine Sache guten oder schlechten Verhaltens. Ich würde es als medizinisches Problem betrachten und versuchen, ihm zu helfen. Ich würde versuchen, das Problem in den Griff zu bekommen.«

»Aber solche Leute kann man nicht in den Griff bekommen«, sagte Mma Ramotswe. »*Dagga* zu rauchen ist eine Sache, aber Tabletten und den Rest zu schlucken eine ganz andere. Zeigen Sie mir einen einzigen geheilten Drogenabhängigen! Nur einen – vielleicht gibt es ihn ja. Ich habe nur noch nie einen gesehen.«

Dr. Maketsi zuckte mit den Achseln. »Tja, es können ganz raffinierte Menschen sein, die zu manipulieren verstehen«, sagte er. »Aber einige kommen davon los. Ich kann Ihnen Zahlen zeigen.«

»Na gut, vielleicht, vielleicht auch nicht«, sagte Mma Ramotswe. »Die Frage ist: Was soll ich für Sie tun?«

»Finden Sie etwas über ihn raus«, bat Dr. Maketsi. »Folgen Sie ihm ein paar Tage. Finden Sie heraus, ob er mit der Drogenszene zu tun hat. Wenn ja, finden Sie raus, ob er auch andere mit Drogen beliefert, denn das wäre noch ein weiteres Problem für uns. Unsere Medikamente sind unter Verschluss, aber trotzdem kann etwas abhandenkommen – und das Letzte, was wir wollen, ist ein Arzt, der Drogenabhängige mit Medikamenten des Krankenhauses versorgt. Das geht wirklich nicht!«

»Dann würden Sie ihn rausschmeißen?«, bohrte Mma Ramotswe weiter. »Sie würden ihm dann nicht zu helfen versuchen?«

Dr. Maketsi lächelte. »Er würde rausfliegen, und zwar in hohem Bogen!«

»Gut«, sagte Mma Ramotswe, »richtig so. Und jetzt muss ich mein Honorar erwähnen.«

Dr. Maketsis Miene verdüsterte sich. »Das hatte ich befürchtet. Es ist eine so delikate Angelegenheit … ich kann wohl kaum verlangen, dass das Krankenhaus dafür bezahlt.«

Mma Ramotswe nickte verständnisvoll. »Sie dachten, als alte Freundin …«

»Ja«, sagte Dr. Maketsi leise. »Ich dachte, als alte Freundin würden Sie sich vielleicht daran erinnern, dass ich, als Ihr Daddy am Ende so krank war …«

Mma Ramotswe erinnerte sich daran. Dr. Maketsi war drei Wochen lang jeden Abend ins Haus gekommen und hatte schließlich dafür gesorgt, dass ihr Daddy auf der Privatstation des Krankenhauses ein Zimmer bekam. Und das alles umsonst.

»Ich erinnere mich sehr gut«, sagte sie. »Ich wollte auch das Honorar nur erwähnen, um zu sagen, dass keines nötig ist.«

Sie hatte alle nötigen Informationen, um mit den Nachforschungen über Dr. Komoti zu beginnen. Sie hatte seine Adresse am Kaunda Way. Sie hatte ein Foto, das sie von Dr. Maketsi bekam. Und sie hatte sich die Nummer des grünen Kombis notiert, den er fuhr. Sie hatte auch seine Telefonnummer und die Nummer seines Postfachs erhalten, obwohl sie sich nicht vorstellen konnte, unter welchen Umständen ihr diese dienlich sein könnten. Jetzt brauchte sie nur noch mit der Beobachtung von Dr. Komoti zu beginnen und in möglichst kurzer Zeit so viel wie möglich über ihn in Erfahrung zu bringen. Dr. Maketsi hatte ihr aufmerksamerweise auch eine Kopie des Einsatzplans in der Unfallabteilung für die nächsten vier Monate gegeben. Mma Ramotswe wüsste also genau, wann er das Krankenhaus verließ, um nach Hause zu fahren, und wann er Nachtdienst hatte. Es würde ihr viel Mühe und Zeit ersparen, die sie sonst in ihrem kleinen weißen Lieferwagen wartenderweise verbringen müsste.

Zwei Tage später ging es los. Sie wartete in ihrem Auto, als Dr. Komoti am Nachmittag vom Angestelltenparkplatz fuhr, und folgte ihm unauffällig in die Stadt. Dann parkte sie einige Autos hinter ihm und stieg erst aus, als er sich längst vom Parkplatz entfernt hatte. Er suchte ein oder zwei Geschäfte auf und kaufte sich in der Buchhandlung eine Zeitung. Dann ging er zu seinem Auto zurück, fuhr auf direktem Wege nach Hause und blieb dort – ohne etwas anzustellen, wie sie annahm –, bis die Lichter im Haus kurz vor zehn Uhr ausgingen. Es war ziemlich langweilig, in dem kleinen weißen Lieferwagen herumzusitzen, aber Mma Ramotswe war es gewohnt und beschwerte sich nie, wenn sie einen Fall übernommen hatte. Sie würde einen Monat lang in ihrem Wagen sitzen und auch länger, falls Dr. Maketsi sie darum bäte. Es war schließlich das Wenigste, was sie für ihn tun konnte, nach allem, was er für ihren Daddy getan hatte.

Nichts geschah an diesem Abend oder am nächsten. Mma Ramotswe fragte sich allmählich, ob es in Dr. Komotis Leben jemals eine Abwechslung gab, als sich die Dinge plötzlich änderten.

Es war ein Freitagnachmittag, und Mma Ramotswe stand bereit, Dr. Komoti von der Arbeit nach Hause zu begleiten. Der Arzt hatte sich leicht verspätet, trat aber endlich aus dem Eingang der Unfallabteilung ins Freie, ein Stethoskop in der Tasche seines weißen Kittels, und kletterte in sein Auto.

Mma Ramotswe folgte ihm vom Krankenhausgelände, überzeugt, dass er von ihrer Anwesenheit nichts ahnte. Sie nahm an, dass er sich zur Buchhandlung begeben und seine Zeitung holen würde, aber dieses Mal fuhr er nicht in die Stadt, sondern in die andere Richtung. Mma Ramotswe freute sich, dass sich endlich etwas tat, und als sie ihren Wagen durch den Verkehr steuerte, gab sie sich die größte Mühe, ihn nicht aus den Augen zu verlieren. Die Straßen waren voller als sonst – Freitagnachmittag und Monatsende, was Zahltag bedeutete! An diesem Abend würde es mehr Autounfälle als sonst geben, und wer auch immer Dr. Komoti in der Unfallabteilung ablöste, würde mit dem Zusammenflicken von Betrunkenen und dem Herauspicken von Glassplittern zerborstener Windschutzscheiben aus Unfallopfern voll beschäftigt sein.

Mma Ramotswe stellte zu ihrer Überraschung fest, dass Dr. Komoti in Richtung Lobatse Road fuhr. Interessant. Wenn er mit Drogen handelte, wäre Lobatse ein guter Ausgangsort. Die Stadt lag nahe genug an der Grenze, und er könnte Sachen nach Südafrika schaffen oder welche von dort abholen. Was immer es war – ihm zu folgen war mit einem Mal viel interessanter geworden.

So fuhren sie die Straße entlang, der kleine weiße Lieferwagen eifrig bemüht, mit dem schnelleren Auto von Dr. Komoti mitzuhalten. Dabei hatte Mma Ramotswe keine Angst vor Entdeckung. Auf der Straße war viel Verkehr, und es gab keinen Grund, warum Dr. Komoti ihren Wagen bemerken sollte. In Lobatse allerdings müsste sie vorsichtiger sein.

Als sie nicht in Lobatse hielten, fing Mma Ramotswe allerdings an, sich Sorgen zu machen. Wenn er die Stadt durchquerte, hatte er möglicherweise vor, irgendein

Dorf am anderen Ende zu besuchen. Dies war jedoch eher unwahrscheinlich, da es nicht viel hinter Lobatse gab, das heißt wenig, was einen Mann wie Dr. Komoti interessieren könnte. Was noch kam, war die Grenze. Ja! Dr. Komoti fuhr bestimmt über die Grenze – er fuhr nach Mafikeng!

Als ihr klar wurde, dass Dr. Komotis Ziel außerhalb des Landes lag, ärgerte sich Mma Ramotswe gewaltig über ihre eigene Dummheit. Sie hatte ihren Pass nicht dabei! Dr. Komoti würde die Grenze passieren, und sie würde in Botswana bleiben müssen. Und auf der anderen Seite könnte er machen, was er wollte, und sie würde nicht rausfinden, was es war!

Sie beobachtete, wie er beim Grenzposten anhielt. Dann wendete sie wie ein Jäger, der seine Beute bis ans Ende seines Jagdgebiets verfolgt hatte und dann aufgeben musste. Er wäre nun übers Wochenende weg, und sie wusste so wenig darüber, was er mit seiner Zeit anfing, wie über ihre eigene Zukunft. In der folgenden Woche müsste sie sich wieder an die langweilige Aufgabe machen, sein Haus nachts zu beobachten, und würde frustriert daran denken, dass das wahre Unheil am Wochenende stattgefunden hatte. Und während sie all dies täte, würde sie andere Fälle verschieben müssen – Fälle, die Honorare einbrachten und Werkstattrechnungen bezahlten.

Als Mma Ramotswe wieder in Gaborone eintraf, war ihr die Laune gründlich verdorben. Sie ging früh zu Bett, aber die schlechte Laune war am folgenden Morgen immer noch da, auch als sie zum Einkaufszentrum fuhr. Wie so oft am Samstagmorgen trank sie eine Tasse

Kaffee auf der Veranda des Hotels President und plauderte mit ihrer Freundin Grace Gakatsla. Grace, die ein Bekleidungsgeschäft in Broadhurst besaß, amüsierte sie immer mit ihren Geschichten über die Schrullen ihrer Kundinnen. Eine davon, die Frau eines Ministers, hatte kürzlich an einem Freitag ein Kleid gekauft und es am folgenden Montag zurückgebracht. Sie hatte behauptet, es passe nicht richtig. Doch Grace war am Samstag bei der Hochzeit gewesen, auf der die Frau das Kleid getragen hatte, und es hatte perfekt ausgesehen.

»Natürlich konnte ich ihr nicht ins Gesicht sagen, dass sie log und ich keinen Kleiderverleih besitze«, sagte Grace. »So fragte ich sie, ob ihr die Hochzeit gefallen hätte. Sie lächelte und sagte Ja. Da sagte ich, mir hätte sie auch gefallen. Sie hatte mich anscheinend nicht bemerkt. Ihr Lächeln verschwand, und sie meinte, vielleicht könne sie es mit dem Kleid noch einmal probieren.«

»Die Frau ist ein richtiges Stachelschwein«, sagte Mma Ramotswe.

»Eine Hyäne«, sagte Grace. »Ein Ameisenbär mit ihrer langen Nase.«

Das Gelächter war verhallt und Grace gegangen – Mma Ramotswes schlechte Laune konnte also zurückkehren und würde für den Rest des Wochenendes wohl nicht mehr verschwinden. Wahrscheinlich blieb ihr die schlechte Laune bis zum Abschluss des Falles Komoti treu – falls es jemals zum Abschluss käme!

Mma Ramotswe bezahlte ihre Rechnung und stand auf, und plötzlich sah sie – als sie die Stufen des Hotels hinunterschritt – Dr. Komoti in der Mall.

Für einen Moment stand Mma Ramotswe ganz still. Gestern Abend hatte er kurz vor sieben die Grenze überquert. Der Grenzübergang schloss um acht, was bedeutete, dass er unmöglich Zeit gehabt hätte, die vierzig Minuten nach Mafikeng und zurück zu fahren und vor dem Schließen wieder an der Grenze zu sein. Er hatte also nur einen Abend dort verbracht und war frühmorgens zurückgekehrt.

Sie erholte sich schnell von ihrer Überraschung und war sofort bereit, die Chance zu ergreifen und ihn zu beschatten. Er war jetzt im Eisenwarenladen, und Mma Ramotswe schlenderte draußen daran vorbei. Bis er aus dem Laden kam, guckte sie sich die Auslagen an. Dann ging er zielstrebig zum Parkplatz und stieg in sein Auto.

Für den Rest des Tages blieb Dr. Komoti zu Hause. Abends um sechs Uhr fuhr er zum Sun Hotel, wo er mit zwei anderen, die Mma Ramotswe als Landsmänner aus Nigeria erkannte, einen Drink zu sich nahm. Sie wusste, dass einer von ihnen für einen Steuerberater arbeitete und der andere irgendwo Grundschullehrer war. An ihrem Treffen schien nichts Verdächtiges zu sein. Genau in diesem Augenblick trafen sich viele ähnliche Grüppchen in der ganzen Stadt – Menschen, die in der künstlichen Vertrautheit von Landsleuten im Ausland über ihre Heimat sprachen.

Er blieb eine Stunde, und das war dann auch schon das gesellige Leben des Dr. Komoti am Wochenende. Am Sonntagabend beschloss Mma Ramotswe, Dr. Maketsi in der folgenden Woche Bericht zu erstatten und ihm zu sagen, dass sie mit dem Nachweis, dass sich Dr. Komoti in der Drogenszene bewegte, leider nicht dienen könne. Im Gegenteil – er schien ein Muster an Nüchternheit und Anstand zu sein. Auch von irgendwelchen Frauen keine Spur, es sei denn, sie versteckten sich in seinem Haus und kamen nie raus. Niemand war ins Haus gegangen, solange sie es beobachtet hatte, und niemand außer ihm hatte es verlassen. Offen gesagt – es war fade, ihn zu beschatten.

Allerdings war die Sache mit Mafikeng und dem Blitzbesuch am Freitagabend noch nicht geklärt. Wenn er in den OK Bazaars eingekauft hätte – was viele taten –, hätte er doch mindestens den halben Samstagvormittag dort verbracht. Aber womit hatte er sich dann den Freitagabend vertrieben? Gab es da unten vielleicht eine Frau? Eine von diesen auffälligen südafrikanischen Frauen, auf die die Männer unerklärlicherweise so scharf zu sein schienen? Das wäre die einfachste Erklärung und die wahrscheinlichste dazu. Aber warum dann die eilige Rückkehr Samstag in der Frühe? Warum blieb er nicht den ganzen Tag und führte sie zum Lunch ins Hotel Mmbabatho aus? Irgendwas stimmte nicht, und Mma Ramotswe beschloss, ihm am nächsten Wochenende nach Mafikeng zu folgen und zu sehen, was los war. Falls es nichts zu sehen gäbe, könnte sie immer noch einkaufen gehen und am Samstagnachmittag zurückkehren. Sie wollte schon lange mal runterfahren und könnte so zwei Fliegen mit einer Klappe schlagen.

Dr. Komoti tat Mma Ramotswe den Gefallen, das Krankenhaus am folgenden Freitag pünktlich zu verlassen und in Richtung Lobatse zu fahren. Sie folgte mit ihrem Lieferwagen in einem gewissen Abstand. Die Grenze zu überschreiten erwies sich als heikel, da Mma Ramotswe darauf achten musste, ihm am Grenzposten nicht zu nahe zu kommen, ihn andererseits aber auf der anderen Seite nicht verlieren durfte. Einige Augenblicke sah es aus, als würde sie aufgehalten, da ein übergenauer Beamter ihren Pass genauestens unter die Lupe nahm und die Stempel begutachtete, die auf ihr Kommen und Gehen von und nach Johannesburg und Mafikeng verwiesen.

»Hier steht unter Berufsbezeichnung Detektivin«, sagte er griesgrämig. »Wie kann eine Frau Detektivin sein?«

Mma Ramotswe funkelte ihn an. Wenn sich dies hier in die Länge zog, könnte sie Dr. Komoti, dessen Pass gerade abgestempelt wurde, aus den Augen verlieren. In wenigen Minuten hätte er die Grenzkontrolle passiert, und ihr kleiner weißer Lieferwagen hätte keinerlei Chance mehr, ihn einzuholen.

»Viele Frauen sind Detektive«, sagte Mma Ramotswe würdevoll. »Haben Sie nie was von Agatha Christie gelesen?«

Der Beamte blickte wütend zu ihr hoch.

»Wollen Sie damit sagen, dass ich kein gebildeter Mann bin?«, knurrte er. »Wollen Sie das behaupten? Ich hätte nie was von diesem Mr Christie gelesen?«

»Nein«, sagte Mma Ramotswe. »Leute wie Sie sind äußerst gebildet und tüchtig. Erst gestern, als ich im Haus Ihres Ministers war, sagte ich zu ihm, dass ich seine Einreisebeamten überaus höflich und tüchtig finde. Wir haben uns beim Abendessen anregend darüber unterhalten.«

Der Mann erstarrte. Für einen Moment wirkte er unsicher. Dann langte er nach seinem Gummistempel und drückte ihn in den Pass.

»Danke, Mma«, sagte er. »Sie können weiter.«

Mma Ramotswe log nicht gern, manchmal war es aber nötig, vor allem, wenn man es mit Leuten zu tun hatte, die weiter befördert wurden, als es ihrer Begabung entsprach. So eine Ausschmückung der Wahrheit – sie kannte den Minister, wenn auch nur äußerst flüchtig – feuerte die Leute ein bisschen an, was häufig nur zu ihrem Besten war. Vielleicht würde der Beamte es sich in Zukunft zweimal überlegen, bevor er eine Frau ohne ersichtlichen Grund schikanierte.

Sie kletterte in ihren Wagen und wurde durch die Sperre gewinkt. Dr. Komoti war inzwischen verschwunden, und sie musste alles aus dem Auto herausholen, bis sie ihn wieder sah. Er fuhr nicht besonders schnell, deshalb fiel sie etwas zurück und folgte ihm an den Resten der Hauptstadt Mangopes und ihrer Marionettenrepublik Bophuthatswana vorbei. Da war das Stadion, in dem der Präsident von seinen revoltierenden Truppen festgehalten worden war. Dort waren die Regierungsgebäude, in denen der auf absurde Weise zersplitterte Staat im Auftrag seiner Herren in Pretoria verwaltet worden war. Was für eine Verschwendung, dachte sie, was für eine Dummheit, und als die Zeit gekommen war, hatte sich dieser Staat wie die Illusion, die er immer gewesen war, einfach aufgelöst. Es hatte alles zur Farce »Apartheid« und dem abscheulichen Traum Verwoerds gehört. So viel Schmerz, so ein lang andauerndes Leiden – die Geschichte würde es zum ganzen Schmerz von Afrika dazuzählen. Dr. Komoti bog plötzlich rechts ab. Sie hatten den Stadtrand von Mafikeng erreicht und fuhren durch einen Vorort mit ordentlichen, sauber angelegten Straßen und Häusern mit großen eingezäunten Gärten. Dann bog er in die Einfahrt eines der Häuser ab, sodass Mma Ramotswe an ihm vorbeifahren musste, um sich nicht verdächtig zu machen. Sie zählte aber die Häuser, die sie passierte – sieben –, und parkte den Lieferwagen unter einem Baum.

Hinter den Häusern führte ein Weg vorbei, Mma Ramotswe stieg aus und ging zu Fuß bis ans Ende des Gässchens. Das Haus, das Dr. Komoti betrat, wäre acht Häuser weiter – sieben Häuser sowie das Haus, an dem sie vorbeimusste, um zum Anfang der Gasse zu gelangen.

Dann stand sie hinter dem achten Haus und spähte in den Garten. Irgendwann hatte sich jemand darum gekümmert, aber das war anscheinend lange her. Jetzt war es ein wildes Pflanzengewirr – Maulbeerbäume, wuchernde Bougainvilleabüsche, die ungeheure Ausmaße angenommen hatten und lange Zweige mit lila Blüten zum Himmel richteten, *pawpaw*-Bäume mit faulenden Früchten. Ein Schlangenparadies, dachte Mma Ramotswe. Mambas konnten im ungeschnittenen Gras lauern und Baumschlangen sich über die Äste der Bäume drapieren – alle in Erwartung von einer wie ihr, jemandem, der so dumm wäre, den Garten zu betreten.

Sie schob das Tor vorsichtig zur Seite. Es war offenbar lange nicht benutzt worden, und das Scharnier quietschte fürchterlich. Doch das spielte keine Rolle, denn durch die üppige Vegetation zwischen dem Zaun und dem in etwa hundert Metern Entfernung liegenden Haus würden kaum irgendwelche Geräusche dringen. Durch die grüne Pflanzenmasse war das Haus kaum zu sehen, was Mma Ramotswe ein Gefühl von Sicherheit verlieh – Sicherheit vor den Blicken der Leute im Haus, wenn auch nicht unbedingt vor den Schlangen.

Mma Ramotswe schlich sich behutsam voran, indem sie einen Fuß vor den anderen setzte und in jedem Augenblick das Zischen einer wütenden Schlange erwartete. Aber nichts rührte sich, und bald kauerte sie sich, so nah am Haus, wie sie sich traute, unter einen Maulbeerbaum. Aus dem Schatten des Baums heraus hatte sie gute Sicht auf die Hintertür und das offene Küchenfenster. Aber ins Haus blicken konnte sie nicht, da es im alten Kolonialstil erbaut war und breite, überhängende Dachtraufen hatte, die das Innere kühl und dunkel hielten. Es war viel einfacher, Leute zu beobachten, die in moderneren Häusern wohnten, weil die heutigen Architekten die Sonne vergaßen, die Menschen in Goldfischgläser setzten und jedermann durch große ungeschützte Fenster hineinschauen konnte.

Und was jetzt? Sollte sie bleiben, wo sie war, und hoffen, dass jemand aus der Hintertür trat? Aber weshalb sollten sie so etwas tun? Und wenn es doch geschähe – was dann?

Plötzlich öffnete sich eins der Fenster, und ein Mann beugte sich hinaus. Es war Dr. Komoti.

»Sie! Sie dort drüben! Ja, Sie, Sie dicke Frau! Was machen Sie unter unserem Maulbeerbaum?«

Mma Ramotswe hatte plötzlich den absurden Drang, über ihre Schulter zu blicken und so zu tun, als säße sie nicht allein unterm Baum. Sie kam sich wie ein Schulmädchen vor, das beim Obstklauen oder einer anderen verbotenen Sache erwischt worden war. Man konnte nichts dazu sagen, man konnte nur ein Geständnis ablegen.

Sie erhob sich und trat aus dem Schatten.

»Es ist heiß«, rief sie ihm zu. »Können Sie mir ein Glas Wasser geben?«

Das Fenster schloss sich, und Augenblicke später ging die Küchentür auf. Dr. Komoti stand auf der Schwelle und trug ganz andere Sachen als bei seiner Abreise in Gaborone. Er hatte einen Becher Wasser in der Hand, den er ihr reichte. Mma Ramotswe griff danach und trank ihn dankbar aus. Sie hatte wirklich Durst, und das Wasser war ihr sehr willkommen, auch wenn sie feststellen musste, dass der Becher schmutzig war.

»Was machen Sie in unserem Garten?«, fragte Dr. Komoti nicht unfreundlich. »Sind Sie eine Diebin?«

Mma Ramotswe verzog das Gesicht. »Das bin ich nicht«, sagte sie.

Dr. Komoti sah sie mit kühler Miene an. »Wenn Sie keine Diebin sind – was wollen Sie dann? Suchen Sie Arbeit? Wir haben bereits eine Frau, die ins Haus kommt und für uns kocht. Wir brauchen niemanden.«

Mma Ramotswe wollte etwas erwidern, als jemand hinter Dr. Komoti auftauchte und ihm über die Schulter blickte. Es war Dr. Komoti.

»Was ist los?«, fragte der zweite Dr. Komoti. »Was will diese Frau?«

»Ich habe sie im Garten gesehen«, sagte der erste Dr. Komoti. »Sie sagt, sie ist keine Diebin.«

»Das bin ich wirklich nicht«, sagte sie entrüstet. »Ich habe mir nur das Haus angesehen.«

Die beiden Männer guckten verdutzt.

»Wieso?«, fragte einer. »Warum wollten Sie sich das Haus ansehen? Es ist nichts Besonderes an diesem Haus, und zu verkaufen ist es auch nicht.«

Mma Ramotswe warf den Kopf zurück und lachte. »Oh, ich bin nicht hier, um es zu kaufen«, sagte sie. »Ich habe früher, als ich noch klein war, hier gewohnt. Damals lebten Buren hier, ein Mr van der Heever und seine Frau. Meine Mutter war ihre Köchin, müssen Sie wissen, und wir wohnten im Dienstbotenquartier hinten am Ende des Gartens. Mein Vater hielt ihn immer in Ordnung ...«

Sie unterbrach ihre Rede und sah die beiden Männer vorwurfsvoll an.

»Damals war er schöner«, sagte sie. »Der Garten wurde gut gepflegt.«

»Oh, bestimmt wurde er das«, sagte einer der beiden. »Wir würden ihn auch gern in Schuss halten. Wir haben nur viel zu viel zu tun. Wir sind beide Ärzte und müssen unsere ganze Zeit im Krankenhaus verbringen.«

»Ah!«, machte Mma Ramotswe und versuchte, ehrfurchtsvoll zu klingen. »Sie sind Ärzte hier im Krankenhaus?«

»Nein«, sagte der erste Dr. Komoti. »Ich habe eine Praxis in der Nähe des Bahnhofs. Mein Bruder ...«

»Ich arbeite oben«, sagte der andere Dr. Komoti und deutete vage nach Norden. »Jedenfalls können Sie sich den Garten anschauen, so lange sie wollen, Mutter. Gehen Sie nur. Wir können Ihnen inzwischen einen Tee machen.«

»Oh!«, sagte Mma Ramotswe. »Sie sind sehr freundlich. Danke sehr.«

Es war eine Erleichterung, den vernachlässigten Garten mit seinem finsteren Gestrüpp zu verlassen. Für einige Minuten gab sie vor, die Bäume und Büsche oder das, was von ihnen zu sehen war, zu inspizieren. Dann dankte sie ihren Gastgebern für den Tee und ging anschließend die Straße hinunter. Dabei ließ sie sich die merkwürdigen Neuigkeiten, die sie gerade gehört hatte, durch den Kopf gehen. Es gab also zwei Dr. Komotis, was an sich nichts schrecklich Ungewöhnliches war. Und doch hatte sie das Gefühl, dass der Kern des Problems hier zu finden war. Es gab natürlich keinen Grund, warum Zwillinge nicht beide Medizin studieren sollten – Zwillinge führten häufig ähnliche Leben und gingen manchmal sogar so weit, dass sie die Schwester der Frau des Bruders heirateten. Aber hier war etwas Besonderes im Spiel, und Mma Ramotswe war sicher, dass es ihr fast in die Augen sprang – wenn sie es bloß erkennen könnte!

Sie stieg in den weißen Lieferwagen und fuhr die Straße zurück zur Stadtmitte. Ein Dr. Komoti hatte gesagt, dass er am Bahnhof eine Praxis hätte, und sie beschloss, sie sich anzusehen. Nicht, dass ein Messingschild, wenn er eines hatte, viel aussagen würde!

Sie kannte den Bahnhof flüchtig. Sie ging gerne hin, da er sie an das alte Afrika erinnerte, an die Zeit der unbequemen Kameradschaft in vollen Zügen, der langsamen Reisen durch weite Ebenen, des Zuckerrohrs, auf dem man kaute, um sich die Zeit zu vertreiben, und des

Zuckerrohrmarks, das man aus den breiten Fenstern spuckte. Hier konnte man es noch sehen – oder einen Teil davon –, hier, wo die Züge, die vom Kap kamen, auf ihrer Fahrt hinauf durch Botswana nach Bulawayo langsam am Bahnsteig vorbeizogen. Hier, wo die indischen Läden neben den Eisenbahngebäuden immer noch billige Decken und Männerhüte mit einer grellbunten Feder im Hutband verkauften.

Mma Ramotswe wollte nicht, dass sich Afrika veränderte. Sie wollte nicht, dass ihr Volk wie alle anderen wurde, seelenlos, selbstsüchtig, vergessend, was es bedeutete, Afrikaner zu sein, oder – noch schlimmer – sich Afrikas zu schämen. Sie wollte nichts anderes als Afrikanerin sein, niemals, selbst wenn einer käme und sagte: »Hier ist eine Pille, das Allerneueste. Nimm sie, und sie macht eine Amerikanerin aus dir.« Sie würde Nein sagen. Niemals. Nein, danke.

Sie hielt den weißen Lieferwagen vor dem Bahnhof an und stieg aus. Dort war dichtes Gedränge. Frauen verkauften geröstete Maiskolben und süße Getränke. Männer unterhielten sich laut mit ihren Freunden. Eine Familie auf der Reise, ihre Habseligkeiten in Pappkoffern und in eine Decke gewickelt. Ein Kind, das ein selbst gebautes Spielzeugauto aus gebogenem Draht vor sich her schob, stieß mit Mma Ramotswe zusammen und rannte aus Angst, ausgeschimpft zu werden, ohne sich zu entschuldigen, davon.

Sie ging auf eine der Händlerinnen zu und redete sie auf Setswana an.

»Geht es Ihnen heute gut, Mma?«, fragte sie höflich.

»Mir geht es gut. Und geht es Ihnen auch gut, Mma?«

»Es geht mir gut, und ich habe gut geschlafen.«

»Gut.«

Nach dieser Begrüßung sagte sie: »Die Leute erzählen mir, dass es hier einen ausgezeichneten Arzt gibt. Sie nennen ihn Dr. Komoti. Wissen Sie, wo er seine Praxis hat?«

Die Frau nickte. »Viele Leute gehen zu ihm. Seine Praxis ist dort drüben, sehen Sie, wo der Weiße gerade seinen Lieferwagen geparkt hat? Dort ist sie.«

Mma Ramotswe dankte ihr und kaufte einen gerösteten Maiskolben. Den Maiskolben in Angriff nehmend, überquerte sie den staubigen Platz und ging auf das ziemlich heruntergekommene Gebäude mit Blechdach zu, in dem Dr. Komotis Praxis zu finden wäre.

Überrascht stellte sie fest, dass die Tür nicht verschlossen war, und als sie sie aufstieß, sah sie eine Frau gleich dahinter stehen.

»Es tut mir leid, der Doktor ist nicht da, Mma«, sagte die Frau ziemlich gereizt. »Ich bin die Krankenschwester. Sie können den Doktor Montagnachmittag sehen.«

»Ah!«, machte Mma Ramotswe. »Wie traurig, wenn man am Freitagabend aufräumen muss und alle anderen ans Ausgehen denken.«

Die Schwester zuckte mit den Schultern. »Mein Freund führt mich später aus. Aber bevor das Wochenende beginnt, bereite ich gern alles für Montag vor. Das ist besser so.«

»Viel besser«, stimmte Mma Ramotswe zu und überlegte schnell. »Ich wollte den Doktor eigentlich gar nicht sehen, jedenfalls nicht als Patientin. Ich arbeitete nämlich früher mal für ihn, als er noch oben in Nairobi lebte. Ich war Krankenschwester auf seiner Station und wollte nur Hallo sagen.«

Die Krankenschwester wurde sichtbar freundlicher.

»Ich mache Ihnen einen Tee, Mma«, bot sie an. »Es ist immer noch ziemlich heiß draußen.«

Mma Ramotswe setzte sich und wartete auf die Schwester mit der Teekanne.

»Kennen Sie den anderen Dr. Komoti?«, fragte sie. »Den Bruder?«

»O ja«, sagte die Schwester. »Wir sehen ihn oft. Er hilft hier aus, wissen Sie. Zwei- oder dreimal in der Woche.«

Mma Ramotswe ließ langsam ihre Tasse sinken. Ihr Herz hämmerte. Sie spürte, dass sie der Sache auf den Grund kam, ja dass sie kurz vor der Lösung stand. Aber sie durfte sich nichts anmerken lassen.

»Das haben sie oben in Nairobi auch schon so gemacht«, sagte sie und schwenkte die Hand durch die Luft, als ob solche Dinge völlig unwichtig wären. »Einer half dem anderen. Und meistens merkten die Patienten gar nicht, dass sie einen anderen Arzt vor sich hatten.«

Die Krankenschwester lachte. »Hier ist es genauso«, sagte sie. »Ich bin mir nicht sicher, ob es den Patienten gegenüber ganz fair ist, aber bis jetzt hat noch keiner gemerkt, dass es zwei verschiedene sind. So sind alle zufrieden.«

Mma Ramotswe nahm ihre Tasse wieder in die Hand und hielt sie der Schwester zum Nachfüllen hin. »Und Sie?«, fragte sie. »Können Sie die beiden denn auseinanderhalten?«

Die Krankenschwester gab Mma Ramotswe die Tasse

zurück. »Ich erkenne es an einer Sache«, sagte sie. »Der eine ist hervorragend, der andere hoffnungslos schlecht. Der Schlechte weiß fast gar nichts von Medizin. Wenn Sie mich fragen – es ist ein Wunder, dass er sein Examen bestanden hat.«

Mma Ramotswe dachte für sich: hat er auch nicht.

Sie übernachtete im Bahnhofshotel von Mafikeng, das laut und unbequem war. Trotzdem schlief sie gut, wie immer, wenn sie gerade eine Nachforschung erfolgreich beendet hatte. Am nächsten Morgen kaufte sie in den OK Bazaars ein und stellte zu ihrem Entzücken fest, dass es Kleider in Größe 48 im Sonderangebot gab. Sie kaufte drei davon – zwei mehr, als sie wirklich brauchte –, aber wenn man die Chefin der No. 1 Ladies' Detective Agency war, musste man auf sein Äußeres achten.

Nachmittags gegen drei war sie wieder zu Hause und rief Dr. Maketsi an. Sie lud ihn ein, sofort zu ihr ins Büro zu kommen, damit sie ihm die Ermittlungsergebnisse mitteilen könne. Zehn Minuten später saß er ihr im Büro gegenüber und fummelte nervös an den Manschettenknöpfen seines Hemdes herum.

»Als Erstes«, verkündete Mma Ramotswe, »– keine Drogen!«

Dr. Maketsi seufzte erleichtert. »Gott sei Dank. Darüber hatte ich mir wirklich Sorgen gemacht.«

»Nun«, sagte Mma Ramotswe, »ich bezweifle, dass Sie sich darüber freuen, was ich noch zu erzählen habe.«

»Er ist nicht qualifiziert«, hauchte Dr. Maketsi. »Ist es das?«

»Einer von ihnen ist qualifiziert«, sagte Mma Ramotswe.

Dr. Maketsi guckte verdutzt. »Einer von ihnen?«

Mma Ramotswe lehnte sich auf ihrem Stuhl zurück, mit der Miene dessen, der kurz davorstand, ein Geheimnis zu verraten.

»Es war einmal ein Zwillingspärchen«, begann sie. »Der eine studierte Medizin und wurde Arzt. Der andere nicht. Der mit der Ausbildung bekam einen Job als Arzt, war aber so geldgierig, dass er sich überlegte, zwei Stellen bringen mehr ein als eine. So nahm er zwei Stellen an und arbeitete auf beiden halbtags. Wenn er nicht da war, übernahm sein Zwillingsbruder die Arbeit. Er bediente sich der medizinischen Kenntnisse, die er seinem qualifizierten Bruder abgeguckt hatte, und erhielt sicher auch Ratschläge, wie er vorzugehen hätte. Und das ist auch schon alles. Das ist die Geschichte von Dr. Komoti und seinem Zwillingsbruder in Mafikeng.«

Dr. Maketsi saß reglos da. Während Mma Ramotswe sprach, hatte er den Kopf in die Hände gestützt und sah aus, als ob er gleich weinen würde.

»Wir hatten also beide im Krankenhaus«, sagte er schließlich. »Manchmal hatten wir den Arzt und manchmal den Zwillingsbruder.«

»Ja«, sagte Mma Ramotswe. »Drei Tage in der Woche hatten Sie den ausgebildeten Arzt, während der nicht ausgebildete Zwilling am Bahnhof von Mafikeng praktizierte. Dann tauschten sie, und ich vermute, dass der qualifizierte Bruder die Scherben einsammelte, die der unqualifizierte sozusagen herumliegen ließ.«

»Zwei Jobs für den Preis eines Medizinstudiums«, grübelte Dr. Maketsi. »Das ist der raffinierteste Plan, der mir seit sehr, sehr langer Zeit unter die Augen gekommen ist.«

»Ich muss zugeben, dass ich selber verblüfft war«, sagte Mma Ramotswe. »Ich dachte, ich hätte längst alle Nuancen menschlicher Unehrlichkeit kennengelernt, aber auch für mich gibt's noch was zum Staunen.«

Dr. Maketsi rieb sich das Kinn.

»Ich muss zur Polizei wegen der Sache«, sagte er. »Es wird eine strafrechtliche Verfolgung geben. Wir müssen die Öffentlichkeit vor solchen Leuten schützen.«

»Es sei denn ...«, begann Mma Ramotswe.

Dr. Maketsi griff sofort nach dem Strohhalm, den sie ihm hinzuhalten schien.

»Können Sie sich eine Alternative denken?«, fragte er. »Wenn das rauskommt, kriegen die Leute Angst. Sie werden anderen ausreden, ins Krankenhaus zu gehen. Unsere Gesundheitsprogramme sind auf Vertrauen aufgebaut – Sie wissen, was ich meine.«

»Genau«, sagte Mma Ramotswe. »Ich schlage vor, dass wir den Schwarzen Peter weitergeben. Ich bin völlig Ihrer Meinung: Die Öffentlichkeit muss geschützt und Dr. Komoti muss aus dem Verkehr gezogen werden. Aber warum nicht in Nachbars Garten?«

»Sie meinen in Mafikeng?«

»Ja«, sagte Mma Ramotswe. »Schließlich wird auch dort unten eine Straftat begangen, und wir lassen einfach die Südafrikaner damit fertigwerden. Die Zeitungen hier in Gabarone werden sich kaum dafür interessieren. Alles, was die Leute hier erfahren werden, ist, dass Dr. Komoti plötzlich gekündigt hat – und das passiert ja häufig, aus allen möglichen Gründen.«

»Nun«, sagte Dr. Maketsi. »Es wäre mir wirklich lieber, wenn der Minister aus all dem rausgehalten wird. Ich glaube nicht, dass es helfen würde, wenn er … wie sollen wir sagen … sich aufregen würde?«

»Natürlich würde es gar nichts nutzen«, sagte Mma Ramotswe. »Mit Ihrer Erlaubnis werde ich meinen Freund Billy Pilani anrufen, der dort unten Polizeihauptmann ist. Er wird bestimmt gerne derjenige sein, der einen falschen Arzt entlarvt. Billy freut sich immer über eine gute, sensationelle Festnahme.«

»Tun Sie das«, sagte Dr. Maketsi lächelnd. Das war eine blendende Lösung für einen außergewöhnlichen Fall, und er war höchst beeindruckt, wie Mma Ramotswe die Sache gedeichselt hatte.

»Wissen Sie«, sagte er, »ich glaube, selbst meine Tante in Mochudi hätte die Sache nicht besser erledigen können als Sie.«

Mma Ramotswe lächelte ihren alten Freund an. Man kann durchs Leben gehen und jedes Jahr – praktisch jeden Monat – neue Freundschaften schließen, aber für solche, die in der Kindheit geschlossen werden und im Erwachsenenalter weiter bestehen, gibt es keinen Ersatz.

Sie streckte die Hand aus und berührte Dr. Maketsi sanft am Arm, so wie es alte Freunde manchmal tun, wenn es nichts mehr zu sagen gibt.

21

Ein staubiger Pfad, selten benutzt, so holprig, dass die Federn schier brachen, ein Hügel, verstreute Felsbrocken – genau wie die Skizze von Mr Charlie Gotso es angekündigt hatte. Und über allem, von Horizont zu Horizont, sang der leere Himmel in der Mittagshitze.

Mma Ramotswe steuerte den kleinen weißen Lieferwagen vorsichtig den Weg entlang, vermied Gesteinsbrocken, die die Ölwanne aus dem Auto reißen konnten, und wunderte sich, dass sie niemandem begegnete. Dies war totes Land, keine Rinder, keine Ziegen, nur Busch und die verkümmerten Dornenbäume. Dass jemand hier leben wollte, fern vom Dorf, fern jeglichen menschlichen Kontakts, schien unerklärlich. Plötzlich sah sie das Haus, hinter den Bäumen versteckt, fast im Schatten des Hügels. Es war ein nacktes Erdhaus im traditionellen Stil. Braune Lehmwände, ein paar unverglaste Fenster und eine kniehohe Mauer um den Hof. Ein früherer Besitzer hatte vor langer Zeit Muster an die Wand gemalt, aber Vernachlässigung und die Jahre hatten sie abblättern lassen, und nur eine Ahnung war von ihnen geblieben.

Sie parkte den Wagen und holte tief Luft. Sie hatte Betrüger zu Fall gebracht. Sie war mit eifersüchtigen Ehefrauen fertiggeworden. Sie war sogar Mr Gotso entgegengetreten. Aber diese Begegnung war etwas anderes. Dies hier war das fleischgewordene Böse, das Herz der Finsternis, die Wurzel der Schande. Dieser Mann mit all seinem Hokuspokus und seinen Zaubereien war ein Mörder – auch wenn sie nicht wusste, ob er tatsächlich für die Entführung des Lehrersohns aus Katsana verantwortlich war. Sie würde es herausfinden. Mma Ramotswe öffnete die Tür und ließ sich aus dem Wagen gleiten. Die Sonne stand hoch, und ihr Licht prickelte auf der Haut. Dies hier war zu weit im Westen, zu nah an der Kalahari, und ihr Unbehagen nahm zu. Dies war nicht die tröstliche Landschaft, in der sie aufgewachsen war. Dies war das gnadenlose Afrika, das wasserlose Land.

Sie ging auf das Haus zu und hatte das Gefühl, beobachtet zu werden. Es rührte sich nichts, aber Blicke lagen auf ihr – Blicke aus dem Innern des Hauses. An der Mauer blieb sie stehen, wie es der Brauch war, und kündigte sich an.

»Mir ist sehr heiß«, rief sie. »Ich brauche Wasser.«

Aus dem Haus kam keine Antwort, aber es raschelte im Gebüsch zu ihrer Linken. Beinahe schuldbewusst drehte sie sich um. Es war ein großer schwarzer Käfer mit hornigem Hals, der seine winzige Beute, irgendein Insekt, das vielleicht verdurstet war, vor sich her schob. Kleine Katastrophen, kleine Siege – wie bei uns, dachte sie. Von oben betrachtet, sind wir nichts weiter als Käfer.

»Mma?«

Sie drehte sich auf dem Absatz um. Eine Frau stand im Eingang und wischte sich die Hände an einem Lappen ab.

Mma Ramotswe trat durch die torlose Öffnung in der Mauer.

»Guten Tag, Mma«, sagte sie. »Ich bin Mma Ramotswe.«

Die Frau nickte. »Ich bin Mma Notshi.«

Mma Ramotswe musterte sie. Sie war eine Frau Ende fünfzig und hatte einen langen Rock, wie ihn Herero-Frauen trugen, an. Aber sie war keine Herero. Das war deutlich zu sehen.

»Ich wollte Ihren Mann sprechen«, sagte sie. »Ich muss ihn um etwas bitten.«

Die Frau trat aus dem Schatten, stellte sich vor Mma Ramotswe und schaute ihr auf irritierende Weise direkt ins Gesicht.

»Sie wollen was von ihm haben? Sie wollen ihm was abkaufen?«

Mma Ramotswe nickte. »Ich habe gehört, dass er ein sehr guter Doktor ist. Ich habe Ärger mit einer anderen Frau. Sie nimmt mir meinen Mann weg, und ich brauche was, um sie fernzuhalten.«

Die Ältere lächelte. »Er kann Ihnen helfen. Vielleicht hat er was für Sie, aber er ist weg. Bis Samstag ist er in Lobatse. Sie müssen später wiederkommen.«

Mma Ramotswe seufzte. »Es war eine lange Fahrt, und ich habe Durst. Haben Sie Wasser für mich, meine Schwester?«

»Ja, ich habe Wasser. Sie können reinkommen und es im Hause trinken.«

Es war ein kleiner Raum, der mit einem wackeligen Tisch und zwei Stühlen möbliert war. In einer Ecke standen ein Getreidebehälter der traditionellen Art und ein Blechkoffer. Mma Ramotswe setzte sich auf einen der Stühle, während die Frau in einem weißen Emaillebecher Wasser brachte, das sie ihrem Gast reichte. Das Wasser schmeckte ein wenig ranzig, aber Mma Ramotswe trank den Becher dankbar aus.

Dann setzte sie ihn ab und sah die Frau an.

»Ich möchte etwas von Ihnen haben, wie Sie wissen. Aber ich bin auch gekommen, um Sie zu warnen.«

Die Frau ließ sich auf dem anderen Stuhl nieder.

»Um mich zu warnen?«

»Ja«, sagte Mma Ramotswe. »Ich bin Stenotypistin. Wissen Sie, was das ist?«

Die Frau nickte.

»Ich arbeite für die Polizei«, fuhr Mma Ramotswe fort. »Und ich habe etwas über Ihren Mann tippen müssen. Sie wissen dort, dass er den Jungen aus Katsana getötet hat. Sie wissen, dass er der Mann ist, der ihn geraubt und für *muti* getötet hat. Sie werden Ihren Mann bald festnehmen und dann aufhängen. Ich bin gekommen, um Sie zu warnen, dass man Sie auch aufhängen wird – weil sie sagen, dass Sie auch in die Sache verwickelt sind. Sie sagen, Sie wären dabei gewesen. Ich finde aber, dass man Frauen nicht aufhängen sollte. Ich bin also gekommen, um Ihnen zu sagen, wie Sie die Sache schnell beenden können – wenn Sie nämlich mit mir zur Polizei fahren und erklären, wie es passiert ist. Man wird Ihnen glauben, und Sie werden gerettet sein. Andernfalls sterben Sie bald – nächsten Monat, glaube ich.«

Sie schwieg. Die andere hatte das Tuch, das sie mit sich herumtrug, fallen gelassen und starrte sie mit aufgerissenen Augen an. Mma Ramotswe kannte den Angstgeruch – diesen scharfen, sauren Geruch, den die Menschen durch die Poren ihrer Haut verströmen, wenn sie sich fürchten. Dieser Geruch hing jetzt schwer in der trägen Luft.

»Verstehen Sie, was ich gesagt habe?«, fragte sie.

Die Frau des Medizinmanns schloss die Augen. »Ich habe den Jungen nicht getötet.«

»Ich weiß«, sagte Mma Ramotswe. »Die Frauen sind es nie, die so etwas tun. Aber für die Polizei spielt das keine Rolle: Sie haben Beweise gegen Sie, und die Regierung will auch Sie hängen sehen. Ihren Mann zuerst, Sie später. Sie mögen keine schwarze Magie, wissen Sie? Sie schämen sich – sie halten es für unmodern.«

»Aber der Junge ist nicht tot«, sprudelte es aus der Frau heraus. »Er ist am Viehgehege, wo mein Mann ihn hingebracht hat. Er arbeitet dort. Er lebt, mein Mann hat ihn für *muti* noch nicht gebrauchen können.«

Mma Ramotswe öffnete die Tür für die Frau und schlug sie hinter ihr zu. Dann ging sie um das Auto herum zur Fahrertür, machte sie auf und ließ sich auf den Sitz gleiten. Die Sonne hatte ihn aufgeheizt – er war heiß genug, um sie durch den Stoff ihres Kleides zu verbrennen –, aber Schmerzen spielten jetzt keine Rolle. Wichtig war nur die Fahrt, die nach Aussage der Frau vier Stunden dauern würde. Es war jetzt ein Uhr. Sie würden also kurz vor Sonnenuntergang dort sein und sofort zurückfahren müssen. Wenn sie irgendwo übernachten müssten, weil der Weg schlecht wäre, könnten sie – wenn's unbedingt sein musste – hinten im Lieferwagen schlafen. Wichtig war einzig und allein, zu dem Jungen zu kommen.

Die Fahrt verlief schweigend. Die andere versuchte ein Gespräch zu beginnen, aber Mma Ramotswe achtete nicht auf sie. Es gab nichts, was sie dieser Frau hätte sagen können, nichts, was sie ihr sagen wollte.

»Sie sind kein freundlicher Mensch«, bemerkte die Frau des Medizinmanns schließlich. »Sie reden nicht mit mir. Ich versuche mit Ihnen zu sprechen, aber Sie beachten mich nicht. Sie halten sich wohl für was Besseres, wie?«

Mma Ramotswe drehte sich halb zu ihr hin. »Sie zeigen mir nur, wo dieser Junge ist, weil Sie Angst haben. Sie tun es nicht, weil Sie wollen, dass er zu seinen Eltern zurückkehrt. Es ist Ihnen egal, nicht wahr? Sie sind eine böse Frau, und ich warne Sie – wenn die Polizei erfährt, dass Sie sich weiter mit schwarzer Magie befassen, werden sie kommen und Sie ins Gefängnis werfen. Und wenn die Polizei nichts unternimmt, tun es Freunde von mir in Gaborone. Verstehen Sie mich?«

Die Stunden vergingen. Es war eine schwierige Fahrt über offenes Land, auf kaum sichtbarer Spur, bis in der Ferne Viehgehege und Baumgruppen um ein paar Hütten herum sichtbar wurden.

»Das ist das Viehgehege«, sagte die Frau. »Es sind zwei Basarwa da – ein Mann und eine Frau – und der Junge, der für sie arbeitet.«

»Wie haben Sie ihn festgehalten?«, fragte Mma Ramotswe. »Woher wussten Sie, dass er nicht weglaufen würde?«

»Schauen Sie sich um«, sagte die Frau. »Sie sehen, wie

einsam es hier ist. Er wäre nicht weit gekommen. Die Basarwa hätten ihn eingefangen.«

Etwas anderes fiel Mma Ramotswe ein. Der Knochen – wenn der Junge noch lebte, woher stammte dann der Knochen?

»In Gaborone ist ein Mann, der einen Knochen von Ihrem Mann gekauft hat«, sagte sie. »Wo hatten Sie den her?«

Die Frau sah sie verächtlich an. »Sie können Knochen in Johannesburg kaufen, wussten Sie das nicht? Sind gar nicht teuer.«

Die Basarwa saßen auf zwei Steinen vor einer der Hütten und aßen groben Haferbrei. Es waren winzige, verhutzelte Menschen mit den weit geöffneten Augen der Jäger. Sie starrten die Eindringlinge an. Dann stand der Mann auf und begrüßte die Frau des Medizinmanns.

»Geht es den Rindern gut?«, fragte sie streng.

Der Mann machte ein seltsam klickendes Geräusch mit der Zunge. »Gut. Sie sind nicht tot. Die Kuh dort gibt viel Milch.« Es waren Setswana-Wörter, man musste aber aufmerksam zuhören, um sie zu verstehen. Der Mann sprach mit dem Klicken und Pfeifen der Kalahari.

»Wo ist der Junge?«, stieß die Frau hervor.

»Dort drüben«, antwortete der Mann. »Sehen Sie!«

Und dann sahen sie den Jungen, der sie ängstlich beobachtete, neben einem Busch. Ein staubiger kleiner Junge in zerrissenen Hosen, mit einem Stab in der Hand.

»Komm her«, rief die Frau des Medizinmanns. »Komm her!«

Der Junge kam zu ihnen herüber, den Blick zu Boden

gerichtet. Er hatte eine Narbe auf dem Unterarm, ein dicker Striemen, und Mma Ramotswe wusste sofort, woher er stammte. Das war der Einschnitt einer Peitsche, einer *sjambok.*

Sie streckte die Hand aus und berührte seine Schulter.

»Wie heißt du?«, fragte sie leise. »Bist du der Lehrersohn aus dem Dorf Katsana?«

Der Junge zitterte, aber er sah das Mitgefühl in ihren Augen und antwortete.

»Der bin ich. Ich arbeite jetzt hier. Ich muss für die Leute auf das Vieh aufpassen.«

»Hat dich der Mann geschlagen?«, flüsterte Mma Ramotswe.

»Die ganze Zeit«, sagte der Junge. »Er hat gesagt, wenn ich weglaufe, wird er mich finden und mit einem spitzen Stock durchbohren.«

»Jetzt bist du in Sicherheit«, sagte Mma Ramotswe. »Ich nehme dich mit, jetzt gleich. Geh einfach vor mir her. Ich werde mich um dich kümmern.«

Der Junge streifte die Basarwa mit einem Blick und ging auf den Lieferwagen zu.

»Geh nur«, sagte Mma Ramotswe. »Ich komme auch.«

Sie setzte ihn auf den Beifahrersitz und schloss die Tür. Die Frau des Medizinmanns rief: »Warten Sie ein paar Minuten! Ich will nur mit den Leuten über das Vieh sprechen. Dann können wir fahren.«

Mma Ramotswe ging um das Auto herum und stieg ein.

»Warten Sie!«, rief die Frau. »Es dauert nicht lang.«

Mma Ramotswe beugte sich nach vorn und ließ den Motor an. Dann legte sie den Gang ein, drehte das

Lenkrad und trat aufs Gaspedal. Die Frau schrie und lief hinter dem Lieferwagen her, aber eine Staubwolke hüllte sie ein, und sie stolperte und fiel hin.

Mma Ramotswe wandte sich dem Jungen zu, der ängstlich und verwirrt neben ihr saß.

»Ich fahre dich jetzt nach Hause«, sagte sie. »Es wird eine lange Fahrt, und wir müssen wahrscheinlich bald anhalten, um zu übernachten. Aber am Morgen fahren wir weiter, und dann dauert es nicht mehr lange.«

Eine halbe Stunde später parkte sie den Lieferwagen neben einem trockenen Flussbett. Sie waren vollkommen allein. Nicht einmal das Feuer eines fernen Geheges leuchtete im Dunkel der Nacht – nur das Sternenlicht, ein schwacher, silberner Schimmer, der auf den schlafenden Jungen fiel. Der lag eingewickelt in einen Sack, den Mma Ramotswe hinten im Wagen hatte, sein Kopf auf ihrem Arm, der Atem regelmäßig, seine Hand sanft in ihrer ruhend, und sie selbst in den Nachthimmel aufblickend, bis seine schiere Unermesslichkeit sie sanft in den Schlaf kippte.

Am nächsten Tag schaute der Schulmeister von Katsana aus dem Fenster seines Hauses und sah einen kleinen weißen Lieferwagen vorfahren. Er sah eine Frau aussteigen und auf seine Tür blicken und das Kind – was war mit dem Kind? War sie eine Mutter, die aus irgendeinem Grund ihr Kind zu ihm brachte?

Er ging hinaus und sah sie an der niedrigen Mauer seines Hofes stehen.

»Sie sind der Lehrer, Rra?«

»Das bin ich, Mma. Kann ich etwas für Sie tun?«

Sie drehte sich zum Wagen und gab dem Kind im Innern ein Zeichen. Die Tür öffnete sich, und sein Sohn stieg aus. Und der Lehrer schrie auf und rannte vorwärts, blieb stehen und sah Mma Ramotswe an, als ob er sie um Bestätigung bitten wollte. Sie nickte, und er lief weiter, stolperte fast, verlor einen nicht zugebundenen Schuh und packte seinen Sohn und hielt ihn fest, während er Unverständliches brüllte, sodass das ganze Dorf von seiner Freude hörte.

Mma Ramotswe ging zu ihrem Wagen zurück. Sie wollte die innigen Augenblicke des Wiedersehens nicht stören. Sie weinte, auch um ihr eigenes Kind – erinnerte sich an die winzige Hand, die nur kurz nach ihrer gegriffen hatte, als das Kind sich an eine fremde Welt klammern wollte, die ihm so schnell entglitt. Es gab so viel Leid in Afrika, dass man versucht war, es einfach abzuschütteln und weiterzugehen. Aber das kann man nicht machen, dachte sie. Das geht einfach nicht.

22

Selbst einem Fahrzeug, das so zuverlässig war wie der kleine weiße Lieferwagen, konnte der Staub zu viel werden. Das Auto hatte sich auf der Fahrt zum weit entfernten Viehgehege nicht beschwert, aber jetzt – wieder in der Stadt zurück – fing es an zu stottern. Es war der Staub, davon war sie überzeugt.

Sie rief *Tlokweng Road Speedy Motors* an, ohne Mr J. L. B. Matekoni stören zu wollen, aber da die Sekretärin zum Essen gegangen war, nahm er selbst ab. Sie brauche sich keine Sorgen zu machen, meinte er. Er würde am folgenden Tag, einem Samstag, bei ihr vorbeikommen und sich den kleinen weißen Lieferwagen ansehen, und vielleicht könnte er ihn gleich an Ort und Stelle reparieren.

»Das bezweifle ich«, sagte Mma Ramotswe. »Es ist ein alter Lieferwagen. Der ist wie eine alte Kuh, und ich werde ihn wohl verkaufen müssen.«

»Nein«, sagte Mr J. L. B. Matekoni. »Alles lässt sich reparieren. Alles.«

Auch ein Herz, das gebrochen ist?, überlegte er dann weiter. Lässt sich auch das reparieren? Könnte Professor Barnard unten in Cape Town einen Mann heilen, dessen Herz vor Einsamkeit blutete?

Mma Ramotswe ging morgens einkaufen. Ihre Samstagvormittage waren ihr immer wichtig gewesen. Sie ging zum Supermarkt in der Mall und kaufte bei den Frauen auf dem Bürgersteig vor der Drogerie ihr Gemüse. Anschließend ging sie zum Hotel President und trank Kaffee mit ihren Freundinnen. Dann fuhr sie wieder nach Hause und setzte sich mit einem halben Glas Lion-Bier auf die Veranda und las Zeitung. Als Privatdetektivin war es wichtig, die Zeitung zu durchforsten und sich Neuigkeiten zu merken. Alles war wichtig, auch die allerletzte Zeile der vorhersehbaren Reden der Politiker und die Kirchennachrichten. Man konnte nie wissen, wann einem irgendein Nachrichtenschnipsel nützlich werden konnte.

Würde man Mma Ramotswe zum Beispiel nach den Namen verurteilter Diamantenschmuggler fragen, so könnte sie diese aufsagen: Archie Mofobe, Piks Ngube, Molso Mobole und George Excellence Tambe. Sie hatte alle Prozessberichte gelesen und kannte die Strafen. Sechs Jahre, sechs Jahre, zehn Jahre und acht Monate. Sie hatte sich alles gemerkt und die Berichte aufbewahrt.

Und wem gehörte die Wait No More Butchery – die Fleischerei in Old Naledi? Godfrey Potowani natürlich. Sie erinnerte sich an das Foto von Godfrey in der Zeitung, auf dem er mit dem Agrarminister vor seinem neuen Fleischerladen stand. Und weshalb war der Minister dort? Weil seine Frau Modela die Cousine einer der Potowani-Frauen war, die sich bei der Hochzeit von Stokes Lofinale so aufgeführt hatte. Deshalb. Mma Ramotswe konnte Leute nicht verstehen, die sich für solche Dinge nicht interessierten. Wie konnte man in so einer Stadt leben und nicht über alles Bescheid wissen wollen, auch wenn man keinen beruflichen Zweck damit verfolgte?

Kurz nach vier fuhr Mr J. L. B. Matekoni mit seinem blauen Kleinlaster, an dessen Seite *Tlokweng Road Speedy Motors* stand, vor. Er trug seinen Mechaniker-overall, der fleckenlos sauber und gebügelt war. Sie zeigte ihm ihren weißen Lieferwagen, der neben dem Haus geparkt war, und er holte einen großen Wagenheber aus seinem Laster.

»Ich mache Ihnen eine Tasse Tee«, sagte Mma Ramotswe, »Sie können ihn trinken, während Sie sich das Auto vornehmen.«

Sie beobachtete ihn vom Fenster aus. Sie sah, wie er den Motorraum öffnete und an verschiedenen Teilen herumklopfte. Sie sah, wie er ins Fahrerhaus kletterte und den Motor anließ, der hustete und spuckte und schließlich ausging. Sie beobachtete, wie er etwas vom Motor entfernte – ein großes Teil, aus dem Drähte und Schläuche ragten. Das war vielleicht das Herz des Lieferwagens, sein treues Herz, das so regelmäßig und zuverlässig geschlagen hatte, so herausgerissen, aber verletzlich aussah.

Mr J. L. B. Matekoni ging zwischen seinem Auto und dem Lieferwagen hin und her. Zwei Tassen Tee wurden hinausgebracht und dann eine dritte, weil es ein heißer Nachmittag war. Dann ging Mma Ramotswe in die Küche, gab Gemüse in einen Topf und goss die Pflanzen, die auf dem hinteren Fensterbrett standen. Die Dämmerung zog auf, und der Himmel war voller goldener Streifen. Es war ihre liebste Tageszeit, wenn die Vögel durch die Luft jagten und herabstießen und die Insekten der Nacht zu schrillen begannen. In diesem sanften Licht schritt das Vieh nach Hause, und die Feuer vor den Hütten knisterten und glühten für das Abendessen.

Sie ging hinaus, um zu sehen, ob Mr J. L. B. Matekoni mehr Licht brauchte. Er stand neben dem kleinen weißen Lieferwagen und wischte sich die Hände an einem Tuch ab.

»Er sollte jetzt in Ordnung sein«, sagte er. »Ich habe ihn auf Leistung gebracht, und der Motor läuft einwandfrei. Summt wie eine Biene.«

Sie klatschte vor Freude in die Hände.

»Ich dachte, Sie müssten ihn verschrotten«, sagte sie.

Er lachte. »Ich sagte Ihnen doch, es lässt sich alles reparieren. Sogar ein alter Lieferwagen.«

Er folgte ihr ins Haus. Sie schenkte ihm ein Bier ein, und sie gingen zu ihrem Lieblingsplatz neben der Bougainvillea auf der Veranda. Ganz in der Nähe, im Nachbarhaus, wurde Musik gespielt – die eindringlichen traditionellen Rhythmen der Townshipmusik.

Die Sonne ging unter, und die Nacht war schwarz. Er saß neben ihr im friedlichen Dunkel, und sie lauschten zufrieden den Lauten Afrikas, das sich für die Nacht vorbereitete. Irgendwo bellte ein Hund. Ein Automotor wurde hochgejagt und erstarb. Ein Hauch von Wind, warmer, staubiger Wind, der nach Dornenbäumen roch, kam auf.

Er schaute sie in der Dunkelheit an, schaute auf diese Frau, die alles für ihn war – Mutter, Afrika, Weisheit, Verständnis, gute Sachen zum Essen, Kürbisse, Hühnchen, der Geruch nach süßem Rinderatem, der weiße Himmel über dem endlosen, endlosen Busch und die

Giraffe, die weinte und den Frauen ihre Tränen schenkte, die damit ihre Körbe bestrichen. Oh, Botswana, mein Land, meine Heimat!

Das waren seine Gedanken. Aber wie konnte er irgendetwas davon zu ihr sagen? Jedes Mal, wenn er ihr sagen wollte, was er in seinem Herzen empfand, erschienen ihm die Worte, die ihm einfielen, völlig unzureichend. Ein Mechaniker kann kein Dichter sein, dachte er, so sind die Dinge nun mal nicht. Deshalb sagte er nur: »Ich bin sehr glücklich, dass ich Ihren Lieferwagen reparieren konnte. Es hätte mir leidgetan, wenn Sie jemand belogen und behauptet hätte, eine Reparatur lohne sich nicht. Solche Leute gibt es nämlich im Motorengeschäft.«

»Ich weiß«, sagte Mma Ramotswe. »Aber Sie sind nicht so.«

Er erwiderte nichts. Es gab Zeiten, in denen man einfach reden musste, um nicht ein Leben lang zu bereuen, dass man es nicht getan hatte. Aber jedes Mal, wenn er versucht hatte, ihr zu erklären, was er für sie fühlte, hatte er versagt. Er hatte sie schon einmal gebeten, seine Frau zu werden, und das war kein großer Erfolg gewesen. Es fehlte ihm an Selbstvertrauen, zumindest was Menschen betraf – mit Autos war es natürlich anders.

»Ich bin sehr glücklich, hier bei Ihnen zu sitzen ...«

Sie drehte sich zu ihm hin. »Was haben Sie gesagt?«

»Ich sagte, bitte heiraten Sie mich, Mma Ramotswe. Ich bin nur Mr J. L. B. Matekoni, weiter nichts, aber bitte heiraten Sie mich und machen Sie mich glücklich!«

»Das werde ich«, sagte Mma Ramotswe.

Weitere Kampa Bücher stellen wir Ihnen auf den folgenden Seiten vor. Das Gesamtprogramm finden Sie auf:

www.kampaverlag.ch

Wenn Sie zweimal jährlich über unsere Neuerscheinungen informiert werden möchten, schreiben Sie uns bitte an: newsletter@kampaverlag.ch oder Kampa Verlag, Hegibachstrasse 2, 8032 Zürich, Schweiz

KAMPA ⟨⟨⟩⟩ POCKET

Eberhard Michaely
*Frau Helbing
und der tote Fagottist*

So charmant und resolut wurde noch
kein Mörder dingfest gemacht.

Ein allergischer Schock durch drei Wespenstiche? Frau
Helbing ist sich sicher, dass ihr freundlicher Nachbar, der
namhafte Fagottist Henning von Pohl, einem Verbrechen
zum Opfer gefallen ist. Die pensionierte Fleischereifach-
verkäuferin mag zwar von klassischer Musik ebenso wenig
verstehen wie von moderner Technik, aber mit Mordfällen
kennt sie sich aus: Seit dem Tod ihres Mannes Hermann,
mit dem sie vierzig Jahre lang eine Metzgerei im Hambur-
ger Grindelviertel geführt hat, liest sie in ihrer Freizeit am
liebsten Kriminalromane. Leider hält nicht nur ihre exzen-
trische Freundin Heide ihren Verdacht für ein Hirngespinst,
sondern auch die hochnäsige Kommissarin Schneider. Nur
der Schneider Herr Aydin hat ein offenes Ohr für Frau
Helbing und ermutigt sie, ihrem Instinkt zu folgen. Allerdings birgt so ein Kriminalfall im echten Leben auch einige
Gefahren ...

»Frau Helbing hat durchaus das Potential eine
Miss-Marple-Hommage mit Ausbeinmesser zu werden.«
Cathrin Brackmann / WDR

Wenn Ihnen dieses KAMPA POCKET
gefallen hat, gefällt Ihnen vielleicht auch der
Lesetipp auf der gegenüberliegenden Seite.

Schicken Sie uns bitte Ihren LIEBLINGSSATZ
aus einem Kampa Pocket, bei einer Veröffent-
lichung auf unseren Social-Media-Kanälen
bedanken wir uns mit einem Buchgeschenk:
lieblingssatz@kampaverlag.ch